爱在路上

唐秋桐 著

ARTTIME 时代出版
时代出版传媒股份有限公司
安徽文艺出版社

图书在版编目（CIP）数据

爱在路上 / 唐秋桐著 . —合肥：安徽文艺出版社，2017.4
ISBN 978-7-5396-6032-5

Ⅰ. ①爱… Ⅱ. ①唐… Ⅲ. ①小说集－中国－当代
Ⅳ. ① I247

中国版本图书馆 CIP 数据核字（2017）第 044813 号

出 版 人：朱寒冬
责任编辑：周　丽　　　装帧设计：胡金霞

出版发行：时代出版传媒股份有限公司　www.press-mart.com
　　　　　安徽文艺出版社　www.awpub.com
地　　址：合肥市翡翠路 1118 号　邮政编码：230071
营 销 部：（0551）63533889
印　　制：三河市京兰印务有限公司　（0316）3653362

开本：710×1010　1/16　　印张：13.5　　字数：185 千字
版次：2017 年 7 月第 1 版　2017 年 7 月第 1 次印刷
定价：39.80 元

目录

Contents

短篇小说

团 年 饭

“对不起，彭小姐，你的信用卡已经过期。”南北花园大酒店旅行部的工作员对彭春燕说。

“什么？上月底还好好的呢！怎么会……”彭春燕如中邪似的，直勾勾瞪着工作人员。

本来黑水晶玛瑙般的双眸，今天被这突发的事情弄得那么失神；仿佛成了密布红线的小小地球仪，载满了疑惑与不解，同时也有从未有过的恐惧和担心，心里空荡荡的，一片茫然……

“对不起，从今年元旦开始，你这张卡已经被取消了。”工作人员接着对彭春燕说。

“怎么会？”此刻，惊惶失措写在个性内向、温顺的彭春燕脸上，她不禁喃喃低语……想起往年12月底，老公（郑华）总会来电，除祝她生日快乐外，还顺便告知自己回宜宾的班机日期。可最近几个月，电话越来越少了，正好昨天是自己的35岁生日，她一直守在电话旁边，等得心烦意乱。可那电话就像个哑巴，今天不知怎的，好像有啥事要发生，时间过了24时，仍不见有电话响，她终于忍不住抓起电话拨了过去。

春燕一连拨了老公手机无数次，却总是那句：“对不起，您所拨的号码暂时不能接通，请稍候再拨。”半个钟头过去了，一个钟头过去了，不知拨了多少次，次次如此。

整夜里，春燕眯着模糊的双眼半睡半醒，噩梦连连……一会儿梦见老公怀里拥着女人向她挥手，一会儿梦见一个女强人坐在老公办公室内向他指手画脚，一会儿又梦见老公被一群女人从自己怀里抢走……

东莞市一直处于风口浪尖。早年间，“10万‘小姐’赴岭南，百万嫖客下东莞”这句话，使它有了“性都”之名。当初，就不该同意老公去这个地方发展，何况现在，很多外地人都对东莞心生芥蒂和惧怕——一旦丈夫要去东莞出差，妻子便要再三嘱咐，甚至坚决反对。可是，现在又能怎么办？

东莞到宜宾坐飞机仅要2个小时，好不容易熬到第二天早上，天刚吐鱼白，春燕就迫不及待地打电话到老公东莞的公司去。

“喂，请问找谁？”一位操普通话的女声答话。春燕的普通话讲得不是很好，农村出来的姑娘，小时与老公郑华青梅竹马，高考落榜后就一直留在老家，除了照顾年迈80多岁的双双父母，到如今，出省城就只随老公到过东莞的公司不过3次。浓重的四川口音虽与普通话很接近，可久了，就很难改口讲好普通话了。

她硬着头皮，继续以川腔普通话应付：“我找你们总经理。”

“请问你去哪里找？总经理出差去了，方便留下联络电话吗？”

春燕猜想，那一定是公司新聘的秘书小姐，上次听老公说公司新请了一名女秘书。

“我是他太太，公司董事长啊！你是新来的秘书小姐吗？”

“对不起，我从来没听总经理提过他有位董事长太太，秘书太太倒有一位！”

对方话语未完，春燕既惊又气，更急，差点儿晕了过去！

结婚10多年来，她很听郑华的话，没敢带儿女去东莞公司，是怕影响老公工作和应酬，更怕他分心，自己却什么忙都帮不上，每次都说是他一人来回机票比三个人的要便宜，还是天晓得那是不是郑华的诡计。

3年前，他将成都的公司搬到东莞，说是那里发展机会好，还寄了厚厚一摞文件，要挂名为董事长的春燕签名。

可这之后，电话一年比一年少，偶尔来电也总以业务忙为借口。想不到，如今大权已被他人掌控，自己的位置也被另一女人取代。春燕越想越伤心，越伤心越气恼，怨恨丈夫一直蒙骗自己……

可是，春燕转念一想，郑华不像那种无情无义薄幸郎，难道他出了什么意外？反正快过年了，小孩还没去过东莞，倒不如趁孩子还在放假期间，带他们过去玩玩，再看个究竟。

她匆匆挂了电话，赶到平时熟悉的南北花园大酒店旅行部订购机票，才发觉那张每月支取家用的信用卡给取消了。

天啊！往后她母子三人日子怎样过？还有年迈的父母。

春燕愁眉苦脸，在回家的途中，眼泪情不自禁地落个不停……

今年刚进幼儿园的女儿和小学三年级的儿子，也懂事地在旁噤若寒蝉，看着伤心的妈妈，儿子一心只想回到家里好给爸爸通电话。谁料春燕汽车刚进地下室的车道，还没来得及按遥控，车库门已自动打开了……出现在她母子仨眼前的，是眉开眼笑的老公郑华。

春燕看傻了，一双红泪眼，郑华忙不迭地跑到车厢里拥吻她，回头再抱紧一双儿女，春燕如做梦般被拥着进了家门。

此刻她耳边响起丈夫久违的声音：“老婆，我决定提早退休了。半年来为此忙得颠三倒四、天昏地暗，连你的生日也给忘了。真对不起啊！看，这项链是我今早在机场给你补回的生日礼物。来，我这就给你戴上！”郑华内疚地为娇妻扣上红宝石项链，仍不忘调侃她。“哎！老婆，我想通了，天下的钱永远赚不完，可一家子却不可能长期分开，不然，我真的要找个小三养着啦！”

想想近几年东莞的年三十，人少得可怜，一点也没平常的繁荣景象，显得很萧条。早穿棉衣午穿纱，中午的阳光肯定很明媚。

春燕布满血丝的眼睛此刻也笑开了！可她心中却多了个没解开的谜……那位秘书太太？

而此时的宜宾，长江河畔微风习习、波浪柔声，郑华一家子高高兴兴来到滨江路散步。刚从东莞乘航班赶回家过年的他，还没来得及添加厚重皮毛大衣，还穿着舒适秋季轻便服，首次尝试在秋天过春节的滋味……他一手抱着女儿，一手携着儿子，妻子小鸟依人般挽着他臂弯……郑华在妻子耳畔喃喃细语，说早已将公司股权转让给中学的同学李华伟，李太太也于月前接任公司秘书。

宜宾的夕阳正绚丽，郑华一家还漫步在长江河畔。

他的手机突然响起。东莞的华伟兄向他拜早年，祝福他在世外桃源与妻儿永远共享温馨天伦……

今年除夕夜，郑华一家那顿团年饭啊，别提吃得多香！

卖 花 女

去年6月的一天，雨下个不停，我们早早就起了床，约好去牟坪和李庄进行商务考察，唐董事长开着自己的车，并载着我们满街寻找早餐。每次回家，我很喜欢吃老家的小吃，特别钟爱面食，这次也不例外，在翠屏山下的小巷子里找了家面食店，分别要了小份担担面和燃面，吃完后心情很是舒畅。

从北街转到都长街接到第一位客人后就来到大观楼旁。小巷深处传来卖花声："嗳……香得咪，玉兰花、黄角兰、茉莉花、栀子花……"吴侬软语，圆匀清儒，伴着车窗外的雨声，声声入耳，仿佛也带有幽幽花香，这10多年没听到过的声音，如今又把我带向童年。

这天正好是星期六，卖花声悦耳，但卖花女好似有点可怜。看竹篮里有很多一朵朵还没串起待开的花朵，被雨水冲洗得干干净净，洁白无瑕，肩膀上还挂着用丝线串连好的几圈黄角兰和栀子花，被雨水淋透了的花格子衬衫使她妙灵身材更加突出。我要了3串栀子花和2串茉莉花，给了100元，并说："小妹妹，不用找，很感谢你给我们生活带来馨香和幸福！"没听清卖花女讲什么，只见她很快又多给了我几串，加上为高镇长准备的，我们每人正好就有2串。

记得有个暑假，我住在胜天小镇奶奶家。年过半百的奶奶挺注重自己的姿韵雍容，入夏后衣襟上常挂一串白兰花，吐馥扬芬。

有一次，闻有卖花声，她老人家忙不迭地急追出门去，还将卖花女请进大门内。我正巧在厅中，不经意向外观望一下奶奶。这一望，蓦地觉得这卖花女似曾相识，遂穿过天井走近瞧瞧。卖花女发觉有人，本能地扫一眼，突然开口唤我的名字，语气中有些惊喜，有些失措，也有些惶然。一瞬间我认出她来，是我小学时的同班同学。一别两三年，她长高了很多，亦少了娃娃脸，变得纤巧秀气、亭亭玉立。

我三步并作两步到她跟前，颇有点兴奋道："咦？是你啊，小静！"

最乐的是奶奶，小静错叫她伯母，她握起小静的手道："奶奶来的，奶奶来的。真巧，还是小书友，快请进，厅里坐。"拉小静入客厅落座，亲自端来茶点放一旁的茶几上。"阿静啊，你怎么不读书卖起花来了？嘻嘻，我在里面远远地就听到你的卖花声，特别悦耳，特别好听……"奶奶在一旁鼓噪，有句没句的。

以前，胜天小镇的几条小巷，深院古宅，往往成条巷见不到一家店铺，全靠小商贩穿街过巷，那各行各业自成一格的吆喝声叫卖声撕破寂寥幽深的面纱，给死沉沉的百年老镇增添少许鲜活生气。

种种叫卖声中，无疑以卖花声最为动听，最获历代骚人墨客的钟爱，词牌中便有《卖花声》一调。清代以降抒写苏州卖花女卖花声的诗词甚多，不过我独爱周瘦鹃的一首小令《浣溪沙》："生小吴娃脸似霞，莺声嘹呖破喧哗，长街唤卖白兰花。借问儿家何处是？虎丘山脚水之涯，回眸一笑髻鬟斜。"

我幼时在二伯父家玩，那一带全是花田，种植最多的是白兰花与茉莉花，此外尚有含笑、玫瑰、香草、栀子花等等。主要用来沏茶及提炼香精、香油和药用。当地人爱饮的茉莉花茶就是用茉莉沏成的。花农将上佳的花卖给制茶工场或香油工场，多余的就由家中的女孩或小孩子盛于竹篮入镇卖花，换些临用补贴。

小静同学怎么做起卖花女来了？

我与小静虽然做了几年同窗，但说过的话不会超过3句。我只知道她成绩好，唱歌好听，乖乖女一名。她祖父是镇上的名中医，父亲在外地做官。改革开放后，怎变了呢？听说小静的母亲与父亲离婚后，小静就跟了母亲一同住进后爸的家，她重病的祖父不久便魂归道山。小静瘦了，常皱眉头。唉，很多单亲家庭应该都是这样的吧！父母离异，苦了孩子。不是没母爱就是少父疼爱，稍不留神就养成了古怪的性格。

小静便不再返学，只差半年小学未读完。我与她再相逢，才知她当时是被扫地出门，跟随母亲一起去了农村。

大学毕业，我在离开老家后，在东莞找了家外资厂，一直做到今天。有一年回家，心血来潮与奶奶特意去拜访小静。

3年未见，得到的竟是小静离家出走，杳无音讯。她母亲三缄其口，后来才说小静被他后爹给糟蹋了。

如今，看到卖花女，又让我想起了小静，是不是卖花女的命运都很坎坷？

小静，你到底在哪里？生活得还好吗？如果上天还有眼，一定会保佑你生活幸福！

给好兄弟帮忙

老邓靠在休息的长条椅上，脚直接搭在了桌面。

问：“文哥，你说我该怎么办？怎样才能摆脱那个女人？”

文哥喝了口水，无奈地摇了摇头说：“不知道。说真的，陈阿姨哪点不好？你一定要摆脱她。”

其实，陈阿姨并不老，是这帮哥们给取的外号，实际是位很可爱的小女孩，只是觉得老邓比她大，才这样叫的。

老邓是文哥在一个办公室上班多年的好哥们，可谓亲兄弟了。从进公司到如今，几乎算得上是同穿一条裤子、同睡一张床的兄弟，有啥好事两人都各得一半分享，吃饭没看到人得先打个电话问问，来晚了总得先在饭堂把菜给打好，逢年过节或周日，几乎都会看到老邓在文哥家的身影，因文哥家就在中山市我们公司的仓库旁，而老邓还在寻找另一半，以前谈了几个女的，都吹了。很多人都说老邓花心，还给取了几个雅称，如“明骚”“少妇杀手”“妇女主任”什么乱七八糟的。

每次吃完午饭，文哥、老邓俩兄弟都得来上一支香烟，一起聊上个半把钟头，反正有聊不完的话、说不完的事。当然最多的还是聊公司哪个女的长得怎样、哪个女的又跟哪个好上、哪个主管又跟哪个马屁精杠上了、哪个马屁精又加薪资了、哪个男的又看上哪个部门新来的美女之类的话题。

老邓总喜欢大大咧咧往长条椅上一坐，把脚架得老高。

“哥们，你不知道，她哪点都好，”老邓停了停，把嘴凑过来，“就是我喜欢上了别的女人，有钱的女人。”

“那是你不对了！”

“是啊，我知道。可是爱情没有对与错，我只能说我不爱她了。”老邓那样子，文哥见多了，每次说，他都是一副死猪不怕开水烫的样子。

“你还够坦白的啊！”

“那当然，在你面前我还能说假话不成？”

“你换了多少女人了？算过没？好不容易和陈阿姨睡在一起，才半年不到，又看上谁了？”

“这个还不能说。我还没搞定，搞定了第一个让你认识。”

“还有你搞不定的女人？”文哥苦笑，“你小子要是把泡女人的手段用在工作上，肯定比我强多了！”

“别，别，那活儿不是我做的，哪像你，整个就是一个工作狂。”老邓突然从椅上跳起来，“哥们，你说你都上千万身家了，还要这么多钱做什么？这些年在你手下做事，吃你的，用你的，也没做什么事。说真的，我都不好意思了。”

“哈哈，那以后就多帮我做点。”文哥大笑，“说真的，兄弟，有你这句话就够了。”

“那你帮我想想办法怎么让陈阿姨跟我分手。”老邓又来了，“真后悔，当初怎么就一时冲动跟她睡了呢？要不是小燕姐说我该定下心来，老大不小了，怎么也不会跟她租房住在一起的呀！”

“我没办法，谁叫你当时那么急！现在后悔了也没用。当初我不是给你讲好的女孩多的是，谁叫你还偷偷叫小燕帮你约陈阿姨的？结果还没感谢小燕姐就又想做甩手大哥了，不好吧！”文哥耸了耸肩，摊开双手。

“我有个办法，你愿意帮忙吗？”

“不帮，你准没好主意。”文哥一口回绝了。

“你得帮。”老邓说，“你不帮我谁帮我？”

“好，好，只要不触犯法律的事，我都帮你。”文哥应承下来。

“好兄弟！”老邓在文哥耳边低声说了一通。

“老邓，你……”文哥急了，“这么阴的招你都想得出来。”

“你不总说陈阿姨是你喜欢的那种类型吗？”

文哥心里像在敲鼓，一阵乱擂，陈阿姨确实是老邓喜欢的那种类型，但是，这种事，文哥直觉得冒冷汗，真想不到老邓会出这个主意。

“一定要帮啊，你都答应了。”老邓搂着文哥的肩，“兄弟，你说你人又帅，又有权，还不缺财，保证马到成功。”

这些天，文哥一直想，做那事真是太缺德了，还是跟老邓说不行。一会儿又想，这些做老大、经理、老板、当官的，哪个没有包个情人什么的，好像只有我守着一个女人过日子，是不是太傻了？一会儿又想，还是不要的好，多对不起老婆啊！一个人在中山老家带孩子，还要管好仓库，节假日回家还得照顾我的生活，付出了多少啊！

“做就做吧！”文哥忽然发现，自己潜意识里是想的，很羞愧。于是，文哥努力想：“我只是帮老邓。”这样，文哥心里平静了不少。

这些年来，文哥从来没拒绝过帮老邓，刚进公司那会儿的感情，文哥是永远也忘不了的。

文哥家穷，父母给的钱，除了买车票，剩下的就不多了，没想到进公司还要办健康证，又花掉几十元，工资又要等到下月中旬才能领。公司又不提供早餐，经常是连早餐都吃不上，可是倔强的文哥从来没跟家里提过，而老邓，总会适时地给文哥送来吃的。还记得有一次，老邓的钱还没到账，口袋里只有一块钱，老邓买了两个馒头，一人一个，坐在池塘边啃。想到这里，文哥不禁泪流满面。也正是那时候开始，文哥立志要做个有钱人，也发誓以后只要老邓要自己做什么，自己一定得做。

“咚……咚……”

文哥拿纸巾擦了擦眼睛：“进来！”

“朱文经理，你找我有事？”

“是的，下班你和我，还有老邓去外面吃饭！”文哥示意小陈坐下，“等会儿下班在楼下等我，老邓出差回来会自己过去。”

“好的。”小陈站起来，“没别的事？”

文哥没有说话，耸了耸肩。小陈转身出去了，老邓这小子不知道搞什么鬼，看着小陈婀娜的身姿，文哥费解了，这么优雅的女人，这么优秀的女人，老邓怎么就不要？

文哥开车载上小陈来到东莞南城的喜来登大酒店，选了个中餐包间，有微缩的假山、流水、绿树，加上幽暗的橘红的灯光，整个装饰尽显浪漫气息。文哥选在小陈旁坐下：“先点菜吧！”

“嗯。”小陈拿过菜单，轻轻地翻动起来，“老邓怎么还没到？”

文哥看着小陈，她的声音，有一种淡淡的慵懒的感觉，让文哥怦然心动，真是个人间尤物。

“文哥，老邓怎么还没到？”见文哥在发愣，小陈又叫了一声。

“哦，我打电话问一下。”文哥回过神来，拿起电话打了过去。

“兄弟，在等你啊！什么……还在那边……不是说好今天搞好的……好吧……你自己看着处理吧……”文哥挂了电话，“小陈，不用等了，老邓还在中山仓库盘点，说我老婆还有一份东西没拿到，要晚些回来了。”

菜上来了，两个人，面对面，无言，静静地吃着，文哥的目光不时停留在小陈身上。

文哥喝起酒来："小陈，陪哥喝酒。"文哥给小陈满上一杯。

"嗯。"小陈抿上一小口，"我不怎么喝酒的，只喝一点。"

文哥一杯接着一杯喝，说着些漫无边际的话，然后又说小时候的苦，边说边喝，文哥突然感觉看不清小陈的脸了，虽模糊，但多了层朦胧的美："你真美！"

"文哥，你醉了！我扶你回去吧。"

"不用，我先开车送你。"

"不用了，你就住在酒店吧！我打车回去！"小陈去开房，把文哥扶在床上，脱下鞋子，"我先回去了！"

"不要。"文哥扯住了小陈的衣服，顺势把她拉到了自己怀里，"小陈，我爱你，不要走。"文哥开始用力抱紧小陈。

"不要，文哥，我喊人了。"小陈开始反抗。

小陈努力挣扎了一会儿，终于敌不过文哥，被文哥压在了身下，她没有叫，不知道为什么。她没有叫，可能是感激文哥为老邓和她做的一切，也可能小陈根本就没想过要叫。总之，小陈决定接受了，她没有再反抗。

两人缠绵在一起……

"砰……"门被撞开了，小陈紧张地缩在了床角，文哥没有紧张，文哥知道的，他故意没把门锁上，文哥和老邓商量过的，只要和小陈睡在了一起，老邓的事就好办了，为了自己的哥们，文哥决定伤害他最好兄弟老邓的女人。然而文哥没想到的事发生了，他看到了另一个人，一个女人，是的，和老邓一起来的还有自己的老婆梦婷。

老邓和陈阿姨分手了，顺理成章。

陈阿姨离开了，除了一箱衣物，没带走任何东西。

文哥和梦婷也离了，理所当然。

梦婷离开了，带走一半文哥打拼下的财产。

陈阿姨不太在意与老邓分手，一个她深爱的男人，让另一个男人来对付自己，还有什么值得珍惜？

文哥不太在意被带走的一半财产，他在意的是，一个最好的兄弟，一个最敬重的老婆，两个最亲近的人，给他下了一个圈套。

几天后，老邓就和梦婷走在了一起，文哥早料到了，两人同时出现在这家宾馆门口时，文哥就已经料到了。

文哥在寻找小陈……

调　任

韩兄是公司主管工程的课长。

韩兄这个人不错，他办起事来很认真，偷起懒来没人敢跟他比。除了老板，没人抓他，也没人敢管他。发起横来，可谓除了他太太，谁都不怕。但只要接到老板的电话，握住电话的手总是抖个不停，就像发羊角风似的。讲起话来很有煽动性，吹起“牛”来让你摸不着边际，显得很有才华。常言道，“好马长腿上，好人长嘴上”。

人嘛！口碑好的人缘就好，而且不论到哪都受欢迎。在公司里，领导、同事大家都清楚。很多时候，领导每月聚餐或有客人，领导都喜欢带上他。因为大家都知道，他太太跟老板走得很近。久了，同事们都想巴结他，希望以后有事让他在公司领导面前多多美言几句。打工除了跟同事搞好关系，其目的就是想多领点薪水，或者调去采购、总务课有“外水”的职位。要是没这人脉，想必比登天还难。

他的不足就是不修边幅，本来就长得难看，个子才一米四出头，管理起来，有时还不如刚进公司的后生，他手下偷偷传说：“什么都不知道，还能当上他们的主管。”都快奔五了，留个长长的头发，老板都不知说他多少次了，有几次还当着我们的面骂他，骂他时更可爱，只见他立正站着，双腿在颤抖，就像小便都要流出来一样。一张傻子样的脸容，被骂到精辟处时，口里就只知道回答一字一句：“是”或“改”，不过这声音要走近点才能听到。第二天上班一个样，第三天上班还是老样，久了有的就叫他“老韩皮”。其次，他还喜欢喝二两老白干，自己仅半斤，喝得差不多，或有靓妹在旁边时，就吹成能喝1斤。这时，老同事又开始戏弄他，让领导在一旁看得个个乐滋滋的。最过瘾的还是抽烟时间一到，总喜欢找同事要烟抽，过过烟瘾，就是从来没见他自己身上带过一包烟。这点就像一个讨烟的饿鬼，你说连一包烟都不买的家伙，这点小便宜都想要贪的人，同事们能真心喜欢吗？可是，同事们又不敢不给呀！

每次回老家，同事们总少不了要带些值几个钱的土鸡、土产送给老板。今年春节，当他再次送老板这些时，老板说准备成立稽核部，直属总经理办公室管，监督公司所有干部员工的工作情况和供应商品质及所有成本。老板问他是留在原单位还是接任这新部门，这可把他惊呆了，这么好的事，让他一点心理准备都没有呀！他心里暗暗地高兴，心想：“我的土产，终于有效了，可以咸鱼翻身了。”这比搞采购、总务还有“油水”，就是每月要写汇总报告，进行人事考评，最好的要加薪，最差的要降薪，采购单价也要审核，供应商的品质和扣款也交稽核部处理，采购日常生活用品和出售废品也要控制，有问题的通通收编管制。不过还是别急，得晚上再问一下太太，到底老板是不是把这么大的权交给自己了。

“让我考虑考虑行吗？”韩兄望着老板说。

老板笑眯眯地回答：“行，给你三天时间。”

韩兄调去总经理办公室成立稽核部的事不知怎的，没几天就在全公司传得沸沸扬扬。贺官儿的酒在公司下班后，总被喝得昏天暗地。调任的前一晚，部门整了三大桌。这个说：“韩长官，你到总经理室上任了，可别不来看看老部下哟！”

他回答：“怎会呢！我是那样的人吗？”

那个说：“韩兄，官大压死人，到时，小弟犯点小错，可别熊人呀！”

他说：“放心，都是打工的，又是好兄弟，打工的滋味，我心里理解的。”

同事们就一口韩兄、韩兄的，喊得他乐滋滋的，当然还是那二两小酒让他最受用。

因现在招工很困难，加上周边地区员工工资底薪上调，而本司一直没接到总公司的调整薪资回复函，为了激励员工、提升士气、留住老员工，总经理办公室决定最新方案，并由新成立的稽核部来负责该项工作。

每月10日，评选各事业部优秀员工奖和优秀部门奖，获前一名的个人可当月获奖金1000元，获集体奖的前一名，每人奖给底薪的2%（约400元）。每年累计3个月获奖第一名的员工，可享带薪年假一个月，并可报销回家的来回车费；每年累计3个月获奖第一名的事业部，全体员工有一次组团去新加坡旅游的机会和带薪年假15天。真是很诱惑，谁不想争第一呀！

下达评选方案后，各事业部、各分厂都要求逐级自评后，再统一交稽核部韩部长召集评审，这些先进典型材料当然要汇报给自己。

韩部长在整理资料时，突然，眼前一亮，好熟悉的名字，难道是她，就是多年前自己老家的相好和自己居然在一个公司上班，自己却不知道，这也难怪！这么大的公司，16个分厂，60多个事业部，8万多员工，谁认识谁呀！何况今天这社会，只看钱和权的世道。于是他抓起电话就与他们事业部联系后，他们将她的个人资料传了过来，资料上的名字、地址、相片都还是以前的那个样。看来得亲自去核实一下比较好，这么好的机会，得照顾一下她，还应该好好聊聊，因自从与她分手后，心里多少有些内疚。

以这次评选为理由，他们单独见面详谈了起来，最开始还有点拘束，后来谈起了业绩，就拉开了话匣子，他们这个塑胶有8个分厂，29个事业部，她是其中的一个。这个月的销售业绩是11万元人民币，纯利1.2万；可另一个事业部销售业绩是11.5万，纯利1.4万。

临走时，韩部长对她说："你们事业部这次有我在，一定要评上优秀部门奖和个人奖，得再提升业绩到11.6万，纯利1.45万就上平台了。这两天看能不能再增加些销售量。重新报一份资料来，你们就等我的好消息。"

回到办公室，韩部长叫助理将他们事业部的资料退了回去，说自己亲自考核了好几个事业部，发现他们事业部有漏做的销售业绩，要实事求是地补上，重新交来评审。助理照办，心里想着，这是怎的，漏做就漏做吧，非得要让人家补，人家不想评第一，你还急啥？干吗了？

时间到了，他们事业部的资料也按韩部长的要求，全改回来了，这也万无一失了。评审团的人都到齐了，就等助理把资料送来开会讨论和评审了。

当助理把资料送来时，他看了他们事业部的资料，心想，这下可真能帮上她一把了。这个月的评比肯定是他们事业部拿第一。可是，他看到第二个事业部的业绩是11.6万，纯利1.5万。第三事业部的业绩是12万，纯利1.76万。第四事业部的业绩是12万，纯利1.86万。第五事业部的业绩是12万，纯利1.96万。第六事业部的业绩是12万，纯利2.06万。第七事业部的业绩是12万，纯利2.16万。第八事业部的业绩是12万，纯利2.26万。

可越往下看越不对。怎么其他事业部的业绩都一样，而纯利高于他们事业部的那么多呢？最终评审结果就不言而喻了。

评审团的人们都离开了，他还一个人傻傻地待在会议室。此时的韩部长头快炸了，血涌到了脸上。面对突如其来的情况，自己又没有应对经验。心里越想越不对劲，哪有这么好的利润空间？这年头真是一个部门糊弄一个部门，下级糊弄上级，可谓是一级糊弄一级。这评比不就成了弄虚作假吗？看来是跟不上形势了。时间长了，不等到年底，全成了虚假利润，肯定出大事。韩部长想着应当机立断，还是逃走算了，要不然，哪还有脸面去见自己的相好？

回到办公室，韩部长就写了报告，要求调回老家的事业部任工程课长，不当部长了。

到底谁病了

那天我到村公所办公室要为我小孩入户开个手续证明，由于碰到一位多年不见的老同学耽搁了一会儿时间，结果，当我赶到时，已是下午5点半了。

看到有个女同志正在锁办公室的门，我就赶紧上前去说："领导，我要盖个小孩入户的章，麻烦你了。"

她一边锁门一边问："你社会抚养费都交齐了吗？村主任签的同意书都带来了吗？组上的入户手续证明呢？计生办的安扎证明和结婚证都带来了吗？"

我说："我的小孩是第一胎，只有出生证明和组上的入户手续证明，其他的没听说要呀！"

她没好气地扭过头，瞪了我一眼，说："没带，下班了，明天带齐再来。"

我指了指墙上挂的一个公示栏，笑眯眯地对她说："不是6点才下班吗？麻烦你了，我大老远地从外地请假赶回来，你就通融通融，以前入户只带这些，没说要那么多的呀！"

她提高了声音对我说："傻子才6点下班，你就别啰唆了，没有用的。"

她看起来很坚决的样子，转身就要走。

我急了，一把拉住了她的手，说："我的好姐姐，求你了，你就帮帮忙盖个章吧，我们组长说只要有这两样就行了。”

她狠狠地甩开了我的手，声音更大了，“你想干啥？那你找你们组长去，还来这干吗！”顿了下又接着说，“你有病啊？你想耍流氓，是吧？还叫我姐姐？就是叫奶奶也不行！”

我愣了，不由自主地用手摸了摸自己的额头。

此时，空荡荡的楼道上，只有她的高跟鞋重重踩在冰凉的地板上，也踩在了我的心上。

第二天，我去找了村主任。村主任说：“现在增加了些手续，目的是怕你们这些在外的打工者不按时提供检查，违反计生条例，超生二胎、多胎或未婚先妊娠，要交社会抚养保证金，今后有违规，就不再退了。”

为了小孩入户，免得再跑来跑去，我只好交了1000元的社会抚养保证金。钱交了，却连收据都没一张，这下才明白是怎么回事。我只拿到村主任的一张同意入户意见书的白条子。我来到村公所办公室，老远就看到昨天的那位女同志，就说：“今天手续都带齐了，帮忙盖个章吧！”

她接过我的资料，翻了翻，看了看，说：“就这些了？”

我说：“是呀！还要啥？”

她说：“你不知道还要交手续费吗？”

我说：“村上盖章还要交钱呀？以前都不要的呀！”

她不耐烦地说：“你到底办不办？不交钱，就要盖章，你是不是生病啦！”

我吐了下舌头，又用手摸了摸额头，借这手势看了她的样子，看来不交钱，是办不成了。我只好硬着头皮，心疼地交了200元。可钱交了没见她有开收据的样子，与村主任如出一辙，也不好问，更不敢问。

我只得在心里想：“老婆大人，我这次亏大了，这1200元没收据，回去怎给你交差呀？”

心疼归心疼，总算是过了村上这一关了。在往集镇派出所户证科的路上，我的心怎么也平静不下来，没多久，就到了集镇上。看时间还早，我就在派出所门口的茶楼要了碗茶，好慢慢地等他们上班。

刚坐下，门口又进来几个人，有一个好生面熟，可就是想不起来，这个人却向我打招呼，还叫出我儿时的绰号，我这才明白是邻居马三。

这家茶楼好生热闹。看墙上贴的标示：一楼喝茶，二三楼吃饭，还有雅座包间。

在聊天时，听说今天市计划生育抽查到了我们镇，正聊得高兴时，马三说：“糟了，镇计生办的小刘带着几个人朝我们走来了。”

这时，我只见从楼上下来好几个干部模样的人，竟要求我和马三等一伙人马上离开躲避。我知道，在聊天时，马三说他老婆生了三胎，超生了。

马三有点慌，我还在继续喝我的茶。我说，我又没超生，让我躲避个啥呀？

镇计生办的小刘冲着对我说，你是没有超生，只是跟你把话说明白，你要是乱说，咱可要回头算账。

结果，那天下午抽查组刚离开镇上，我就被几个干部模样的人打得头破血流。

茶楼老板说：“你有病啊，你不说话能把你憋死啊！”

我说：“我就是实话实说，我在村上就是交了那么多钱，没人开收据给我的呀！”

计生办的小刘说：“人家超生不超生与你无关，叫你嘴再长，一粒老鼠屎坏了一锅粥，我看你是病得不轻。”

我说：“谁有病啊？难道说了真话就有病啊？”

我的话音刚落，又是一阵子的拳打脚踢。这下，我是真有病了。

马三听说我在茶楼出事，不知从哪儿冒出来，就搀着我去了医院，我真是气愤不过。

住了一天的院，就一个人又跑到镇政府上访。接待我的一位干部听了我的叙述后就对我说："你没病吧？你的行为已经给全镇造成了恶劣影响，你要知错改错，咋还有理由来上访啊？"

我说："我说真话也有错吗？我被干部打伤了也有错吗？你们不管，我就去找镇长。"

那位干部这时在打电话，只听他在电话里说，张书记，快把这个神经病领回去吧，缠了一早上，还嚷嚷着要见镇长。

我的火气一下就涌了上来，我揪住那位干部的衣领说："谁神经病啊？难道我上访也有错？走，咱这就见领导去！"

这时，有几个穿制服的人冲了进来，不管三七二十一架上我就往外拖。

一个人说："你都不看这是啥地方，这不是在你家里，想野就野啊！"

另一个人说："这个人真有病，要不送回村上去，要不就送到精神病院去吧！"

我还想辩解，但我的嘴麻木了，什么也说不出口。

中篇小说

阄工代表

自从张职员当上了工会代表，我就发现他变了。连他那一双总是黯淡无神的眼睛也变亮了许多。原来那张蜡灰色的面孔，也像是突然发了光。一双疏淡的八字眉，还想在那一张干干巴巴、棱棱角角、显得又枯又瘦的脸上，一个劲地要往上争哩。那阵儿，他对谁，都会在原来总要挤出来的那一丝笑纹里，添加几分感激与讨好的份儿。他显然是在感谢同事们居然会选他做了工会代表，三十年来第一次让他在公司里露了脸，成了气候。尤其是代表大会开了幕，我和他住进了干部宿舍，他脸上的表情，也就愈加动人了。

他这模样，自然使我感到有些可笑。可我，他唯一的好朋友，还是愿意他能在心里真真正正地快活几天。因为我知道他这一辈子活得都太窝囊，太清苦，太没有名分与地位。公司里二十四五岁的小年轻，都敢拍着他的肩膀，对他喊着我们叫他的外号——“阄工”，指示他要好好地干。而他呢，也只能像个真正的“阄工”那样，唯唯诺诺，唯恐得罪任何一个人，特别是那些正靠爹妈得意着的小年轻。

然而，自从那天公司大会宣布要搞民主，有10人提名便可以充当竞选经理的候选人起，我看他的神情便有些不对。整整一个晚上，他居然能把那么高级的席梦思折腾得“唉声叹气”，害得我半夜起来，猛一开灯想看看他在干什么，却未想，他那一张脸，笑眯眯的一副怪样儿，竟叫我迷糊得睡不着觉了。那一刹那，我居然也担心，他会不会像范进那样，中了举便要疯，便要往泥潭里跳，还非要胡屠户打嘴巴子不可……而他刚当上了工会代表，便立即生了要当经理的野心……这念头，自然只是在我心中一闪，便没了。

我心里真正为他紧张起来，还是在本系统代表团酝酿经理候选人的讨论会上。因为讨论会一开始，他的眼睛便像是有意躲开我，却又总想看我们的副理，连看着其他代表的表情，也显出了难为情的样子。开始，我还不明白他何以会做出这种表情来。后来，当我看见他的眼光又有些激动地飘闪在我们副理的面孔四周，那一双阔嘴巴，几番像是欲言又止，却又止而欲言时，我心里才突然跳出了一个念头——这个念头，对我无疑是石破天惊，我心里不觉一慌。

我承认，那会儿，我的眼光就像是在求他能看我一眼。因为他只要看我一眼，就会明白我会制止他内心的企图，他满心窝里正在鼓胀着的那个念头，便会无影无踪。可是，他偏不，而我又恰恰被芳姐拉着坐在她的身边，离“阄工”足有一丈二尺远。

正当我心不在焉地听着芳姐跟我说悄悄话儿，猛地想到干脆绕过去，装着有事找他出去，然后再跟他把那个理儿挑明时，谁料想，他居然已经那么吭吭哧哧地又那么激动不已地将那句话公然地说了出来。

是的，他说出来了，我真的没有搞错他的心思，他竟然率先提出，要以10人提名的方式，选举咱们这位“德高望重”的副理去做公司的经理。他的话，就像一颗炸弹，立即将在座的一张张面孔炸得青不青乌不乌的。我猛地扫了一眼咱们部的各位代表，然后立即向“阄工”看去，我看他竟显得从未有过的正经、庄重，像是完成了一桩“历史的大使命”。

我心里自然只能是叫苦不迭。

然而，会议室里，静谧得不再有一点声音。我忍不住扫了许多代表一眼，竟看不出丝毫热烈响应的迹象来。许多人的脸上，反而都露出了那种不尴不尬的样儿，全像是做了亏心事儿难以启齿似的。这时，我听到我们副理说：“大家不要选我嘛，我可没这个能力——啊？哈哈哈哈……”

他的干笑，裹着他的不快，同样如一颗炸弹，把刚刚被“阉工”炸晕过去了的代表们，全炸醒过来了。我看见所有的人脸色都变了，有几位脸上已经迅速地绽开了由衷的笑容，而那个娇滴滴的声音终于又像是放广播剧似的响开了：“干吗不能选我们的副理？我看我们副理就行，当经理都委屈哩！本来嘛，这回没让他当正式候选人，我就有意见！”

我盯着他，然后将眼光扫到副理脸上，发现副理脸上的干笑，显然已经变得滋润多了。我这才向“阉工”看去，我看见他的脸上虽然已经失去了那副庄严的神情，可满脸又都是那种如释重负的表情了，虽然他谁也不看。

会议室里热闹起来了，那一片拥护咱们副理竞选经理的声浪，已经一浪高过一浪。

我呢，只觉得心里麻糟糟的，理不出一个头绪来。因为我第一回感到自己捉不住“阉工”的心了。

这可是本届工会代表大会选举经理的大好日子。只因如今的工会代表，个个都愿意代表工人，所以，光是10人提名的经理，就有十几个，加上原有的3位副理候选人，将近20人。因为“阉工”要履行他这个代表的权利，咱们系统的16名代表，连我在内，又全都表了态、签了名，便以16人提名的最佳态势，将咱们的副理堂而皇之地变成了经理候选人，那名字就印在粉红色的选票上。

会议一开始，就显得严肃、紧张。那几乎天天上班与我们见面的领导，终于走上主席台，按座次就了座，会议就正式开始了。先是起立唱国歌，然后是坐下来由执行主席宣布候选人名单，最后是强调选举纪律，接着便放开了迎宾曲。在代表人数被清点得一人不差之后，大会工作人员便开始发选票，会场内也突然沉静下来，连迎宾曲是什么时候停的，我也不知道。而我刚刚将那张粉红色的选票接在手里，一个工会代表的光荣感、责任感，便已经升腾在我的心中。未承想，刚打开选票，那个人的名字竟第一个刺到了我的心里。而我甚至连感觉都还没有上来，就已经在他名字上方的小格格里，又快又狠地打了一个“×”！

然而，那个人，却把我的心给抓住了。分组讨论经理候选人时，我们系统的代表，在“阉工”的提名下，一致推选咱们副理做经理候选人的情景，又活灵活现地浮现在我的眼前。当那个女人把签名纸递到我跟前时，我只好当众违背自己的良知签了名，事后只好安慰自己说，连那许多青史留名的人物都做过违愿的事，我这算什么！那一刻，我心里虽然别扭得说不出滋味，但是，一想到“阉工”，我心里便又有些恨恨的。“阉工”啊“阉工”，你当真是一点也不了解咱们的副理吗？难道你第一回当上了工会的代表，便要滥用你手中的权力吗？难道你仅仅因为感激他没有在工会决定代表名单时，把你的代表资格撸掉，后来又跟你开玩笑说过，你当代表，我这个副理可是举双手“赞成”的话，你就要像遇了明主似的，去向他表白你的忠孝节义之心吗？

我握紧手中的选票，不觉向前排看去。我一眼瞥见“阉工”正回头看着我。那一瞬间，我虽然恨不能狠狠地盯他一眼，可我还是看见了他满脸都是巴巴的样儿。我立刻明白，他这是要求我投咱们副理一票呢！

我心里顿时来了气。因为上午提名结束后，我有心将他拉到了一个僻静的角落里，然后轻声地责问他说：“阉工，你真的是阉了？怎么会生出这样一个馊主意？”

你瞧他怎么着？他不看我，或者说只是怯怯地看了我一眼。欲言又止不说，临了他竟说出了一句：“我，也是想报答他……”

我一生气，便要甩手就走，心里却又冒出来许多话——你要报答他什么？又有什么可报答的？同事们看你老实可怜，也是存心想让你风光风光，才选你当了代表，他不过是做个顺水人情罢了，何况给你当，总比给我这种刺儿头好些！他做了咱们四五年的副理，那些在公司里凭拍马屁，凭着几分姿色，凭着跟总公司个人关系，凭着干姨干爹干妈干姐干弟干妹亲连着亲的子女们，一个个都弄了个线长班长组长课长副理经理厂长的，你还不是我们部门的一个老职员吗？我们部门里谁不知道你勤勤恳恳，任劳任怨，天天都在想靠着好好儿干活爬上去？却又三十年如一日，没有一天爬上去过，一晃都十多年了，连每次加薪都没你的份儿。

我心里的话，虽已涌到了舌尖上，但没有说出来。除了因为不是时候也不是地方，还因为我仿佛听出他那句“也是想报答他”的话里，还掩藏着别的什么意思。虽然那一刻，我什么也不愿意想，也想不出来。我只是看着他那样儿生气，为他做的不顺应民心的事情感到愤恨。可等到我当真要甩手走掉时，他却一下捉住了我的衣袖，有些畏缩地对我说：“既然已经签了名，你就投他一票吧。”

我没好气地看着他，一声不吭便走了。我当面签名，是叫那骚娘们给逼的。想让我投他的票，没门！要不是厂长拨出一个代表名额，指名给了我，我早就被他×掉了！咱是靠本事吃饭，是本司的名人，也是咱们副理眼里揉不进去的沙子儿。

我看着“阉工”那一张还没有回转过去的面孔，看着他脸上的乞求模样，不知是厌他、恨他，还是不忍心，忙将自己的眼光收了回来，然后又打开了手中的选票，发起怔来。直到会场上已经嗡嗡地响动起来时，我才猛然醒悟到，就要投票了！我这才在自己的选票上，从第一个圈画起，一连画了5个圈，算是投了5张赞成票。对那些因姓氏笔画太多，因而名字只能排在后面的候选人，我也只能徒表遗憾，在心里请他们原谅。因为除了那几行简历之外，我对他们的底细所知太少。然后，我又最后盯了一眼咱们副理头上的×，非但没有带着一丝歉疚，还带着一股说不出的惬意，把选票端端正正地合起来，半举到了我的胸前。

激动人心的迎宾曲又猝然摇撼了我的身躯和我的心。满会议厅白炽的光束，正从摄像者的身后射出来，在代表们的脸上扫过来又晃过去，宛如骄阳烈日下的大戏院，在红旗鲜花与迎宾曲的旋律中显得热烈非常。我看着主席台上的大人物一个个地投完了票，才在工作人员的指挥下站起身，随着人流与队伍，鱼贯地向台下的投票箱走去。当我猛然看见“阉工”竟是那样庄严地投下了他的选票时，我的心里不知为什么竟猛然牵动了一丝恻隐之心。我好像是突然感受到了他的庄严情绪，而在心里生了愧疚。是的，他毕竟是第一回当上工会代表，第一回以员工代表的资格行使他神圣的权利，不像我，几朝元老，早没把这当件认真事儿了。就像去年，员工反映公司伙食太差，召开了一个工会代表大会，从原有的四菜一汤改为三菜一汤，每天将省掉的一个菜改为常用的辣椒和酸菜及咸菜，结果大家都签了名，在公告栏张贴了，刚开始几天还好，结果不出一个月，连辣椒和酸菜及咸菜的影都见不着了。最后弄得员工说：“啥工会代表，开一次会少一个菜，再开几次会，看来都不用提供吃饭了。”这还是文明的，不文明的就更难听了。

吃点心小憩的时候，我总算怀着一份说不明白的心情，坐在“阉工”的身边。吃着可口的巧克力饼干和水果，心里却总有些不安，尤其当我感觉到“阉工”的眼光像是老在躲着我时。我试图引诱“阉工”说几句话，可他的那一双八字眉，这会儿又已经趴了下去，那样子就像是不自在得很。我猜想，坐在我的身边，他还在为自己的拍马屁难为情哩。也是，他活了四十多岁，这在他看来还是第一回，况且还拍得这样大，这样响！他若是早十年学会了这一手，嘿，看还有谁敢叫他“阉工”！

他原姓张，本名扬，实是张扬。可是，就因他太阉，所以，同事们才送了他这样一个难听的诨号。

还未吃舒服，票就清点完了。当工作人员要求我们这些代表重新各就各位时，我因“阉工”告诉我他的身边原就空着一个座位，我便干脆坐在他的身边不走了。我不知道自己为什么要这么做。但我感到，唱票时，最好还是能跟他坐在一起。因为我隐隐地感到，此刻，“阉工”正在为他的“恩人”，也在为自己行为的后果担心。他这心情虽然正好跟我的相反，但使我在心里对他多少怀着一点儿不安。

我的预料并没有错，但我的预料又全然地错了！我看出“阉工”的脸色在变，眉头在跳，脸上棱角分明，一张又扁又阔的嘴巴都快要张成“狼嘴”了！那当口儿，我就像是压根儿不关心那些选上还是选不上的人，而只在关心着我的“阉工”。直到咱们的副理，竟以一票之数而名落孙山时，我心里的紧张情绪才猛地一松，却又猛地一紧——因为我看见“阉工”的额头上已经有了汗，那张脸又变成了蜡白色，他那张大了的嘴巴，哭不像哭、笑不像笑地开合了几下，却又没有说出一句话来。许久之后，当迎宾曲将新当选的6位经理引到主席台上，与全体代表见面时，在一阵长久的巴掌声之后，“阉工”才转脸看着我，傻傻地，却又像是庆幸不已地说了句：“那一票就是我投的。”他的眼光里显然含着责备我的意思，那意思就像是说我太小气，也太不肯帮他的忙。

我看着他，不觉脱口问他：“那个女人为什么不投他的票？”

“她丈夫出了车祸……”他说，也不看我，八字眉又全然趴下去了，“我原以为就是你不选他，再除了她，他至少也能有十几票，那也就不难看了，没想到……”

他的脸上明显在向外渗着不安的表情，虽然这表情里还掺和着他对自己的宽解与宽慰。

我看着他，虽然有些同情他，却又莫名其妙地感到，他对自己的宽解与宽慰是不是也太早了些？然而那当口儿，我还不想跟着自己的感觉走，更不愿“阉工”也跟着我的感觉走，却又突然有些可怜地看着他，没有怀着一点怨意地在心里对他说了句：“‘阉工’，你真傻。”

“阉工”是真傻，我就没有遇见过像他这样傻的人！

他率先提名推选咱们的副理做经理候选人，等到大家不得不跟着他提了名，他反倒躲起咱们的副理来了，连看他的眼光都是躲躲闪闪的，唯恐避之不及。我知道，他那是害怕再做出“拍马屁”的样子来，更怕人家说他在拍马屁，因为他原来不过是要报答那个人。

可是，当咱们的副理竟以一票之数而名落孙山，本部门里推选过他当候选人的代表们，都笑得喘不过气来，却又个个都在躲着他的时候，好他个“阉工”，倒开始眼巴巴地看着咱们的副理，凑近他，想跟他套近乎了。我知道他是想说自己在为他惋惜，为他难过，还有就是要向他表明，他这个提名人毕竟是真心诚意地投了他一票，那一票便是他投的，他可没有欺骗咱们的副理，寻他开心，他的真心苍天可鉴，日月可表。然而“阉工”竟然会看不出咱们副理的脸色，看不出副理看到他时，那更加乌沉沉的面孔——他是连看也不想看“阉工”一眼哩！他满脸的表情，都像是在说——“你别再朝我献媚好不好？我瞧着你就想吐！”

“阉工”却不。他竟然还要一个人偷偷地往副理的办公室里跑，却又总被副理的话和脸色堵在门口，进又不是，退又不是。我远远地站在他的身后，为他寒心，为他丢脸，为他感到有辱人的尊严。

我知道“阉工”想不通了。他那八字眉，当真又趴下去，再也起不来了；他那满脸上的棱棱角角，又全都往回缩了，像是生怕会戳疼谁；还有，他那一双刚刚才放了几天光的眼睛，居然重又变得黯淡无神，叫人瞧着都不像个活物，若不是它们偶尔还会动，叫人觉着他心里还想不通，我怕他真的会比阉了还可怕。

但是，待我将他拖到一边，跟他道明，他当初提他的名就是错的，如今也犯不上为这个错再内疚，那人选不上是他没德行，这不关你的事时，他倒傻样地反问我说：“但那一票，就是我投的。我没有跟他搞两面派，他怎么能对我……”那当口儿，我瞧着他那心事重重的窝囊样儿，也因为没好气，所以才冲着他说："你别以为你投了他一票，他便以为你对他是忠心的。你推选他做候选人，他当然高兴。选得上，是他的造化；选不上，却有十几票推选他，这等于是在向公司的领导表示他这个副理在我们部门很得人心。可是，正式选举时，他只有一票！这样一来，别说造化了，却分明是揭穿了他做候选人的骗局，他连脸也给丢了个一干二净！难道你连这都不明白？"

我当时因说得痛快，加上他仍然是满脸狐疑的模样，我才把人家的话给他倒了出来。可我刚跟他说："阉工，你说那一票是你投的，可别人都说那一票是他自己投的，还有人说是亲眼看见的。所以，他现在看见你，才会脸色铁青。"谁承想，我这话还没有说完，他的脸竟已变得一片蜡白，连一点血丝也没有！但他的眼睛却突然地亮了起来，并且一把拉住我，抖着我的袖口，逼问我说："这怎么可能呢？怎么可能呢？那一票是我投的，真的是我投的，一定是我投的，一定的，我怎么会……"

我没想到自己的话会叫他变成这样，我心里立即有些慌了。那当口儿，要不是有人拉走了我，我也许真不知道该怎样回答他才好。

快半夜时，当我回到宿舍，轻轻地推开房门，准备悄悄地摸上床，蒙头大睡时，却未想到，"阉工"竟猛地掀开被子，在床上坐了起来，大声对我说："我想起来了！当时我还在自己那张选票上做了一个记号，涂了一块墨水团团，就在票角上！没有错，我不会错，我能查到。明天一早，我就要去查票……"

他不单在这深更半夜里将我吓了一跳，而且他的声音，因像是从地狱里迸出来的那样，叫我不寒而栗。

我因为心里一慌，竟也忘了开灯，只是盯着他那一双在幽暗里熠熠闪烁的小眼睛，许久之后，我这颗心才算平静下来，但也只好在心里叹了一口长气，兀自摇了摇头，然后，就和衣躺下了，但我仍然在听他说："我明天一早就找大会组去查票，他们一定是把我的选票遗漏在票箱里了。我有记号的，我能找到……"

说实话，那一夜我都没有睡踏实，似梦非梦里，总觉得他在对我说要去查票的事。可不，一大清早，他就拉我起来，一双眼睛，就像一只要去挨刀的小狗那样，巴巴地看着我，求我陪他去查票。我有什么办法？谁叫我是他唯一的朋友？谁叫我打心底里既可怜他又同情他呢？我又怎么能看着他为那张票，已经露出了要犯精神病的劲儿而不去帮他一把呢？可是，这票真的能查得出来吗？要是他那张票真的已经遗失了怎么办？或者是纵然查到，可票上的圈又明明白白地圈到了别人的头上去了呢？谁又能说这绝不是可能的呢？选举时，也许就因为他太认真、太激动，同时又当真想在那张票上表明他那一份报答之心，反而圈错了名字，却自己根本没有觉察呢？但是，我还是陪他去了，一路上都不敢看他那张痴不痴傻不傻的面孔。到了大会选举组，也只好由他一个人去求那些年轻人。直到那些小年轻对他的态度，实在叫我看不下去时，我才发了话——以两个“工会代表”的资格，把话讲得硬邦邦的。我虽然看出他们对我的话，同样在脸上流露出了不屑的神气，但是面子上的事，他们又不得不顾，何况又多少知道点我这名字的分量，他们这才不情愿地查起票来。

当“阉工”的那张选票，因确有做记号，而终于被查出来，并且确确实实证明他是投了咱们副理一票时，我看到“阉工”满脸发光，激动不已，哆嗦着嘴巴，向那些小年轻连声道谢的模样，心里非但没有一丝激动，反而变得漠然。因为我明白，两票既不能使我们的副理时来运转，却只能使他脸上无光，何况别人早就说另一票是他自己投的。它虽然说明了“阉工”对他的忠诚，道尽了他的知恩报恩之心。可是，咱们副理能领他的情吗？笑话！虽然我劝“阉工”把这张选票只偷偷地拿给副理看看就算了，可他就是不听。他偏要求选举组在大会上宣布他这张被遗失的票，是一张有效的票，是他神圣权力的被疏忽，他偏是这样的犯傻，这样的不明事理。

我没有错。大会终于宣布了他那张选票的合法性，宣布咱们副理得的不是一票，而是两票，一边检查工作上疏忽，一边又将他大大表扬一通，说他既对履行工会代表的神圣义务尽责尽心，又是一个诚实的候选人提名人。这时，咱们的副理，不单单是霍地站起身，转身便往会场外走，而且连对“阉工”巴巴地迎着他的眼光，理都不理。他那满脸上的乌云冷气，又预示着“阉工”会有怎样的命运呢？

午餐以后，当“阉工”神魂不宁地踌躇了很久，终于走进副理的房间，当那些真正同情他、可怜他的代表和我一样，悄悄地跟踪在他的身后，躲在门外倾听里面的动静时，副理猝然间便向他暴发出来的火气，竟然把我们这些“门外汉”都吓了一跳。至于在里面的“阉工”，已经被他吓出了怎样的一副模样，那还用得着我们来想象吗？

我们全听清楚了！听到副理在骂“阉工”让他丢了一次脸还不算，居然还要一而再，再而三地当众丢尽他的脸面，听到副理公然喊着要“阉工”别再拍他的马屁，还说，他从来不用别人来拍他的马屁，尤其是“阉工”的马屁，只能叫他恶心……

我们躲在门外，只听着副理在叫、在嚷、在怒骂、在低吼。可是，谁也听不到“阉工”的声音。

那一刻，我只觉得自己的心在抖，在胀，像要爆开，却又差点爆出两颗眼泪来，我猛然转身走开了。

张扬这下真的变成“阉工”了，被选上工会代表之后，在他脸上所焕发出来的光彩，就像是永远不见了，消逝了。他见到人时，虽然也还想挤出一丝笑纹，然而那笑纹已是愈加地苦了不说，而且还有了哭不像哭、笑不像笑的模样，以致许多人见了，心里竟有些发毛。我因瞧他这样下去不是事，听说他最近又查出了什么毛病，治后也不好，前两天的傍晚，我才硬把他拉到了百汇的一家烧烤排档，想让他跟我喝两杯，也好让他宽宽心。未想到他闷闷地几杯下肚之后，竟陡然抬起那一张蜡白色的脸，盯着我看起来，却又全然像是盯着别的什么一样。

良久，他才突然开口说道：“我提他名，是为报答他，这不假，但我也是想，我这样对他，他对我或许也会好一点，将来能多少关心我一下，信任我一点。别动不动就说我是谁的人，与他不是同路的，老是怀疑我不忠于他，每次加工资都没我的份儿。很多时候，有机会一同用餐，连我敬他酒都不喝，多没面子，就连我再回公司连年资都接不上，我这张老脸都不知往哪儿放了，过去，我眼见许多当过工会代表的人，多少都提了上去。我已又干了快十年，于今已45了，我把所有的青春都赌给公司了，结果就在他的手里整得连气都喘不过来。你看那个三厂的韩公公，一来就比我工资高出好几千，就凭他有关系，可哪次不是弄不好的工作让我去帮弄好的？我们副理连这点信任度都不给我呀！这次，好不容易当上了工会代表，要是将来再不能提个啥长的或再加点薪资，我这一生便连个结果也没有，连孩子们也恨我不中用，瞧不起我，害他们直不起腰……”

他说到这里，忽然不说了，连脸上的棱棱角角也像是在颤抖。等到他再抬起头来看着我时，他那一双像是已全然趴下来的八字眉下面，两只眼睛也变得混混浊浊的，还像是在凝聚着两点落不下来的泪。

他的话，还有他这模样，叫我的心一酸一紧又一哆嗦。

我不忍看他，不敢看他，像是有一杯冷酒堵在我的心窝里，叫我全身上下都有了要打寒战的感觉。我不由得又想起了同事们背地里说“阉工”的那些话。难道“阉工”当真会像他们说的那样，怕是不会在公司长久地工作了吗？

一群打工人家

这里以前是石碣镇隆泰实业公司的第一幢高楼公寓，6层，坐东朝西，突兀在茅房矮屋参差不齐的民丰路旁。现今全是租住的外来务工和家属，以前的房东很多正从这里搬去石碣最繁华的新世纪花园和七里香公务员小区定居了。

大楼的后面有一座黑压压的煤场，那便是石碣最大的储煤场。煤场后有块空地和一座小山，长满了杂草，再往前走就是东江河道。楼前，隔着宽阔的民丰路，大楼的左边，是一条小巷，弯弯曲曲，沿着它可以直抄五星级之南北花园大酒店的大门。巷头则五花八门，炸油条的、烙烧饼的、修自行车的，还有那些时有时无，幽灵般赶不走打不掉的炸爆米花的“挑子”和捏糖人的“担子”。巷子的中段是“露水菜场”，每天一到十一二点钟太阳跟大楼一般高时，那菜场就散了，一条热闹的小街，立刻变得清幽幽的，只有那些被剥落的菜帮子菜叶儿，还能让人想起它刚刚过去的盛世景象。

大楼的右边，擦着楼身而过的，是一条通煤场又通火车轮渡的铁道。铁道横穿民丰路，火车一声呼啸巨响，常常震得整幢大楼发颤。这楼质量不大讲究。一层楼道，住五至八户人家，楼梯口有一间没安门的厕所。里面的下水道不捅便不通，因此常年是臭气熏天，脏水一地。对着楼道的人家，更是四季“飘香”，绵延不绝。

不过，大楼里的人们却是知足的，尤其是住在中单元6楼的外来工和家属们。这些世世代代没有住过洋房的农村人家，在老家住的是土木瓦房，哪有这几层的高楼？虽然近年来眼看着那些住在2层、3层的，已经一户户一车车地搬了出去，他们却仍然心平气和。靠着眼下的世道，正如俗话说的“虾有虾路，鳖有鳖道”，一家家的小日子竟过得有模有样起来，比起十年前的日子，已是别有一番光景了。

这是初夏的一个傍晚，太阳刚刚下山，储煤场的煤山，就像刚刚熄了火的炉口，还在闪着一片泱泱的红光。民丰路上，更是车声人声，每逢一趟列车呼啸驰过，那车队人流便又像放了闸的洪水一般，哗啦一下，挤了过去，又拥了过来，满天空响着汽车喇叭的怪叫声，自行车合唱般的铃声和那远去了的火车头的喘息声……

然而，大楼的后边，却是另一番天地。虽是夕阳西下，但是满目苍翠的小山，却依然绿里流金，西风吹过，推搡起那一重重绿波金浪，真叫人想起山里的飞瀑流泉，令人赏心悦目。

大楼就这样把它的两边隔成了两个迥然不同的世界。而这一刻，6楼上的人们，也正处在一天最忙碌的时刻。那一条充当了阳台的走廊过道上，在一家家门前垒起的炉灶锅台上面，锅碗瓢勺，正以它们有节奏的轻响，叫那一锅锅的油盐佐料蔬菜荤腥，发出了一股股诱人的香味。

快到70、风韵犹存的张妈，从额上刚捋下一把亮晶晶的汗水珠儿，便指着那个正哼着川剧的丈夫嚷道：“老不死的，就是贾宝玉也没有哭不完的灵，还不把屋里的白糖给我端来，你那媳妇儿喜欢吃甜的！”

“甜甜蜜蜜嘛！”老张笑嘻嘻地用四川话答了她一句，正要转身进屋，传来一声清清亮亮的叫声：“爸、妈，开饭啦！”

老张两口儿一抬脸，原来，是他们那未来的媳妇儿，已经在儿子的陪同下，准时地到了。

“马上就吃饭——老鬼，糖呢！”张妈对未来的媳妇笑容可掬，却一偏脸又露出了一副狠劲儿。

“哦，我昏了头了！”老张忙笑眯眯地转进屋里拿出了白糖。张妈一手夺过，刚用瓷勺舀了洒向锅里，便又一偏脸朝屋里嚷道：“小刚，你还不把小桌儿端到走廊上来，你黄姐来了，要吃饭！”

她这一席话，虽说得热乎，但依然能听出那话里的胡椒味儿。而随着她喊声而出的，却是一个长得极高挑的瘦男孩，那脸虽长得嫩，头发却蓄得长，两条裤筒儿把腿捆得紧紧。他便是张妈的小儿子，有命无运的辍学青年，却又比他老子也不知能了几倍的，还和台达二厂的车间主任张子刚混上了。

子刚听到当妈的一声叫，便停下手机游戏，忙忙地从屋里拎出了一张活动小桌来，刚往廊沿上放好，就凑到他妈的耳朵跟前说：“妈，他俩天天来得也太准时了！”说着还忙不迭地拉住他妈的衣袖，要他妈往里屋看他那哥“嫂”的亲热劲儿。

他妈忙挣脱了他，说：“你也别寒碜他们，过两年，你还不一样？刚挣钱，那票子就像粘到了手心里，当妈的抠都抠不下来，就怕你将来连他都不如，你也不是不知道这家里的苦楚……”

子刚一见他老娘动起了真格，忙抱拳一拱，做出了一副讨饶赔罪的样子说：“饶饶我，算我没说。”便连忙跑进了屋里。

张妈端起了菜锅，煤火立时映得她满脸通红，更照清了她额上那细密的皱纹、眼角上隐隐的血丝和已经软软地耷拉下来的双颊……

炊子放在了炉子上，张妈的脸瞬间又黯了下去。她对着半壁遮墙凝神愣怔了一刻，这才转过身来，对又哼起了“哭灵”的男人嚷道：“你还不叫他们出来吃饭！”

“明芳还没回来呢！”最喜欢大女儿的老子，回了女人一句。

“她不回来也一样吃，你心疼她，她还不心疼你呢！”

男人明知她话里有话，因为怕惯了，立即向正坐在一旁做作业的小女儿明华传令道：“明华，还不叫你哥哥跟黄姐出来吃饭。”

小明华嘟囔着：“吃饭都要人喊呢！”这才慢吞吞地站起身，向里屋走去。

张妈一下子落身在小竹椅上，看着廊外已经变得灰蒙蒙的天空，轻轻地叹了一口长气。

“张妈，还没吃呢！”

这一声喊，惊醒了正要休憩片刻的女人。她一抬脸，才看见在建筑公司上班的泥水工赵三端着一只饭碗走了过来，碗头上高高地摆着一只肥透的鸡腿。

“张妈，跟你报、报告一个新、新闻！”有些口吃的泥水工赵三，习惯地蹲下身来说：“就铁路那边的，那、那个老奶奶，昨晚上，被、被人捅死了，八、八千块钱也，也没了……”

“八千！”张家女人眼神一亮。

“听讲，就、就是她俩、俩女婿干的。”

“真的？”老张闻声而出，把“哭灵”忘到了一边。

“你讲不清，就别讲，人家不过怀疑是她女婿叫人干的！”赵三的老婆小叶，也端着一只碗，用嘴巴撕着另一只鸡腿，对她男人抢白道。

“老、老子讲不清，你再讲，看，老子捶你！”

赵三爱面子，回头瞪了女人一眼，又不好意思地朝张妈笑了一笑。

“你敢！”他女人小叶明知这会儿不是自己挨揍的时候，辣滋滋地便顶了他一句。

赵三的脸更红了，却朝着张妈一咧嘴，笑道：“张妈，你看她，嘴、嘴狠，待老子一、一揍她，她就……”

可惜这会儿他张妈的心不在小叶挨揍的事上，张妈说：“我也不要八千，有个五百、八百的，就过得去了……”张家女人说的像是无限的痛惜。

“现、现在五百块钱，算、算个屌！老子几个人，给人家包、包两间房子，几天就、就五百！”

“我们哪能比你们？”张妈正要往下说，却一眼瞥见大儿子张子明跟他的女朋友黄莹莹走出了里屋，便立即改了一副笑脸说，“还不快出来吃饭！”

赵三站起身来，正要转身走掉，却又愣在了那里。原来，走廊的尽头，又传出来了一阵鬼哭狼嚎般的叫声，还有夹着桌椅板凳被掀翻摔倒的乒乓声。

“秦、秦师傅又喝醉了！”赵三端着碗说。

“这一家人，哪像个人家！成天不是哭，就是闹，摔东掼西！”张妈像在心疼那些正在乒乓惨叫的家具。

张妈家右边的门忽然开了，走出了一个浓眉大眼的年轻人，只见他一出门就似笑非笑地说：“要是老子，干脆拆家散伙，受什么罪！”

说话的便是玻璃厂的吹泡工，25岁的孤儿廖五七，小名五七子。

赵三两脚早发了痒，忙将还剩下半只鸡腿的饭碗往张家的小饭桌上一搁：“走，拉架，都、都是邻居！”

“什么都是邻居——逞什么能！人家打架关你家什么事，要你管！”

赵三的女人小叶将筷子跟碗一放，顺手便拉住了她的男人。她与秦家的女人一向有些不和。

赵三脸憋得通红，差点动了武，临了却说：“老子今儿晚上再、再跟你算账！”

可就在他又无可奈何地端起了碗时，只见秦家那扇关紧的门，忽然砰的一声被打开了——秦家的儿子，石龙大华广场家具厂由工人晋升为技术员的秦飞，竟满脸发紫地奔了出来，跨出了门槛，这才恨恨地却又硬压低了嗓门嚷了一句：“我，从今再也不回这个家了！”

昏暗的黄昏光线里，看得见他挺秀气的大眼睛里忽地冒出亮晃晃的眼泪。

可是，秦飞刚刚走到正对楼道，房门紧闭的梁家门前，还未走到楼道口上，却忽然愣在那里了。他的脸色突然苍白，接着又泛上了一层黯红。他像猛然被人使了定身法似的，立在那里，两眼却又像在躲闪着什么。

6层楼上一时间竟变得鸦雀无声，除了秦飞的老子还在门里破口大骂着各种难听话以外。

这一个“静场”，愣怔了赵三与众人，却使得张家的当家女人猛然跨出了自家的过道——果然不出她所料，她当真就看见了自己那个脸蛋儿红扑扑的女儿，看见她正扶着刚从肩膀上放下来的自行车，微喘着，两只水灵灵的大眼睛，正脉脉含情地盯住了秦家的儿子……

张家女人的脸呆板了，两腮上的肉更耷拉了：“明芳，你站着发什么呆？一家人就等着你来端筷碗了！”

张家24岁的大姑娘张明芳顿时垂下了眼皮儿，也不吱声，推着车子就拐进了过道，只把车子放在梁家的窗前。

秦飞又愣了一刻，脸忽地泼红，这才走了，上5层楼来看热闹的人失了兴趣，散了。赵三端起还剩半只鸡腿的饭碗又慢慢往嘴里扒着饭。张家一家全又坐回到了小饭桌前——那被老娘骂为百事不管、三棍子打不出一个闷屁来的张家大儿子，在木柴公司当着办事员的复员军人张子明，此刻正忙着把一大块蹄膀，往他那未来的女人碗里搛，也不管11岁的小妹妹正嘟囔着嘴巴盯住他；孤儿廖五七却对着将大辫儿一甩便进了屋的张明芳瞥了一眼，油腔滑调地哼了一句歌词“小哥哥出门我伤心”。这才转身进了自家的屋子，还把门掼得山响……

就在孤儿廖五七把房门掼得山响的时候，秦家的醉鬼蹦出了自己家的门槛，并且撵到楼梯口边，也不顾自己女人死命地拖拽他，竟只顾举起那只断了3根指头的右手，一边跺着脚，一边竟骂起那些难听的话来：“……你跑得了和尚跑不了庙！早几年，你老子当生产大队长的时候，那些臭老九想拍老子的马屁还拍不上呢！如今他们一时兴，连你也要反叛了，学着他们的样儿，对老子指手画脚。我就不信，他们那尾巴能翘多久，你不要失了时……”

这个在十年动乱中曾进驻过“上层建筑”、红过一些年头的生产大队长，这刻就像要把自己多年来的晦气一股脑骂个痛快，竟堵在污水池正对着的那扇紧闭的房门前面，指桑骂槐地嚷嚷开了。早已又围上来了的赵三与孤儿廖五七，见他像条疯狗似的乱咬了，这才一左一右地硬把他架回到了他自己的家里。

那扇紧闭的房门开了。梁家夫妇站到房门边，对外面看了一眼，就又要关上房门。正流着眼泪的秦家大嫂一见，忙一手扯住梁老师的衣襟，一手攥住梁老师女人（姚医生）的手腕，就要下跪求情。待梁家夫妇好不容易把她扶住了，她才流着眼泪说道：“梁老师、姚医生，你们千万不要跟他一般见识！自从他生产大队长的职撤了，跟飞儿来到这里，他的脸就是青的，酒也越发喝得凶了。儿子说他一句，他就翻脸，连我也打，只要一醉，他就口口声声说自己还要回去当生产大队长……”

年方四十的梁老师摇了摇头，感慨地看着这个可怜的女人，说：“秦家大嫂，我们怎么能跟他生气呢？他这是还没有想通，也难怪他……”

他摇摇头，又叹息了一声，还要说句什么，赵三却眉开眼笑地进了屋，说：“老、老子跟五七子，用绳子把、把他捆在床上了。秦妈，你回去歇歇，他，打、打不成你了！”

他话犹未说完，自己却笑出了声，然后又转脸对自己女人说：“小叶，你、你快把秦妈扶、扶回去。梁老师家连晚饭还没吃——这、这个秦师傅喝了酒就发邪……”

这一回，他女人小叶倒挺顺从，却也是好不容易把秦家大嫂扶了回去。

一时间，6楼的人全拥进了梁家。赵三接过梁老师递过来的一支烟，点着了，便一屁股坐在饭桌边上，伸头看看桌上的菜，就笑了起来：“梁、梁老师，你家晚上就吃这种菜呀！我真不晓得你家把、把钱存起来干、干什么！要我是你，丈人老子在外省做大官，早、早就买了别墅，还跟我们住这破地方。一天两、两顿酒，鸡鸭鱼肉，管、管他的，照啃！”

梁老师夫妇正不知应该如何答话，张妈却开了腔：“要说梁老师，也真是想不开，我们是没钱穿、没钱吃，你倒锁着金山，偏要装穷，大约总是怕我们找你家借钱是不是？”

张妈的话讲得温温热热、酸酸甜甜，那眼梢儿还有意瞥了向来不多话的姚医生几眼。

“要我就吃光用光，身体健康！”孤儿廖五七忽然大声说道。他也接过了梁老师的一支烟，却对烟的牌子大不以为然。

“梁老师，赶明儿我们穷了找你借俩钱花花，你可别小气呀！”未来的张家媳妇也嗲声嗲气地说。

梁老师狼狈地看了妻子一眼，好一会儿才结结巴巴地说：“哪一家都有哪一家的难处，就是当大官，也有富的跟穷的，我们俩，就靠这一千多元的工资，虽只有一个孩子，但又在他奶奶那儿过……”

这位因一家私人学校聘请的中学外语教师，不久前才搬来，这6楼人家眼里的金罗汉银菩萨，这会儿，虽有心多辩解几句，但又更怕人家说他哭穷，尤其是眼前的张妈，近日来已不止一次地对他有过暗示了，为这事，他还跟妻子犯过好几回愁呢。

他看了看大家，正要再说点什么自我解嘲的话，算是敷衍一番，却未想到张家的店员男人，竟将正哼着的贾宝玉“哭灵”一停，用他那永世不能改却的宜宾土话说道：“我讲梁老师，要吃，身体要紧，只要修好了五脏庙，管他穷不穷！穷也是过，富也是过，我就是不担心……”

“你是不担心嘛，家里缺少东西，从来就是旁人顶着，儿大当婚，女大当嫁，你也屁事不问——总是叫我一个女人顶着这半边天！这回你大儿子要办事。老娘我也乐得舒坦，不管了！叫你儿子跟你吵去闹去；你媳妇还要一条金项链，再让我去偷，去抢吗？这回也该轮到你了！”

她一下子讲走了“板眼”，连她那未来的媳妇儿就在她身后，也被她忘了。直到黄莹莹转身而去，好不容易才被她儿子拉扯住，拽回家里，却又吵了起来时，她才发现自己说走了嘴。

她赶忙站起身来，却又对梁老师说了一句：“我的梁老师哎，真人面前不讲假话，子明的婚事，我已经亏了三四万，你是瘦死的骆驼比马大，哪里知道我们的苦处！”

她说完便走了，只留下了丈夫老张，依然笑嘻嘻地摸着他的络腮胡子说：“牛性子，一天到晚噼里啪啦，船到桥头自然直嘛！儿要结婚，叫儿自家想办法。儿子养到二十八，还要娘出钱办婚事，真是……”

“张伯。”赵三立即打断了他的话说，“这、这话你也别讲，老子结婚，不也给她？”他指指又站到了梁家门口的自己女人的身边。“逼、逼得一屁股拖两胯儿的债哇！”

“你少废话！”他女人小叶忙骂了他一声，转身走了。

“如今婚丧嫁娶这些红白喜事，也真是难哪！我和姚医生结婚时，哪像如今这副样子，要这样，我们还结得起婚吗？”

“问紫鹃，妹妹的瑶琴今何在……”老张似有感慨地又哼起了“哭灵”，隔壁却传出来了他女人的叫声——“她要走，就让她走！今天要沙发，明天要酒柜，后天又要汽车，无数套的衣裤鞋袜买了不算，上海牌的买了又要退，又要什么罗马牌的！连结婚的房子也要我来操心，我就是孙悟空、如来佛，也变不出来！我们家原本就是个穷家，招架不起，让她走！”

隔壁传来了她大儿子张子明极为不满的声音：“妈，你……”

谁知他妈的声音竟然毫不示弱：“你妈怎么了？你妈还对不起你们？一个个养到二十几，谁见了你们一个子儿的孝顺钱了？你参军回来，知道你要成家，你一人在家吃饭不收你饭钱，你又把她天天按时按顿带回来吃饭。她来吃饭，我能不买菜吗？这已经够你妈受了，却又今儿要这样，明儿又要那样。你老子也就是个一月一千多块钱的看货员，你妈到今天还在街道糊盒子组里，一个月只挣两千块！你妹妹人大心大，她想过这一家的死活吗？子刚一月交我一千块，挖回去的还不止这些，你叫我这日子怎么过？你妈也是人，是个女人！你老子成天除了‘哭灵’，就知道茶来伸手，饭来张口，百事不问——你又何尝可怜过你这苦命的妈妈……”末尾的一句显然已夹着哭音了。

直到这一刻，老张才站起身来，摇摇头，照旧说：“梁老师，你听，我家子把媳妇气跑了，还要骂儿子。小家伙想结婚，有啥办法呢！”

他走了，走到门口，却一手按下孤儿廖五七的肩膀说：“还是你好，一人饱一家饱，没烦恼，没心操，这辈子不结婚，比贾宝玉还要快活10倍！”

他刚刚放开孤儿，便一眼看见了气冲冲夺路而走的大儿子，因此忙喊了声：“子明，你——”

“你叫他做什么？他是你的儿子，他的事你管！这个家我也当够了，从今儿起也该你烦烦神了！”

“好了，好了，我早就讲我是《红楼梦》里的王熙凤，精明能干，再大的难事，我也担得过。我们俩结婚时，连床板也没有一块，我们还不是养了四五个儿女？勿生气了，生气伤神。消消气，明早我从店里带些新鲜荔枝给你吃，刚上市呢！”

“吃得死呢！”张家女人破涕为笑，却又恨恨地添上了一句，“老不死的东西，谁跟你开玩笑了！”

“嘻嘻！”孤儿靠在梁家的门栏上，开心得把烟屁股撅得老高。

“嘻嘻！”赵三忙对张妈做了个鬼脸，笑着说，“张、张伯真开心！张妈，快、快消消气！”他忽然一眼瞥见了正要从张妈身后溜下楼的子刚，忙嚷道：“还、还不快买点好、好吃的来、来孝敬你老娘！”

“得令！”子刚在过道上差点被厨具绊了一跤。

“这、这小子越、越来越可爱了！”赵三笑着说。

“可爱？就怕他到时候，跟我一样，连老婆也找不到！”孤儿在一旁冷冷地搭了腔。

张妈不满地瞥了廖五七一眼，一屁股坐到了门边的小竹椅子上，顺手抄起一把葵扇掮了起来。

可是，不知为什么，她那眼睛，竟又向孤儿掠了过来，而且越睁越大。临了，她那眼神，也像亮了许多，连廖五七也感觉到了她的眼神有些异样，忙撇开了自己的眼光。这个孤儿，玻璃厂的吹泡工，好酒、好赌、好打架的“无人管”牌货色，他哪里知道，那个坐在他眼前的张家妈妈，这一刻竟当真对他来了神了……

6楼静下来了。

每天总是最后熄灯睡觉的梁家夫妇，今儿却早早地把灯灭了。秦家被捆绑在床上的醉鬼，这刻也不再骂人，而是将一阵阵不均匀的鼾声送到了廊外。赵三与他的女人熄了灯，却在床上拌着嘴儿，声音隐约可闻。张家早已各自就寝——老张不再“哭灵”，小明华蜷缩在她爸爸的脚边，做起了小姑娘特有的梦，子刚也在小屋里曲着鹭鸶般的长腿睡着了……

然而，这一家还有两个人没有真的睡下，一个是张家的当家女人，一个是张家的大女儿明芳。

隔壁传来了轻轻的麻将的声音。这声音，就像鬼使神差一般，隔着斗子墙，直往张妈的耳朵根子里面钻。月亮也像是有意作难似的，径直地照进窗户里面，照着张妈的那一双不能合上的眼睛……

这是一个劳碌了半生的苦命女人。她15岁便嫁到一户人家“冲喜”，洞房花烛之夜便死了“丈夫”，遇到了这张家老头，才离开那败了的人家。

然而，就在她火红的贫穷日子里，她竟也在那场浩劫中，被人戴上了一顶纸糊的高帽子，拥上了砖垫的高台，还当上了居委会主任。可那些平常对她有恨的轻薄浪人，不干净的手掌手心，还硬要在她的胸前背后磨来蹭去。她一怒之下，从此看破“红尘”，辞了居委会主任的职务，一门心思放在了已经一个个长成半截儿大人的孩子身上。她把老张的那五十几块钱，掰过来算，横过来花，又亲自带领全家老小糊火柴盒儿，扎拖把条儿，硬是让一家人的日子过得“外面光”。

日子像涨了潮的河水，号称“鱼米之乡”的东莞石碣小镇，米价、盐价、肉价一天天地上涨。她眼角上的鱼尾纹儿，额头上的操心纹路，还有那失去了光鲜的双腮，叫男人看了直心疼。

她用十多年所结识的关系，更是把大儿子张子明送上部队，又用她跟王区长的往日交情，将女儿弄进了这家台资厂，解决了两个人的吃饭问题，她心头忽然松开了一大截儿。

然而，张家的良辰美景，在短短的几年之后，竟又戏剧似的拐了一个弯。

大儿子复员回家谈了恋爱要结婚，女方家里恨不得叫婆家能把百货店买下来，而儿子除了会鼓着腮帮伸手之外，别无办法。女儿一个月一千八百元的工资，交了一千元的生活费，那张嘴就差点没说出为娘的不公来。

张妈的眉头又皱紧了。她看着自己一房的破家具烂木头，摇摇头，暗自长叹。

她找到老张以前的领导，使尽了老娘们的招数，才让子刚当上了台资厂的车间主任。

可是，她家底太薄，经不住没过门的媳妇天天要鱼肉招待。这姑娘儿凡人家有的她都要，还常常拿别人的辉煌婚礼排场说给她听。

子明做了榜样，那明芳的陪嫁，将来子刚的婚事，就是把我这把老骨头拆散了卖，也顶不上事呀……

张家的女当家失眠了，原来并不丰腴的脸颊又瘦了一圈儿。男人心疼她了：“你这又是何苦来？儿孙自有儿孙福，你能管得了多少？”

她一听冒了火：“你不管，就不该生他们。你自己不怕丢人现眼，我可丢不起这个老脸！”

“好好好，你有办法，你就去变出钞票来！我还乐得醉两回喜酒……”

眼看着大儿子的婚期越来越近，张妈的眼睛便常常发直了。她虽然一见到没用的大儿子便生气，却又暗暗扳起指头，想着法儿要把大儿子的婚事办得有排场。

邻居中搬来了一户百汇超市主管的家属，她忽然动了心——先向他们借俩钱，日后还，我姓张的不会带着昧心钱进火葬场的。可是，几次试探，从口风里听出那主管也穷。她不信，可钱锁在人家柜子里，奈何！

她忽然想起了“为富不仁”这句老话，可又转念一想，倘若为富的都仁了，谁要就给谁，那富的不也就变成穷的了？也就在她算来算去，万般无计，明摆着子明的婚事足足还差两万多的开销时，她又忽然从明芳对秦家大儿子的眉眼之中发现了秘密。

她心里顿时勃然大怒，虽说那个秦飞由一个工人熬上了技术员，年年都是石碣镇“优秀员工”，说不上他的不是。可是，他那个既穷酸又窄小，还有个倒霉老子的家，她却连眼角也不愿扫他一眼。几十年的摸爬滚打，还有那时的工作生活经验，使她极为明了，那个曾经当过生产大队长、红极一时的醉鬼，是再也没有东山再起的一天了！而那个可怜的女人，除了挨丈夫的打骂之外，却又是一个软沓沓的窝囊废，只会哭叫诉苦，比起自己来，只能挂“倒挡”！

她不能把自己水灵灵的姑娘往那鸡犬不宁的火坑里推。可也就在这一刻，她还发现了隔壁的孤儿廖五七，那直勾勾的眼神，竟常常在自己大女儿的脸盘子上扫来荡去。

她开始不以为然——这是个不成器的东西！继而一想却动了心——孤儿无牵无挂，孑然一身，月工资不比姓秦的少，房子却住的是2室1厅，正因他老子娘早归了天，要是招赘了他，岂不……

她忽然想到这是桩两全其美的好事儿：子明有了房子，明芳有了主。听廖五七讲，他还有笔老子娘临死时丢给他的“死钱”，他再赌大约也不会用那笔钱，这不就让子明的婚事有了保障吗？何况两套房并成了一套房，三个家连成了一个家，她将来抱孙孙、喂外孙、做老太太……

傍晚时分，她先听着孤儿说自己小儿子也“找不到老婆”的刻薄话，正不快活，却未料她又正从孤儿的刻薄话里找到了下这一盘棋的灵感——就这么办！谁也不吃亏。但是，廖五七好赌——她犹疑了。可一转念，没关系，只要成了家，我和明芳自会收拾他，孙猴子逃不出如来佛的手掌心！要是明芳不同意——她皱了眉——可哪能样样事儿都由得她！她忽然又想到了自己在这个家里的绝对权威。

张妈听着隔壁房里传出来的麻将声，忽然用胳膊捣了捣睡熟的男人。好一刻儿，男人才翻过身，含糊不清地问她：“啥事儿？”

“就把明芳嫁给廖五七怎么样？”她单刀直入，语气又辣又坚定。

月光下，当老子的忽然睁大了眼睛，半天也说不出话来。

她淡淡一笑，忙悄声儿把想好的心思和自己的盘算，以及下这一盘棋的好处，连珠炮般地跟男人说了个里透外亮，然后坐起身子，静观男人的反应。

她那男人愣了，好一会儿，都作声不得。临了，眼看着那只专会掐他肉的手又袭了过来，他这才勉强地说：“反正你做惯了主，由你，只是，这好像让明芳太委屈……”

“我知道她是你心尖子上的肉！”她满意了，却又如此地抢白了男人一句。

她甚至立即翻身下床，拿出了当年呼风唤雨的劲头，慌忙地穿好衣裳，却忽然又蹑手蹑脚地走到外间女儿的小床边。她看见微光下面，大女儿长长的睫毛在颤动。她立刻想到自己的话，已被这死丫头听见了。

听见了更好！她心里想。于是她又怀着一股子必然胜利的信心，打开房门，又掩上，这才走到了孤儿的房门前。可也就在她举起手来，轻轻地叩了一下孤儿房门的那一刻间，一阵清凉的夜风忽然从廊外扑到了她的脸上、胸上，直窜进她的心里。她忽然感到一阵恍惚、一种莫名其妙的惶惑、一阵透心的凉意——我这是做什么？是来……

可是，她还没来得及揣摩自己的心事，她的敲门声，在这夜阑人静的时分，却把里面那几个当代的青年赌徒吓了个屁滚尿流——灯啪的一声灭了，麻将声戛然而止，桌椅板凳好一阵儿乱响。这些响动竟陡然在她的心里一炸，使她忽然从一种迷离混沌的思绪中清醒过来。她猛地想到了自己夜半敲门的来意，心不禁一阵哆嗦……

然而，就在这一刻，屋里的电灯亮了，门开了，孤儿廖五七探出了半个脑袋。这个从来天不怕地不怕的倔小子，神色慌张地看着他的邻居，紧张地问："张妈，你，有事……"

"没有……"他的邻居竟心口不一地慢应了一句，却又极温存地说，"五七子，别再闹了，派出所知道了不是玩的……"

孤儿放了心，却又对他的邻居起了疑心："那你……"

张妈忽然板了脸："你还不叫他们快散了——我的话你是听不得的吗？"她隐忍住心里的一片空虚，使出了平日里吆三喝四的威风。

孤儿伸了一下舌头，忙答道："听，听，马上就散……"他做了个鬼脸，把门轻轻地关上了。

张妈愣怔在孤儿的房门前——里面又响起了轻轻的麻将声，这声音是那样的胆怯，飘忽，却狠狠地敲在她的心上。

张家的当家女人，仿佛看见了她那醉鬼赌棍老子，将一盒麻将砸在她亲生母亲的脸上，逼着自己卖给一个痨病鬼冲喜的情景。

她站在廊沿上，初夏的夜风，将凉意，慢慢儿地浸透了她的全身。她的心在抖。忽然觉得一阵凄酸，她转过身子，怯怯地推开了房门，放轻了脚步。待拢到女儿的床跟前，却看见自己女儿的上眼皮儿还在颤动。

她轻轻地走进了里屋，和衣倒在男人的身边，满眼里全是麻将、赌棍、醉鬼与鲜血。而在这一切虚影与幻觉之中，却有自己大女儿的那一张娇嫩娇嫩的脸儿，与那一双正在向她说话的大眼睛……

张妈的心猛地一阵疼。

张妈在许久许久之后，才悠悠忽忽地睡了过去，可一个梦还没有做到尽头，便被屋外的一阵大嗓门的叫骂声惊醒了。她猛地睁开眼睛，天亮了，男人犹未醒来。她忙忙地爬起身，头晕晕的，脚板底儿软软的，可还是打开了房门。原来是赵三的妈妈，正堵在赵三的房门前面，骂得起劲儿呢。

"……你是个什么东西！发工钱的日子都过了六七天，给老娘的五百块钱死活不给，如今你们的翅膀硬了是吗！你当我不知道是谁不给的是么！你也不看看你那一房的家具，哪一桩上不沾着你老娘的一摊鲜血！老娘是要饭的出身，穷家穷底的，早几年连医生都讲，输血队里就数我的血好，不掺假！输血的营养补助给你们打家具，结婚用。虽是当时'四人帮'逼着你老子不准他摆鸡摊儿，不也是你们这些杂种逼的吗！老娘如今是越想越心疼了，为人的都要讲讲良心，你也有讨儿媳的时候，要积积阴德，不要折腾得连老娘我都不如……"

张妈看着这个一脸麻子、穿着一套黑绸长袖褂裤，胳膊上挎着菜篮儿，像座黑塔似的女人——赵三的妈妈，她一边忙忙地扣紧衣衫，一边匆匆地走了过去，拉住了这个嘴巴正骂得起劲、脚板儿正跺得发欢、两只粗胖的胳膊儿正甩得有节奏的女人，说："赵妈，大清早怎的便要发这么大的火，指天骂地的，也不怕人家笑话！"说着，生拉硬拽地就要把赵三妈妈往自家的屋里拉。

谁知，这赵三的妈妈，倒是越有人拉，便越骂得起劲儿了——"张妈，"她忽然将两只肥嘟嘟的手掌心啪地一合，便对张妈作了一个揖，夹着哭音儿嚷道，"你也是当妈的，眼看着便要做婆婆的了，你还能不知我赵妈的苦楚？赵三如今包几间房子就能赚几百，可月月这五百块钱，你不讨他就是不给，便是讨，也是受气。想当初，他们结婚，正是'四人帮'害人穷死的时候，是老娘我卖了好几回血，才帮他们撑起了一个门户。如今他老子的老伤发了，躺在床上，鸡子也不能卖了，一个月只跟他们要五百块钱，倒是这么难！"

她忽然泪眼婆娑地推开张妈，指着她那赵三儿子的房门就是一跺脚。

6楼人家的房门，挨次儿呀呀地开了，楼道口上，已经站上了蓬头忪眼的好事者们。张妈也顾不得自己头晕脚软，猛地一使劲儿，就拉住了赵妈手腕上的篮子，差点儿把那个胖老娘们拉了个趔趄：“好赵妈，别骂了，惹得人家又要说我们6楼上的人不自爱，成天不是东家吵，就是西家闹。你骂了这么久，小夫妻俩都没敢吭声，你就先歇歇气，这五百块钱，我今儿非让赵三乖乖儿给你送过去。你相信张妈我，看他们敢不送！”

张妈忽然也来了精神，提高了嗓门：“当娘的一把屎一把尿地把你们养大，图的什么？还不是为的养儿防老！一个月五百块钱都不给，这还成个话吗？再不给，我就陪你上你公司去评理，当真如今就时兴要了老婆就不要娘吗？我就不信！”

张妈一边呼唤着，让男人给自己递过来一只菜篮子，一边接着篮子便生拉硬拽地把正在抹眼泪擤鼻涕的赵三妈妈拖下了楼：“赵妈，我与你一起买菜去，也聊聊心里话儿。哪家都有一本难念的经，你就消消气，我的日子过得还不如你呢！”

“张妈，我哪能跟你比！我看着你家的儿子像儿子，姑娘像姑娘，一个个文文雅雅，有了文化就是不一样的！哪像我家这些畜生，一个个都横眉竖眼的……”

她干号了一声，身不由己地随张妈一起下了楼，看热闹的人，忽然没了兴趣，也讪讪地散了。

张妈伴着她下得楼来。虽在用温言软语安慰着气还未消的赵三妈妈，心里却琢磨开了——她卖过血？不像——卖血的人在她的眼里，都是黄皮精瘦的，哪有卖血的人还有这样一副身板呢！

她看见菜市上被剖开肚皮的鳝鱼淌下的一摊血，心里不由得便是一颤——我也去输血得点儿营养补助费？她忽然想道，又赶忙把这个念头压回到了心里。

她两个挤在露水菜场的人丛里，霎时间便没了踪影。然而，中午开饭时，张家的小饭桌上，却端出了一碗蒜苗鳝鱼红焖肉，一家人吃得有滋有味自不待说，尤其是那个未来的张家媳妇，更是吃得满嘴巴油光锃亮，连连地说这菜烧得好吃。那个刚让张妈逼着给老娘送去了五百块钱的赵三，这会儿端着碗过来串门子，也扠下筷子，尝了两块。然而，让丈夫儿女连带赵三都饱了口福的张家女人，却连一筷子也没有伸。她心里还闪着早上露水菜场上破了肚皮的鳝鱼淌出来的血……

但是这一顿饭，却偏偏少了张家的一个重要人物——大女儿张明芳。今天轮休的女绘图员，究竟上哪儿去了呢？

她那端着饭碗的妈妈忽然间便犯了疑惑。

五金厂的年轻女绘图员张明芳，一夜没有合眼。她妈妈夜里跟她老子说的那些有关她终身大事的话儿，她几乎一句不漏地听见了。她侧身躺在床上，就像头顶炸了一记焦雷，把她那颗心炸得直哆嗦。乃至她亲娘披衣下床，走到自己的床跟前时，她用嘴巴死咬住被单的一角才好不容易装作睡着了。可是，那长长的眼睫毛儿，却像上下打开了真仗儿一般，颤抖个不停。她娘半夜出了门，她虽然没听清她娘和孤儿的说话声，可是孤儿的轻轻开门声，却像针尖儿一般扎到了她心里。

1978年出生的张明芳，生下来虽像只养不活的猫儿，可是她那能干的亲娘，却一口米汤一口奶水地把她养得白白胖胖。二十多年了，自她记事起，她就看够了母亲的操劳、母亲的精明、母亲的能说会道、母亲的“英雄形象”和“光辉业绩”……

然而，生就了一张好看而不好说话的小嘴的张家姑娘，却有一副外柔内刚的性格。

“你别瞧明芳不吱声，她心里有数！”张妈曾这样对男人说。

可那个当老子的，却把女儿当作了心肝宝贝。女儿都上中学了，当老子的有时还把她搂在怀里，亲她一下，唱一句也不知是哪一出戏里的戏文：“我知情识礼的女儿家……”

明芳大了，出落成了一个漂漂亮亮的大姑娘。两弯细挑挑的眉毛下面，一对大眼睛常常只是瞧着自家的脚尖儿。可是，偶一掠起上眼皮儿，那两道流波，便能叫那些小年轻心里一个咯噔。这一双会说话的眼睛，配着她那高高的秀气的小鼻梁儿，皮肤又细又嫩的瓜子脸，红扑扑不厚也不薄的嘴唇，整栋楼，无不羡慕张家养出了一枝花！那一双跟人说话时总是低垂着的眼皮儿，尤其是跟陌生的年轻男人说话时，那一张总是冷冷的面孔，叫这位张家的大女儿，在乡下生活的4个年头里，经受了许多女孩儿家所不能经受得了的“考验”。

她进厂没两年，便成了工人们选举出来的“技术标兵”，还用她小小的革新，为厂里节约了可观的资金。中学学过的数理化起了作用，下乡那几年有一搭没一搭地看书解闷儿也没有白费。2000年本厂招考技术人员，张明芳一举而中，夺得第一。她不但晋升成了厂设计室的绘图员，而且光荣榜上的那张秀秀气气羞羞答答的照片，更是把那些心里头揣了无数个问号的小年轻，撮弄得茶不思饭不香。

张明芳在五金厂里没有看中什么人，而对6层楼上与自己同年晋升为技术人员的秦飞，却抱着一种没来由的好感。这种好感，常使她想多瞥他一眼。可是，瞥了他一眼，自己心坎儿里便又会扑落落地跳个不停。

张明芳用的是中国传统式的眉目传情，一回回地把秦飞秀气的大眼睛，文质彬彬的举止，烙印到了自己的心里。怎奈那个秦飞，也是个“小闷罐儿”，每回“狭路相逢”，虽也曾对张明芳瞅过两眼，那脸腮儿上还放过红，可是这个靠自学成才的青年技术员却从来未向张家大姑娘发动一场“爱情攻击仗”。张明芳心里纳闷：“我一个姑娘家不能出口，你也不能……”她心里真有些怨气。“可是，人家知你心里是怎样想的呢？”她忽地又埋怨起了自己。

久而久之，张明芳也偶尔跟秦飞说一两句打招呼的话了，可秦飞却只红着两腮，那样儿像是比她还怕羞。年轻的女绘图员，心里虽不能满足，却反觉得他稳重，因而也就觉得他更值得自己爱了。这一切，都没有瞒得过她那当妈的眼睛。她明显地感到，她的妈妈已经在有意无意地搜索着自己的心了。

张明芳明白她老娘的心思，明白她看不上秦飞的根由。而她自己也是万分奇怪，那样一个无知无识的醉鬼懒汉，居然能生下这么一个温文尔雅的聪明儿子！但是，这种疑问纵然解决了，也丝毫无助于她心中已经萌动的爱情。尤其是昨儿傍晚她老娘“棒打鸳鸯”的事儿发生之后，她才忽然明白了她老娘的根本态度。她心里有些儿慌乱，更有些紧张。这种慌乱与紧张，又被纠缠在那个已经离家出走并且发誓一辈子再不回家门的秦飞身上。

她听人说过，秦飞，原名秦小飞，是他自己把那个“小”字给去掉了，大约便是想飞出自己这个家庭的意思吧！

这一夜，她正在为那个要挣脱家庭牢笼的年轻人充满怜惜与担心，却未想，她妈妈竟干脆为了自己哥哥的婚事而越俎代庖，并且当真就雷厉风行，急急忙忙便把对自己女儿终身大事的谋算，当夜就付诸实际行动了。

她傻了、怔了，有一刻，她竟然把孤儿与秦飞并列在自己的眼前。可是，这两个年岁虽然相当的小伙子，却怎么也不可能把他们摆到一起。

她晕晕乎乎地胡思乱想，辗转反侧不能成寐，终于在她妈妈拖着赵三妈妈去买菜的当口，忽然起了身，只瞥了一眼那个像是心中有愧的父亲一眼，便匆忙地梳洗了，连早饭也没吃，就扛着自行车下了楼。

真正是冤家路窄！

就在她刚下到楼道口，孤儿廖五七睁着一双煞红的眼睛，忽然堵到了她的面前。

“明、明芳，我、我想跟、跟你说两句话……”

天不怕地不怕的孤儿，第一回羞红了脖子，迎着她，像赵三说话那样结结巴巴地对她说。

张明芳的脸顿时像烙了一块火炭。这一烫，不仅把那一张脸烫红了，而且直烫得她心里一阵抽搐。

孤儿的莽撞，使她错以为自己的妈妈已对他放了话，他才敢挡自己的道——“我好糊涂的妈妈呀！”她心里不由得一阵怨艾，一阵羞惭，一阵酸。

她忙耷拉下了眼皮，一个字也未吐，便推着车子，从孤儿的身边擦身而过，下了楼，逃也似的飞身上了自行车，差点撞翻了卖油条的筐箩。

她红着脸，飞出了露水菜场，便沿着民丰路向自己厂里蹬去。可是，就在台达五厂门口的那个转弯处，她才想起今天是自己的休假日。她的车子不由得逐渐慢下来了……

张明芳下了车，孤单单地踯躅在这一条大街上，心里真像是十五个吊桶打水，七上八下。她眼前的大街，也像是被蒙上了她心灵上的那种阴影，整个儿变得灰蒙蒙的。那满眼的碧洲，全都像是扭歪了的脸，又蒙上了哀苦的面纱。甚至那川流不息的汽车、自行车和各色各样的行人，也都像是直朝她奔过来，压上来了……

她忽然感到头晕眼花，身子像支撑不住似的，便要往下沉。她赶快跳下车，定了定神，在这一瞬间，她忽然又想到了那个秦飞。她的大眼睛闪烁了一下，不自觉地便又上了车，向着与她上班地点的相反方向骑去。

要去哪儿？她并不知道。要去做什么？她心里更没有底。然而，醉鬼的儿子，却忽闪在她的眼前，缥缥缈缈，又实实在在的，引着她的心，引着她的车，骑过了百汇中心广场，骑过了她住着的那一幢大楼，骑过了铁道，骑过了一段拐弯的坡路，直到华大广场的大牌儿忽然出现在她的眼前，她才猛地惊醒了——她的心好一阵乱跳，自行车也像断了舵把的小舢板儿，摇摇晃晃，险些儿没把她掀翻在大街的中间。她软软地下了车，却怔在人行道边。那华大广场的大牌儿，在她的眼前晃晃悠悠的，像是一把黑不黑白不白的铁钩儿，直勾住了她的心，可又像一扇黑漆漆又白塌塌的巨塔，挡在了她的身前。我怎么到这儿来了？我是来找他的？真碰着他怎么办？张明芳就这样站在醉鬼儿子上班的公司门口，望着铁栅里面那一个个走来晃去的人影，失却了主意。

也不知是怎么了，这一天，张家的女当家人，像是好不容易才挨到了太阳偏西。那张风韵锐减的脸，对着窗外的残阳夕照，竟是格外阴沉，以致她那一下班归来便哼着川剧的丈夫，因看着当休的大女儿不在家，而问了她一声“明芳呢”，她竟没好气地说：“你问我？二十多岁的丫头，还要我当娘的整天跟着她，做她的影子吗？她人大心大，眼里有你这个老子，还没有我这个娘呢！”

老张听着女人的话，觉得反正是听惯了的，正待他要叫上一声“林妹妹，反正是你知我知，天知地知……”的戏文时，可对面的那张脸，却把这一段戏文压回到了他的肚皮里面。

张家的男人发了蒙。是女儿得罪了她，还是子刚又从她手心里挖回了这个月的生活费？他左思右想不得要领，便要拿过淘米箩儿，自告奋勇地去淘米，向女人赔小心，做些小殷勤儿出来。不想女人竟一把抢过了他手中的淘米箩，砰的一声还关上了里间的房门，顺手便把他拉到了自己的对面：“你是当老子的，这话我不能不给你说。昨晚上，我跟你商量的事儿，明芳像是全听到了。我也不过是跟你商量了几句，也并未当真，我在屋外，吹了一会儿冷风就回了屋，连五七子的门我都没进。可今儿虽是她休息，一早上，她人倒不见了。下午子刚回来对我说，在大华广场，看见你那个宝贝女儿跟醉鬼的大儿子挨着肩儿，也不知说些什么，看到子刚还有意把脸别了过去。照子刚说的，那样儿像是亲密得很呢！”她忽然拉长了脸，“我告诉你，那事儿，我心里的主意虽未定，却有了谱儿！”

她有意地这么咋呼了她男人一句，这才又变脸作色地说：“不管她跟谁，就是不准跟秦家的儿子来往，要是再这样跟他勾勾搭搭，我就敲断她的腿！”说着又威胁地盯了她男人一眼，“今儿晚上，她一回来，我就要跟她‘开盘子’。她若是依了我，从此跟那醉鬼的儿子一刀两断，就是要上天，我当妈的都会托她一把；要是她硬是不听，把当娘的一片好心全当成了驴肝肺，我便干脆把她送给廖五七去！她做女儿的无情，我做老娘的还讲什么恩义！”

她忽然顿了一下，才又狠狠地说道：“到时候，你别净在一边出邪气。要是那样，老鬼，我可饶不了你！”

她叹了口气，落身在床沿儿上面，又指着她男人说：“这个穷家，累了我三十年，你要是再有二话，我便撒手不管了，叫你们连锅里也糊上屎尿去！”

她这一顿威胁的话，直把她男人说了个愣中愣。

男人抓耳挠腮，道不出一句话来。好一会儿，女人又逼问他说：“你有什么话就照说，有什么屁就照放！”他才结结巴巴地说：“这种事件，你也不好过分勉强。依我看，秦家的儿子，也还是个好的。就是他那老子，反正明芳也不跟他老子娘过一辈子，你……”张家的男人，生平第一次斗胆向自己的女人说出了这一番话。谁想，疼他、爱他，却不容他做主的女人，一听立即变了脸：“这话是你讲的？是你跟女儿串通好了的？噢，你父女俩先串通好了再来捉弄我？好，老娘不管，你乖乖儿拿出两万块钱来！你大媳妇还要一块罗马表，结婚的酒席费还差两万！还有，你要是国庆节前不把子明结婚的房子给我搞到手，我就不饶你！”

她忽然从眼角上溢出了两注泪水，却又用衣袖拐儿一擦，大声地说：“这个家你当了，我不管了！”说着她当真就做出了一副拔腿就跑的架势。

张家的男人慌了，忙撵上一步，挡住了女人的去路，哀求地说：“有话好好讲嘛，做啥又耍这种脾气唻——好了，好了，我不管，不管，这个家本来是你的，你向来当的家，我还是吃碗现成饭，省得操心。明芳的事，我不插言，好不？你——呀……”他正要脱口道出一句戏文，却又往肚里咽了口唾沫，心里憋得怪不是滋味的……

女人一见他软了，这才腾地站起身子，指着男人的脸盘子，骂道：“你若是个有本事的，何苦又要我一个女人家来操这些闲心！我是吃饱了饭没有事做，撑的！”

她的声音忽然软和下来了，看着对面的丈夫只管在摇头叹气，心里面竟不由得又有点儿酸楚。她赶快忍住女人家的泪水儿，忙忙地就拉开了门，却未想，她那亭亭秀秀的大女儿，正呆痴痴地坐在自己的小床沿儿上，望着水泥地的地面，发着呆。

难道我跟她老子的话，她又听见了？她正要责问，却陡地又改换了一副腔调，柔声柔气地说："明芳，进屋来，妈有件事要跟你商量。"她忽然觉得应当快刀斩乱麻，马上斩断女儿对醉鬼儿子的情思。可是，女儿明芳，却像座泥塑木雕，纹丝儿也没有动，那一张鹅蛋脸儿，更是连抬也没有抬。

张家的当家女人，第一回感到自己的权威发生了动摇，她正要亮开嗓门儿，大声地呵斥这不懂事的女儿，心里却又忙把这股怒火压下去，只是猛地一扯身边男人的衣袖，并且使了个眼色。

男人对她向来心领神会，百依百顺，因此忙对女儿说道："明芳，你妈妈要跟你讲话，还不进里屋来。"

女儿依旧没有抬脸，却慢慢地站起了身子，极不情愿地向里屋走去。她的两只大眼睛，既不看老子，也不看娘，只是从中间插进了里屋，然后站到了对着煤山夕照的窗台面前，两只手一个劲儿地揪扯着辫梢，夕阳的残照照映着她那张失去了红晕的脸，大眼睛里，像是蒙上了一层薄薄的亮晶晶的东西。

从来不把心事当心事的老子，这刻儿，竟把片刻儿也不离口的川剧忘到爪哇国去了。他似乎预感到了一场风暴，忙忙地掩上了里屋的房门，连小女儿明华要进来拿做作业的笔盒，也被他挤出了门去。

张家的当家女人，瞭了丈夫一眼，压着一肚子的火气，走到了女儿的身边。

"明芳，"她故作平静地说，"你今儿上哪儿去了？"

张明芳心里一惊，却依然低着脸没有吱声。

"妈我知道。"她把这几个字咬得咯嘣咯嘣脆。

明芳心里又一颤——妈是神！她忽然想到了子刚，知道就知道，她横下心来了。

“妈不许你跟他来往。”当妈的在自己的话里又钉下了一颗钉子。

明芳眼里忽然冒出了一泡眼泪，可她强忍着，早上与秦飞在一起的情景，忽然翻肠搅肚般地折腾在她的心里。

“妈昨晚上跟你老子说的话，你都听到了？”当妈的把狠言狠语有意说得委婉了许多。

听到了又怎么样？女儿在心里说，直委屈。

当妈的眼见着女儿这副神色，心里先是一片虚，接着便是一颤。她知道这个自己生养了二十多年的丫头，心里极有主见，一旦认了死理儿，一般人都是劝她不得的。何况她这一阵连珠炮般的问话，有心有意地撩拨，居然就只能换她这一张冷脸冷色，她心底一阵火起，便忽然想到了自己刚才威胁男人的话，想到了那个孤儿廖五七。她的心忽然辣起来了，而且这一辣竟就叫她不遮不拦地说出了一番绝话来：“明芳，我跟你说明白——你若真的想跳秦家的火坑，我就干脆把你送给廖五七，你瞧着办吧！”当娘的把话说得干脆利落，斩钉截铁。

做女儿的猛地侧过身来，抬起脸，忍住两眶已经溢得满满的泪水，好一会儿，才从嘴唇儿里迸出两个字：“我，不。”

当妈的以为自己的撒手锏，自会叫女儿回头是岸，却未想换来的却仍然是女儿的毅然不从。她脸上一阵红，又一阵白。她怔怔地望着女儿，强忍着那一股使惯了的脾气，忽然软了下来，甚至是伤心地说：“你长这么大，从来妈都是由着你们。做妈的，手背手心都是肉，你哥哥的婚事叫我操够了心，你的大事又没有一天不在我肚子里打几个滚。可那姓秦的是个什么人家，你不知那醉鬼把那个穷家活的都折腾成了死的，他那儿子当了技术员，也不过就拿三五万，还要养他那个妹妹，你是油焖了心，还是缺了心肝少了肺？”

她忽然又冒上了火气，大声说：“你就死了这颗心吧！那醉鬼的儿子就是在做梦，老娘我也不准你圆他的梦！”

女儿再也忍耐不住了，她泪眼迷离地看着发了狠的亲娘，又朦朦胧胧地瞥了一眼站在一边满脸惶恐的老子，一低头，竟猛地扑到那张大床上，哇地刚哭出声，却又用枕头堵住了自己的嘴巴，两肩便猛烈地抽动起来。

好一会儿，当娘走过来时，她却猛地推开了妈妈，翻身起来，打开门就奔了出去，就像片飘忽的影儿似的，霎时间便消失在门外。

“明芳！”张家的男人一阵心疼，不禁大叫了一声，便要奔出去找回他心尖子上的肉。他的女人却一把将他拽了回来，恨恨地说：“死不掉，让她去！死了，我偿她的命，赔你的命！”说完，她气得脸上没有了一丝儿血色。

男人一屁股坐到了床沿上，怔怔地看着窗外那一座正衬着一片紫雾的煤山。

张家女人总算明白了自己的女儿，明白了这个该死的丫头对那个醉鬼儿子的感情，明白了她此刻倘若再不快刀斩乱麻，把这个不听话的女儿的终身大事定下来，那后果将会不堪设想！就是五七子了！她甚至在陡然间竟觉得孤儿的那脸庞怎么也要比醉鬼儿子好看十倍。何况自己救过他的小命，又送了他一个如花似玉的女儿，他敢不听自己的，敢不学好吗！

她忽然又想到了五七子更多的好处，想到了他可怜，没有人对他问寒问暖——啊，要是他真成了自己的女婿，自己准能好好地调摆他、照应他，逼着他往正路上走。他难道就不能比醉鬼的儿子强十倍？他也会把挣回的奖状挂得一墙的！

她忽然又从一墙的奖状上想到了孤儿的那几间房子，想到了孤儿的那一笔“死钱”。

她猛地一愣神——我是看中了他刚买的这套房子、他的钱财吗？我是怎么了？眼皮子还没有这么浅！只是女儿既然给了他，那就是一家子了！我帮他，他帮我，有福同享，有难同当。

她横里竖里地想到这儿，忽然竟又发现了孤儿的一大长处——这孩子知好歹，讲义气，手脚也大方。他不会看着他张妈为难不伸手，当年我求情把他从乡下招进来，他竟拎了半斤银耳来看我，我是图他的钱吗？我高兴他还能有这份知恩图报的心肠。

她又想，就算他好赌，那也是近几年改革开放后搞乱的，如今还怕不能把他调教好？她扪心自问，觉得自己这么做、这么想，不但对得起女儿，对孤儿更是救了他一命！

就这么办了！张家的当家女人忽然铁了心，一不做，二不休，她为斩断明芳对醉鬼儿子的情思，为女儿不致落进秦家那个火坑，也为她的儿子，更为无依无靠的孤儿廖五七，甚至对男人连看也没有再看一眼，拔腿就走出了房门——她这就要找孤儿去，她要告诉孤儿，他已经福从天降！

输得精光的孤儿，此刻正躲在家里守着自家冰凉的锅灶发痴发傻，一脸的死气沉沉，昏暗的屋子里，只有他那一双乌黑溜溜的大眼睛在闪着两点迷惘的光。

这是平列着两间各15平方米左右的房间，两扇房门外面便是那个既可以做小堂间又可以做锅灶间的地方。这在楼里算是中套，是孤儿已经去世的爹娘用住房公积金换取来的。

“廖五七，开门，是你张妈！”

孤儿蒙了——他恍恍惚惚觉得这唤声不同寻常，张妈的眼色、声调，行腔走板，他廖五七是摸得准的。他忽然想到了昨夜里，张妈半夜三更敲他的门并拿派出所唬他的情景——她又知道我输了个精光，是来找麻烦还是送饭给我吃的？孤儿咽了口唾沫，正欲起身，那门又响了起来，而那热辣辣的唤声则更加急切了。

孤儿廖五七不敢怠慢，精神委顿地去开了门，并且立即避开了邻居妈妈那一双火辣辣的眼神儿。

“你这是怎么了？黑灯瞎火的，连晚饭也不烧，肚皮是饱的还是瘪的？”

张妈连珠炮般的一串问话，直把孤儿打了个晕头转向。张妈说着，还顺手拉亮了电灯，小堂间立时亮堂起来。

孤儿略镇静了一下，这才看了张妈一眼，装作无所谓地问道：“张妈，有事？”

电灯光下，张妈看着孤儿，竟觉得从来没有过的入眼入心，仿佛只在这一霎间，她已经从孤儿有点畏惧的脸相与眼神中，看到了自己的力量，感到了孤儿的可爱——她的决断没错，也不会错。她什么时候错过呢？

“小廖五七，”她着意在孤儿的大号前加了一个“小”字，又把门掩上了，这才说，“张妈有句话要问你——”

她把话尾巴忽然截了下来，却又拖长了腔调，还将一双眼光有意地在孤儿的脸上扫来荡去。

孤儿一愣，心里禁不住有些发慌。他立刻想起了昨夜的事，是不是派出所……

可他的念头还没有转完，张妈却韵味无穷地问道：“昨天傍黑的时候，你说过你讨不到女人是不是？”

没想到张妈会问出这话来，孤儿不觉一惊：“我，是说着玩儿的。”他被这第一棍有些打蒙了。

“张妈给你找个人，可好？”张妈又问。

“那我就给张妈磕3个响头！”孤儿缓过神来了，立即油腔滑调起来。

“我把明芳许配给你……”

这几个字，就像是从张家女人丹田深处迸出来似的，字字落地有声。

孤儿廖五七愣了、怔了，他盯着张妈，结巴半天说不出一个字来。好一刻儿，孤儿廖五七才红着脸说：“张妈，别拿没娘的人开心……”

张妈听清了，也感觉到了，心里竟不由得一阵心酸：“廖五七，长辈嘴里无戏言，我思虑了好多天了，我是来跟你说真事的。”

孤儿疑是做梦，那一对浓眉大眼，竟把张妈的脸都要盯穿了，这才有气无力地说：“我不配明芳……”

张妈忽然间竟觉得这个脾气倔强的孤儿，倒比平时可爱了十分，因此说：“什么配上配不上的，只要你学好！”

廖五七抬起头来，犹似不相信地又问了一句：“张妈，你讲真的？”

“自然是真的！”她猛地握住了孤儿的一只手，说，“张妈早看着你可怜，没人疼也没人管，虽早存了心，可你偏不学好，昨儿你说的那句讨不到老婆的话，叫我听了，心里觉着怪不是滋味的……”

她明显地感到了孤儿的胳膊在发烫，顿了一下，这才又说：“我早瞧出了你对明芳的心思，可又恨你不长进。昨儿我想通了，要是帮你成了家，你也就再不是只无人放的野鸭子了，就是学好，也要容易些。你能答应你张妈，从此学好，学乖，再不交那些不三不四的朋友吗？”

张妈的话说得温温热热，孤儿的脑袋却慢慢儿低了下去。他的心里犹似着了火一般，而在这火焰儿上面闪闪烁烁的，竟是张明芳那一张娇嫩娇嫩的鹅蛋脸儿……

“我，学好……”

孤儿忽然从牙缝里挤出了这3个字，这3个字叫他说得就像火车轮儿压着了铁轨儿一般，轧轧地响。

张妈听见了，心里一阵松，她猛地又握紧了孤儿的胳膊，说：“这就好！我们两家并成一家，子明也可以在家里结婚成家了，你也有了人照管，不过，得让子明办了婚事后，再办你们的，我一双手同时托不起两桩大事。至于明芳，她并不讨厌你，你就放宽心！不过，子明办喜事，你跟明芳可得送份厚礼！”精明的孤儿，在刹那间明白了张妈的底蕴。

张妈正待松开手来，他却反而紧抓了邻居妈妈：“张妈，一言为定！我廖五七敢为朋友两肋插刀，但就要一件事，说话要算数！”

张妈的心忽然颤抖了一下，却立即板下脸来：“可有一条，今后不许你再赌，狐朋狗友少来往！”她俨然用的丈母娘的口气。

“听你的就是！子明结婚，我送一万两千块！你和张伯就算我的再生父母，子明就算是我的亲哥，我豁出命来也干了！”

孤儿眼看着这儿有坑，可他一想到明芳正在那坑里等着他，便下死心把自己跌了进去。

“你爽快，张妈不会亏待你！”

她忽然有些感动了，眼里竟闪过了泪影儿：“好小子，你晚饭还没吃吧，我马上就让小明华给你送过来。从今日起，只要你学好，走正道，别再跟那些人模狗样的东西在一起，你跟明芳的事，就放在我心上了，你就放心！”

她心里忽然像一块石头落到了地上，正要转身走出孤儿的房门，却未想孤儿竟猛地一把抓住了她的胳膊，那一双眼睛更是炯炯地盯紧了他未来丈母娘的脸子，并且说出了一句足以叫他未来的丈母娘大人惊倒玉柱的话来——

“张妈，我都依了你。”他开始还有些结巴，可一瞧张妈一愣怔，这才一口气把话讲到底，“我要跟子明一起办事，要不，我就——”被握在他手中的张家女人的胳膊猛地颤抖了一下，久经沙场的前村委主任绝没有想到，25岁的孤儿，在最后的关口上，会向自己甩过来一记甩手扣儿，一下子便套紧了自己的脖颈儿。她的脸在孤儿贼亮贼亮的目光里忽地一阵红，接着又一阵白。可是，毕竟是跟什么人物都打过交道的前村委主任，终于在一瞬间便把脸拉长了，她轻轻地掰开了孤儿的那只手，翻脸不认人地就迸出了这样一席话：“你是信不过你张妈？以为张妈要讹你，想占你的房产，夺你几个臭钱？就凭你这两间破房，连破门都没装便能结婚了？子明的家具都准备了两年，你呢？噢，你倒精明，刚给你一个饼儿，你就想拿它来套别人的脖颈儿？你也不想想自己是个什么货色，刚给你三分颜色，你就想开染坊；才给你鼻子，你就上脸！这事儿，你愿，就得照我的办；不愿，张家的姑娘还怕别人踏不破门槛儿！再说明芳自己到底愿不愿，我还做不了她的主呢！你就自己思量去吧！”

说着她拉开房门，拔腿就要走。可是，早被她这几棍打闷怔过去的孤儿，却猛地又抓住了她的衣襟：“张妈，我、我不是，我、依你，还不……行？”

孤儿语无伦次——但是他求饶了，他在他未来的丈母娘大人面前第一次就跌跤了！

张妈早就拉开了房门，回头又抢白了他一句：“这事儿，依不依就随你了！”

她走了，扬长而去了。

孤儿返身重重地靠在门上，胸膛儿里的那一股子气，差点儿没把他给憋死……

张明芳跑了，飞似的转下了楼梯。在一楼，她一脚踩进了污水里，也未觉得。

她只是一个劲儿地跑着。深一脚浅一脚地，顺着台达五厂方向的小路，踉踉跄跄地跑到了后山下面的那一片松树林儿里面，猛地扑身在一棵碗粗的树干身上，眼泪立刻浸湿了一片树皮。

她伤心地哭着，全不顾树林深处那些个影影绰绰的恋人。

今天早上，当她怀着姑娘的羞怯，迟疑在大华广场大门口不甘心离去时，秦飞恰巧在门口的铁栅栏里面发现了她。

“明——”秦飞只叫出了一个字，却红了脸，又迟疑了一刻，这才从传达室的小门里溜出来，走到了张明芳的跟前——“明……”他仍旧叫不全他邻居姑娘的名字，一阵心慌，忙自个儿朝前走了几步，明芳便也推着车子跟上了他。姑娘的心里扑腾开了，她不敢看走在自己身边的秦飞。惊异自己竟如此大胆地找上门来。她就像整个儿踩在云端上，既软软的，又晕乎乎的。她羞于开口的正是她迫切想知道的。然而，年轻姑娘的自尊和矜持，过于沉静稳重的素质，像一把锁，锁住了她的那张嘴巴。

“你——”她说，然而，就这一个字。

“我——”秦飞也与她一样。

“秦飞！”突然一个泼辣的女声在喊他，“我到处找你，你却到这儿逛马路来了，真自在！”说话的是一个打扮入时的姑娘、与秦飞一起上班的统计员小陶。

秦飞略皱眉，脸已红成了关公，张明芳自然更是满腮红云。女统计员早把这一切看在眼里，嘴角掠过了一丝轻蔑的微笑，单刀直入地向秦飞问道：“她是谁？”

秦飞满脸尴尬：“我的邻居……”

张明芳再也忍受不了这种难堪的场面，她忽然看了秦飞一眼，便急速地上了自行车，猛蹬了几脚，车铃无端地被她拨得震天响，那两只车轱辘儿在尘土覆盖的大街上，留下了一行歪歪斜斜的轮印……

天，全然黑了，月亮躲闪在小树林的枝枝叶叶中间。天，是那么的高远昏蒙；山，又是那样的晦暗幽淡；风，更是催响了小树林枝叶的吟唱，并把那蕴蓄着几分凄凉的歌声，透进了通体发凉的张明芳心中。张明芳紧紧抱着那棵树干，就像抱着一棵由秦飞变成的铁树，直凉透了她那颗多情的心——秦飞，你真的就是一株冰澈人心的铁树吗？

24岁的五金厂女绘图员，毫不怀疑“眼见为实，耳听是虚”的俗话，原来是那个长波浪超短裙的现代女性把自己的一线希望、终身的幸福掐断的呀！

张明芳浑身哆嗦了一下，这才慢慢儿转过身来，睁着一双蒙胧的泪眼，看着山影那黑黝黝的轮廓。

“难道这就是我的命吗？”这个五金厂的女绘图员，“技术”标兵，也像她的妈妈那样，突然向命运提出了质问。

然而，她毕竟还是把心拉回到了现实中间——她从小叶经常挨赵三的打中，看到了此刻正站在自己命运前面的那一个孤儿，更从赵三女人——一个初中毕业生曾经向自己妈妈哭诉过的话里，看到了一个女人一失足成千古恨的一生。同样，她更从当年尚有几分女学生羞涩的小叶身上，看到了如今动辄也能丑话脏话满嘴儿乱喷的赵三媳妇……

“不，我不能再走她的路。不，我，绝不……”

其实，还是在少年时代，张明芳就在秦飞心里成了一片飘忽的影子，可随着青春期的到来，张明芳竟又成了他的一个梦。

他开始在这个梦中生活、期待，却又在这个梦中自怨自艾。“我有这么一个老子，我绝不能跟她说出我的心思，不能让她跳进我家这个火坑……”他觉得他的头像炸裂般的疼痛！

有一天，小陶突然对他展开了爱情的攻击仗，他慌了、愣了，一边用壕堑战躲着小陶，一边又用镐刨起了自己的心——

“我爱她吗？还是爱张明芳？当然，我爱的是明芳，可我从来就不敢对她讲……”

他每天从壕堑的这一头跳到那头，可那个时髦姑娘，却像跳远运动员一般，任他秦飞逃得多远，她都能追上他。秦飞真的慌了，他已经感到同伴们对他投来的神秘的羡慕眼光，就差小陶要当众宣布：“秦飞是我的！”他下了决心要找张明芳问一回，谈一次。可是，每次偶然相遇，他又只能嗫嚅无声，没有勇气说出来。

他绝没有想到张明芳会飞车来到公司的大门口。他的心跳了、烫了，就差疯狂了，可是，这一切，又只化成了一阵阵战栗。使他躲避着姑娘的眼光，走在姑娘的身边，却不敢问出那一句已在他心里默诵过千百次的“台词”。好事多磨，小陶又突然跳了出来，生生地把他与张明芳分开了！他又羞又恨，又不好发作，而且他从张明芳那骤然冷落的神情里，发现她已经误解了……

他心急如焚，思前想后，想到明芳一定是有了急事才找他。他苦思苦想，忽然想到梁家夫妇，想到了他心中最尊重的邻居，想到了他们一定会帮助他。26岁的年轻技术员，心脏忽然剧烈跳动起来，便匆匆奔出了厂门。

他一个人顺着小路，神思昏蒙地向着山脚下的那一片小树林子走去。当他走进小树林里，心魂猛地一惊——明芳！他竟然已经走到了她的跟前，明芳也同时发现了他。

“明芳！我是来找你的！”秦飞突然一下来了勇气，他不能再失掉这次机会了。

“我本来想先去找梁老师，没想到却碰着你。”

明芳的心，在短暂的几秒钟里，经过了一抖、一颤、一哆嗦。此刻，秦飞的话，像一瓢温泉，滑溜溜地洒到了她的心上——“他找我？找梁老师？”她立刻堵住自己的思路，把那最良好的揣想压回到了心海的底层——“啊，他是想让梁老师告诉我，他已经和那……”

明芳冷静下来了，她使劲儿拿出了一个20多岁姑娘的理性，抬起了她那一张冷漠的脸子，她的那一双大眼睛在薄明的幽暗里，竟是那样深沉、笔直地盯了秦飞一眼，然后转过身去，径自向树林深处走去。

秦飞心里忐忑不安地追随着她的身影，一同走向小树林的深处。

赵三披了件单衣，从孤儿廖五七屋里走出来，又砰砰地敲响了张家的门。他一进门看见张妈满脸不高兴，便说：“张妈，干、干吗板着脸？我、我是来讨喜酒吃的呢！嘻嘻……”

“你哪来那么多的话！”张妈对他们反正是骂惯了的，因此也就半真不假地骂了他一句。

谁知赵三不仅是个憨直的角色，此刻他还是个知情人，一听这话不但不气，反而乐了。

赵三说：“张妈，这、这6楼上的事，有、有谁能瞒得过我？我跟廖五七，本、本就是鞋拔子鞋刷子呢！”

“他跟你说什么了？”张妈立刻警惕起来。

赵三乐呵呵地从口袋里掏出了一沓厚笃笃的票子——“张妈，这、这不就给你送定、定礼来了！”

张妈的脸一红，接着把脸一拉：“谁下的定礼？定谁的礼？倒要你这属猴的来献殷勤儿？”

赵三愣了：“廖、廖五七，叫我来、来的……”

张妈冷冷一笑：“他怎么说？”

赵三没想到高高兴兴来讨喜庆、献殷勤，竟闹了这么个没趣：“他、他说是你叫、叫他下的定礼，要、要不，明芳……”

“他把我张妈看成什么人了！张妈是为这一把钱票儿才可怜他的吗？明芳就值这点钱？你张妈是闻到钱腥味儿就想偷嘴的猫儿是不是？”

赵三彻底蒙了——刚才，当孤儿廖五七把这一万两千块钱交到他手里的时候，只说张妈答应把明芳给他，但要给子明结婚送的礼，可是……

结巴子赵三再也结巴不出话来了。他愣愣地望着张妈，那120张“毛主席像”在他手里，甩不出去，又缩不回来——“这、这这……”

正当他进退两难的时候，冷不防张妈又投过来一句话：“我问你，廖五七的钱是从哪儿来的，是不是他的存款？”张妈的腔调，活脱脱是个派出所的外勤。

赵三一下子回过了神：“他哪有存款？连这都、都是借的，差、差人家七八千块了！”

他忽然觉得自己说漏了嘴，可是，已经迟了，手里的烟屁股就要烧着指头也没觉得。

张妈傻了，心里一阵猛慌，连他男人也腾地站起了身子，那神态绝不亚于贾宝玉发现林妹妹忽然变成了宝姐姐！

“你这话当真？”张妈两只眼睛更是对赵三咄咄逼人地看着。

“是、是刚刚从、从他那些牌、牌友手里借、借的。”赵三如实招认了。

“那他拿什么还？”张妈就像在逼着孤儿，寸步不让。

“他、他想开赌场。”赵三已完全乱了方寸。

“他还要赌！”张妈的牙齿咬得咯咯响。

老张站起来了，摇摇头，又看着赵三手中的票子，向着自己女人说道：“你一向精明，这种事我看你还是歇手的好！”

“没你插嘴的份！”张妈铁青着脸，毫不容情地便顶撞了他一句。

老张不吱声了，心里却忽然冒出了一句“我本是无依无靠的……”唱词，可他忽然觉得这句唱词儿太不伦不类，并且一点味儿也没有。

张妈愣了一刻，忽然把绷紧的脸松了下来，说：“赵三，不瞒你说，张妈原是看着廖五七可怜，想拉扯他一把，这才有把明芳给他的心思，就当我收了个儿子，没奈何他竟曲解了我的好意，事情八字儿还没有一撇，他便使出了这些花招，借钱送来。照他这么做，我姓张的倒是要贪他的钱，图他的财了？你回头告诉他去，就说他的情我领了，心我也知了，也难为他知事懂礼的，可是明芳到底愿不愿，连我都还没个谱儿。这钱，我是万万不能收的！日子还长得很呢，将来要是明芳能跟他处得来，他也再不交那些狐朋狗友，也有个人模人样的，莫说他送我一万两千块，就是叫我姓张的倒贴他两万一千块，你张妈也是心甘情愿的！”

她顿了一下，叹了口气，这才又对着傻愣的赵三说：“好兄弟，你就把我的话告诉他，就说这事反正张妈心里有了他，这还不放心吗？”

赵三站起了身，捏着那把票子，说：“那我，就、就送、给他去？”

张妈送走了赵三，忽然一屁股坐到了床沿上，眼里竟忽然汪出了一层薄薄的泪影儿来。她看着窗外的黑天与明灯，竟也有些痴痴的了，连那脸相也显得苍黄苍黄的，灯光下，更显得没有了一丝儿血色……

目睹刚才这一幕的张家男人，这一刻心里禁不住有些快活。他想到自己这老娘们心眼儿竟忽然变明白起来，再不把自己的心肝尖儿往那火坑里推，起码不那么咬死劲儿了。他那贾宝玉哭灵的高腔便立刻要走起板儿来，可就在这一刻儿，他竟又发现了自己女人的那一副神色，便突然把那一段流水高腔，使劲儿顶回丹田深处，显出多情公子痴痴傻傻的劲头，拽了拽他女人的衣袖，说：“你——这是，怎么的了……”

心里正纷乱如麻的妻子，看也没看他一眼，一副苦相，从鼻子两边拖拉下来的两条深痕在抽搐，那薄薄的平时足可以抵挡得住任何纵横家们的嘴巴，也抿得死紧，甚至连一丝儿血色也没了……

老张蒙了、慌了——难道她得了癫痫，难道她要疯，难道……他猛地狠拽了一下他女人的衣袖——“你……”

谁知他女人把脸横过来，身子一跳，右手一抬，指尖儿直抵他的酒糟鼻子说：

“你给我听着，张明芳非要嫁给那个秦飞，老娘就跟你们俩拼了！”

刚刚还为女人态度转变欣喜不尽，暗地为女儿庆幸的张家男人，做梦也没有想到，他女人竟忽然对自己发出这种风马牛不相及的狠话！她那要决一死战、拼个你死我活的劲头，就差没把他吓个魂飞魄散！

可巧，也正是在这一刻儿，外屋的门轻轻呀的一声开了。从声音，从脚步，张家的男人知道这是大女儿回来了。

他忽然心里一紧，唯恐女人再来一次“河东狮子吼”，吓坏了他心尖子上的肉，因此，虽然惊魂不定，却又小心翼翼地对女人使了个脸色，这才低声说——“明、明芳回来了，你就，少讲两句……”

谁知他的话无异是在火上浇油，张家女人那满腹的委屈劲儿全都翻了上来——

“她回来了又怎么样？你是叫我怕她是吗？做梦！她要是再敢这么晚回家，再敢跟姓秦的勾勾搭搭，老娘的这一条命横竖就是不要了！”

她大声地咬牙切齿地说着，存心要叫外屋的大女儿听明白。然而，外屋一片寂寞，就像她的女儿只等在那里听候她的发落。

张家女人在咆哮了一阵儿之后，却忽然从眼角迸出两颗豆大的泪珠儿……

6楼从未有过如此安静的夜晚。这一天的晚饭时分，居然连谁都没有端着碗跨过谁家的门槛儿，即连那个常常闹得一楼人鸡犬不宁的秦家醉鬼，也安安静静地待在家里，坐在她女人的对面，帮着从外拿回家做起了手工活，却连正眼也不敢看他女人一眼。

这是6楼不多见的安静时刻，然而，住在6楼楼道口的那户“特殊人家”，今儿晚上却空气凝重。他们在草草地吃完简单的晚餐之后，当医生的女人既没有躲进里屋，铺开她的大厚本儿，当教师的男人，也没有在外面那间连白天也要点灯的半间屋子里，打开那高高的一摞学生作业。

女人在里屋像是在和谁低低絮语，男人却在外屋踱着零乱的方步，有时干脆呼出一口长气，或摇一摇头。他没有想到，天黑之后，是一阵突如其来的、紧促而又轻轻的敲门声，冲破了他们往日生活的程序，而当男人打开房门来时，夫妻俩面对着满脸凄惶的张家姑娘，面面相觑。

夫妻俩情知姑娘有事，便忙拉她进来，并且立刻掩好房门，将她接进里屋，按坐在床沿儿上。女医生还立即为这位邻家的姑娘沏上了一杯茶。

姑娘满面凄惶的脸上忽然溢出泪珠儿，两只手一个劲儿地在床边抠着那并不洁净的床单。

两个知识分子不知如何是好，夫妻俩你看我，我看你，4只眼睛里满是狐疑与惶惑。

“明芳，有了难处你就说，梁老师跟你姚姨都不是外人，平日，我们都夸你是好姑娘。”

当教师的男人比女人能说会道，也更容易激动一些。可是，他的话，除掉叫张家的大姑娘多迸出几颗泪珠儿以外，却没有任何其他效果。

他忽然感到了自己的无能，束手无策。他退让出来，示意姚医生先去摸摸底，他才能有的放矢。姚医生点了点头，便也对他使了个眼色，他立刻心领神会地走出了里间。

当姚医生终于从里间走出来，把她了解的情况告诉了他时，他不禁大惊失色。

“这、这还像话吗？”他不知是在责怨谁。他想到了张家女人的厉害，想到了孤儿那天不怕地不怕的狠劲儿，想到他们夫妻倘若因管了闲事可能带来的麻烦，连脊梁骨都凉了半截儿。可是，就这么眼睁睁地看着张明芳被她母亲往火坑里推？正在犹疑，他的门忽然又被人胆怯地敲响了。他猛地趋前一步，却又迟疑了一刻，这才打开门来——竟是秦飞！秦飞憋红了脸儿，站在门外：“梁老师、姚医生！”年轻的技术员叫得声轻音颤，就像做了什么丢人的事情一样。

梁老师却眼睛一亮，心也猛地跳了几下。他一边忙把秦飞往屋里拉，一边忽然从心里闪过了一个念头——他俩是约好的吗？

他立刻对妻子使了个眼色，正要说一句“小飞，明芳正在里面”时，不想门外忽然传来了一阵脚步声。这脚步声是这样的熟悉，又是这样使他心惊胆战——他顿时连推带搡地便把秦飞连带妻子姚琪一起推进了里屋，掩上房门，这才转回脸来，张皇失措地拉开门，叫了一声：“张——妈！”

姚医生也掩紧里屋的房门走出来：“是张妈，快坐。”她连脸都已经红了。

精明的张家女人，一见这对夫妻面露慌张，忙道：“你们有事，那我——”她摆出一副要转身出去的姿势。

“哪、哪里，我，正要去找你呢！”梁老师强作镇静地把送上门来的“工作对象”让到方桌边上，又对妻子慌乱地瞥了一眼，妻子忙去给张妈沏了一杯茶。

“张妈。”梁老师挪动着那摞练习本，像是手不知放哪儿才好。

“梁老师，你有事跟我说？”

“噢，是这样，说起来，哪一家都有一本难念的经，别人本不该插言的——”

梁老师刚开了头，却又顿住了，因为他看见张妈的眼睛睁大了，不知该不该说下去。正在犹豫，猛瞥见了自己女人鼓励的目光，便一鼓劲儿，往下说道：“我是说，你家明芳的婚事，是不是再做点儿考虑。这种事，做父母的可别太难为了女儿。我们认为小秦这孩子……”他觉得自己说得像一个法院的调解官，便将后面的那句关键话咽回了肚里。

张家女人一惊，立即从心里生出了一些不愉快：“梁老师、姚医生，承蒙你们对明芳关心，我张妈心里领情了！你们既然提到了我家那死丫头，只好拜托你们，告诉明芳早收了那颗心！只要我两条腿没伸，我就依不了她！”

她一见姚医生满脸绯红，梁老师也脸色发白，忽然缓下声调，连脸色也温和了许多：“梁老师、姚医生，我今儿晚上来，既不是为我那丫头，也不是为我自己，我是受人之托，想向你们打听一件事，愿意就给帮个忙，不愿也就算了……”她忽然刹住话，静观着对方的反应。

梁家夫妇一时没弄明白她的真意，说不出话来，只眼巴巴地看着她，等着她的下文。

张妈的嘴角牵扯了一下，这才又软和地说：“也不是别人，就是赵三的妈妈，卖惯了血的，如今时间长了，不卖就憋得慌。可医院有规定，过年龄的，便不给输了。她想请姚医生帮个忙，看看能不能通融一下，她最近日子艰难，老头子瘫在床上，你们就帮忙做做好事，不知……”

梁家夫妻俩面面相觑，姚医生好一阵才说：“张妈，这事医院里管得很严，实在不好办，你就跟赵妈讲，过了一个月都不行的，何况她年岁大了。张妈，这……”姚医生好像自己做了什么对不起人的事，反过来竟向张妈求起情来。

张家的女当家人脸色忽然变了，可是，只怏怏了一刻儿，便掠起眼皮儿说：“那我把这话告诉她就是了。既然是规矩严，那也怪不得你，我不过是传个话儿，你们可别放在心上！”她说着，便站起身来走出门去了。

平常极有主见的张妈这几天心散了、魂飞了，她把这几天发生的事放在心里重演了无数遍。娶媳妇，嫁闺女，还救了没娘没爹的小光棍一命！——一石三鸟，自己错在哪里？叫人生气的是，孤儿赌棍要“一手拿钱，一手交货”——原来他是想趁火打劫，把我的女儿当抵押！明芳要是真的嫁给了他，日后要吃他的亏！待到生米煮成了熟饭，就是明芳跟他离了婚，恨死了我这个当娘的不说，却已经成了一个“二婚头”！

张妈心里一哆嗦。

还有那一万两千块钱！原来孤儿的老底儿早输光了，如今已穷得碗底朝天，连一万两千块钱都是从赌友那里挪借的！

张家的女人心里一抖一颤又一怔——她的眼前不明明是个赚人坑，是一片碎渣烂草糊弄着的陷阱吗！

这天晚上，张妈睡不着了，失眠了。她看着漆黑的墙壁，心里面就像猫抓着一般……夜越来越深，她的眼便越睁越大，屋子里越来越黑，在她神魂不一、翻来转去时，斗子墙那边忽然又传来麻将猛拍在桌子上的清脆声音。在这夜阑人静的时刻，这声音像狠狠地砸在她的心上。她猛地一惊，翻身坐了起来，双手痉挛地死抓住被头儿，“我……我不是在卖女儿吗！……我自己也被卖过啊！”大儿子的婚事、酒宴、房子、罗马表，像万花筒里的碎玻璃片儿，在她的眼里翻转着，越变越奇。她忽然看见赵三妈妈的脸，一张血糊糊的脸……

张妈吓得大叫了一声，猛地抓住了她男人的肩膀，直在心里喊：“我绝不卖女儿！”

傍晚的6楼又热闹起来了。走廊上，面对屋后的青山，一字儿排开了几张小饭桌。醉鬼秦师傅就着咸萝卜条儿在喝酒，他女人虽不时地用手把持住了瓶颈儿，却每一次都被她那醉鬼男人掰了开来，嘴里还夹着不干不净的话。

赵三也与女人小叶对坐在小饭桌前，可是，没有一会儿，他一边端着碗站起身，越过照例关门在里屋吃饭的梁老师家，一边说着：“张妈，你家今日炖的老母鸡汤，把、把老子的口水都、都馋出来了……”

也不知为什么，这几句话，他今儿说得竟是恁般心虚，还胆怯地瞥了张妈一眼，直到从张妈脸上看不出一丝儿恼他的影儿，这才靠到了张家的墙壁前，半推半就地接过了半截鸡肠子：“这鸡真肥，你看汤上的那层油……”

张家今日算是大团圆。幸亏走廊宽敞，一家人围着小桌成了一圈。

大儿子子明正用筷子找鸡肝：“妈，鸡肝呢？莹莹喜欢吃！”

他油抹抹的嘴巴毫无顾忌地袒护着他那未来的女人，未来的小媳妇莹莹更是来者不拒。没过门就是客，此时不吃，待过了门还能这样吃吗？虽然她刚刚已吃了一只鸡腿。鸡肝早已咽进小明华肚里了，还是下午，妈妈就让小女儿舀来吃了：“明华，还不快吃，到时候就轮不到你了！”可那肝儿，子刚眼尖，一筷子便夹进了嘴里。

大儿子左抄右挑，只好将一只鸡翅又搛到了莹莹碗里。饭桌上，只有3个人沉默，这便是张家的男人，大女儿张明芳和脸色黄白黄白的张妈。

明芳只顾低头吃饭，不一会儿，便扔下筷子进了屋。老张像是失了往日的兴趣，也只顾埋头吃饭，却绝不抬头看菜。他的脸面，眼睛，显然对大儿子及其未来的女人颇有一番不满的神色。可是，他向来在家中没有地位，这一刻也就没有人来理睬他。

只有张家的当家女人，自己却端着一碗鸡汤，一口一口地抿着，像是心里有说不出的舒坦，又像是喝得极为艰难，密细细的汗珠儿，爬满了她的额角，以致赵三跟她搭讪，说玩笑话，她也是有一搭没一搭地应对着，没有平日里那样精神十足。

“明华，”当她碗里的鸡汤还剩下半盏儿时，她叫了一声小女儿，“你舀碗鸡汤给你五七哥送去，他孤单一人，哪有闲心杀鸡煨鸡汤喝？”

张家妈妈说得就像她和孤儿之间从来就没那回事儿一样，这倒叫赵三心里暗暗吃了一惊。他不觉向张妈看去，却又从她脸上琢磨不出一丝儿别的影子来，赵三蒙了。

小明华应声舀起鸡汤，没想到竟将另一只肥嘟嘟的鸡腿也舀了上来。小明华正在犹豫，子明的眼睛早盯了过去，子刚的脸上立刻对他的哥哥现出了一副不屑的神色。

舀上鸡腿的小明华不知如何是好，张妈却对赵三瞥了一眼说：“就把这腿儿送去！”可是，老张却一把用筷子按住了这只鸡腿。一时间，张家一门的人物全都面面相觑。向来乐呵呵的老张，竟阴沉着脸，把那一只鸡腿搛起，按到了张家女当家人的汤碗里：“这是你的了！啥人也不能吃的。”大儿子子明与他那未来的媳妇儿，顿时涨红了脸，一副茫然的脸相里夹着诧异的神色；子刚与小明华也愣了，连张家的当家女人蜡黄的脸上也掠过了一丝尴尬的颜色。

“我的活老子，你这是……”

她显然是不满了，尤其是当着未来的儿媳妇黄莹莹的面。她甚至从来没有过地慌张起来，竟要把汤碗里的鸡腿往外搛，眼睛还瞟了黄莹莹一眼。

她这一眼，不仅使子刚的眼珠都快瞪了出来，小明华也立刻嘟起了嘴巴，而那从来老实巴交的张家男人，在这关键时刻站起身来，硬将筷子压在他女人的碗里，嘴巴里冒出了一句惊天动地的话——“这鸡腿是你的，啥人敢吃！”他第一次铁青了脸，酒糟鼻子在翕动，嘴巴抿得发乌，眼睛向一桌的儿女环顾了一周，既生冷，又愤愤……

赵三愣了，那小半截儿鸡肠子，竟搭在他的下唇上，进不去也出不来，子明与他未来的媳妇儿，脸上顿时一片红，子刚幸灾乐祸地看了他哥“嫂”一眼，还故意说了声：“妈，你还不吃！”小明华则睁着两只黑溜溜的眼睛，愣了一刻，才转身推开了孤儿的门，她娘忙搛起另一只翅膀，搿进了那盛得满满的汤碗里……

张家的男人逼着眼睛溢出泪水的女人吃完了那只鸡腿，才啪的一声放下筷子，转身进了屋。

大女儿明芳越过打开的窗户，把刚才走廊上吃鸡的一幕看得极为清楚。她猛地抬脸向他的老子看去，当她看见老子的红眼圈儿与那星星点点的泪影时，她的脸颊竟狠狠地抽搐了一下。张家的大女儿蒙了，她心里猛地觉得这个家里有了事，可又发生了什么事呢？

在明芳的记忆里，这是绝无仅有的事。多少年来，凡是吃点荤腥，被难坏的总是她妈——又要塞住孩子们贪馋的嘴，又怕男人一点也沾不着。可是，今儿的那只鸡腿，今儿当家老子的怕人脸色，还有她亲妈忍住眼泪吃鸡腿的模样……

张家的大女儿忽然觉得胸口一阵发堵，她不明白，却又像恍恍惚惚地想起了什么。她猛地一阵心慌，竟抬起头来，盯紧了昏黄的光线里她老子的那一张像被扭歪了的脸，老子的眼睛正盯着她看。她站起来，正要向她老子走过去，她的老子却忽然张开手心，向她亮出一张单据。这单据，原来是最近妈妈挣的手工费，这手工活妈妈好多年都没做了，关键是要用手指头去扣，久了手指头都会扣破皮。女儿走上去盯了一眼，一切都明白了。她只觉得头一阵晕眩，死死地一咬牙根，这才稳住了身子。

她蒙住脸，奔进了里间，扑倒在父母的大床上，把整个脸都埋进了被子里，两肩急剧地耸动着，却没有发出一点儿哭声。她那老子跟了进来，却远远地离她站着，动弹不得……

明芳很快又坐了起来，抹干了满脸的泪水，任谁也不睬地走出了家门，擦身走过了炉灶，猛地推开了梁老师的家门。

明芳再也忍不住那汹涌的泪水了，她一头扎进了姚医生的怀里——

“姚姨，你别再让我妈去你那同事家拿那些手工活回来做了，我求求你……”

姚医生浑身一颤，用力推开姑娘的身子：“没有，没有的事，你妈妈没有找过我……”

她不连贯的话里，满藏着深受委屈的痛楚。

哭得泪流如麻的张明芳，好不容易才站稳了身子，盯住了她的姚姨——啊，她不能不相信，不能，她的姚姨是不会向她撒谎的……

下午4点钟，姚医生提前下班离开了医院。

她开始走得很快，后来却渐渐地慢了下来；待她已经走进典当行的大门时，她的步子便越来越慢了，最后才犹犹豫豫地走上典当行门前高高的水泥台阶。当她终于推开玻璃门，向典当行那一圈高高的柜台前走去时，她的手却忽然捏紧了那只黑色的小皮包。好一会儿，直到一个在柜台里面站起来伸懒腰的行员奇怪地看着她，她才略一红脸，快步走在挂着“兑换金银”小玻璃牌儿的柜台前面，犹犹豫豫地拿出了一只极精致的镀了银边的紫红丝绒小盒儿。

小盒被打开了，柜台里面的一位老头从小盒里面拎出了一条金项链——老头儿对她看了一眼，连问也没问一声，便把金项链放在天平上。

姚医生的脸骤然变得惨白，两眼直瞪着那副项链，呼吸急促起来，像乞求似的说：“我……我不当了！可以吗？”她差点儿要溢出眼泪来了。

老头儿先是一愣，终于将项链又装进盒里，无声地放回到柜台上。

姚医生像害了一场大病，面无人色地回到了高高的6层楼上。从厨房里探出身来的梁老师，一眼就瞥见了仍被攥在妻子手里的小盒儿，他不觉一惊，忙放下菜盘子，接过妻子手中的小盒儿，打开一看，发现金项链安然无恙地躺在里面，心中不禁有些诧异。当他抬头发现了妻子愣呆的神色时，他心里就明白了。

这副项链是姚医生从省外回来时，她的亡母生前从自己的脖子上摘下来，送给女儿作为将来结婚礼物的。他们珍藏着它，宛若珍藏着一串不能忘却的记忆。他们已经不能从那闪闪的光泽中，发现它与金钱的关系了。

可是昨天晚上，张家姑娘流着泪，祈求姚医生不要帮她妈妈领料做手工活时，姑娘的错怪和梁家夫妇对她的同情和怜爱，使姚医生颤抖着手、哆嗦着心，把它从箱底翻了出来。

妻子望了一眼丈夫，猛地将两只手捂住了自己的面孔，通体都发出了一阵战栗。当教师的丈夫，终于缓缓地走到妻子的身边。他先是胆怯地触摸着妻子的肩头，终于猛地抱住了妻子的头，并把它挪到了自己的胸前。妻子的手，突然痉挛地抓住他的胸襟，把脸贴到了他的胸上。

“琪，我没有怪你。”

妻子更加使劲地揪扯着他的胸襟，仰着脸说：“绍云，我们就把它作为礼物送给明芳和小秦吧！这样我心里要好受些……”

“好，好！这样更好！”丈夫低低地答道，把妻子搂得更紧了。

自从吃鸡腿的事儿发生之后，张家的气氛就变了样。依然被子明拖来吃饭的莹莹再不咯咯笑了，张子明则莫名其妙地沉着脸，就像谁都欠了他的钱又欠了他的情，子刚虽然仍旧把自己的细高身材打扮得入时入眼，用他那三五特步的鞋配上水磨牛仔裤边走路边看着大街上的美女，可是，竟也时不时地注意起他妈妈的脸色来。小明华自然照旧背着书包上她的学，做她的功课，可是这两天也不再撇嘴鼓腮地撒娇了，至于她姐姐，则更是沉默寡语，成天连眼梢儿也不再抬一抬。

这一家的兄弟姐妹，全像是感觉到了这个家里出了事，可究竟出了什么事，那“吃鸡腿”的事究竟有什么来龙去脉，只有大姑娘明芳知道。

这种沉闷的气氛，究其根源，主要来自老张的那一张黑沉沉的脸。他那贾宝玉“哭灵”的高腔不再出现，连他的那一双眼睛都变得恶狠狠的，成天唉声叹气，即便是他的当家女人给他使眼色、递口风，他也全然不理。

快嘴赵三妈妈把张妈利用午休做的手工活的事告知了老张，老张中午回家带回了一只鸡，并且关上里屋的门，逼着妻子拿出单据。她生平第一次屈服在自己男人威严的目光下，颤抖着手，把单据递到男人手里。

这天晚餐后，一家人闷在屋里，都不吭声，都学着老头子的模样，沉着铁青的脸。特别是明芳，那样子就像是她妈跳了江。突然，半掩的房门被推开了，门口站着梁老师和姚医生。

两位“贵客”的来临，给这个不死不活的家庭带来了一点生机，像刮进一股温暖的春风。

张家女人格外高兴地迎进客人，一边吆喝子刚去泡茶，一边呼喊小女儿明华去拿纸烟，把梁家夫妇一边一个地按坐在方桌两边的高背木椅儿上，马上换上一副笑脸说：“梁老师、姚医生，什么风把你们刮来的！别看我们两家就隔着这一层斗子墙，平日就像隔着一条河呢！”她的情绪一下子高涨起来，她的热情在驱赶着屋里的冷淡气氛。

矮小的梁老师不好意思地推让烟茶，端庄的姚医生一坐下便拉住了明芳的胳膊。张家的大姑娘看着这对6楼上平常几乎不串门的两位“贵客”，琢磨他们是不是为自己来的。

张家的大儿子与未来的媳妇没有表现出极高的热情，他们俩有些莫名其妙地望着这一对“贵客”，互相望着，猜度着这客人的来意。

老张沉了两天的脸也略开了些儿，他竟吩咐刚忙乎泡茶的子刚说：“子刚，你帮我到店里去买些刚到的鲜荔枝来。”

梁老师一把拉住了他：“子刚，别客气，我们又不是外人，来得少，本来就不该了，再这么客气，下次还敢再来吗？”

“那也好，就依梁老师的。可梁老师说了话就得算数呀！”张家的女人一来怕过分客气反会撵走了这对从不串门的娇客；二来想到他们突然来访想必有什么事，也就不坚持客套了。

一阵最初的客气与忙乱过去之后，姚医生在对梁老师使眼色，梁老师又在用眼神乞求姚医生，最后还是梁老师开了口：“张妈，我们是来劝你，劝你别再去做手工活了，看你这年纪，久了会受不了的！”

以为这事儿在这一家子里已经人尽皆知的梁老师，他开口的这第一句话，就把这家人的心全投进滚油锅里。除了低头挨着姚医生的明芳，所有的人都猛然抬起头来，连张家的男人在内，他们的眼光在一霎间，全都投向他们当家女人的脸上。大儿子张子明的眼睛睁得最大，莹莹的脸都变了色。

张家女人没想到梁老师竟张嘴就说出这么一句话来，她心里一惊，一阵难堪，脸上泛出一片红晕，脸颊也抽动了一下。

梁老师似乎没有注意到他这话的反应，反而把脸转向张家的大儿子，毫不客气地说道：“子明，为你们的婚事，你母亲去做手工活了，她甚至要把你大妹许给隔壁的廖五七，为的是好给你们弄到一间新房，你们怎么能这么安心！”

已经被梁老师当头一棒打得晕乎过去的张子明，惊得瞠目结舌地瞪着自己的娘和老子。显然有些恼怒的母亲快速地瞪了他一眼，马上就低下了头。她是在恼怒、狼狈，还是感激？或是三者都有？

姚医生感觉到了明芳紧紧地抓住了自己的胳膊，她忽然一边捏紧了明芳的手，一边又对自己的丈夫投去了鼓励的目光。梁老师似乎一不做二不休，不顾一切地继续说下去："子明，母亲含辛茹苦地把你带大，都这把年纪了，现在又要为你们的婚事去做手工活，这于情于理，怎能说得过去！你做儿子的不能奉养父母，反而让母亲这样为你操心，你想想应该不应该？子明，小莹，青年人应该有志气，不要为一时的社会风气所左右。婚姻大事虽然是喜庆，但也得量力而行……我的话说直了，但也是为你们好，我想，你们是能理解的。"

张家的男人猛地把那张单据投到大儿子怀里，子明拿起单据一瞅，双手猛烈地抖动起来，他突然站起身子冲了出去。莹莹惊叫一声，也追出了门去。

梁老师也站起身来，从口袋里拿出那只精致的小盒儿，打开了盒盖，把一串金光闪闪的项链送到张妈手里："张妈，明芳与秦飞既然相爱，你就高高兴兴地成全了他们。秦飞这孩子是个好后生，他的那个家他不能负责啊！你是多年前的居委会主任，这一点你不比我们明白，明芳爱他正是姑娘有眼力呢！这副项链是姚医生姚琪母亲送给她的结婚礼品，姚琪把它转赠给你的明芳，就算是我们的一点心意，愿他们俩相敬相爱，白头到老。"他忽然觉得自己的眼睛已经湿润了。

"这，这。"张家的当家女人慌了，张家的男人更是惊恐地站起了身子，明芳已把脸抵到了她姚姨的肩头上，

"不，姚姨，不！"她声音发颤。

已经站起身的姚琪，却一把将她拉进了怀里，用她自己湿涔涔的眼睛，蘸湿了张明芳乌黑的头发。

张家的女当家人觉得自己的喉咙发堵，觉得心不由己，觉得神思摇晃了。

她捧着那金光四射的小盒儿，心跳得是那么的急，她忽然抓紧了梁老师的手，颤抖着嗓音，说不出话来。

张明芳的老子愣了，张明芳自己也傻了，就连梁家夫妇也瞠目结舌。

张家的女人忽然用手掌心抹了一下眼泪，这才说："廖五七送上门来的一万两千块钱，都让我退了！"

张明芳突然松开了她的姚姨，怔怔地看着她的亲娘，一汪眼泪立时涌上她的眼眶，却又死命地忍着，不让它流出来。她的老子见女儿泪水盈眶，竟也湿润了眼睛说："是，是的，是我亲眼看见你妈妈退的，你妈妈不让我讲……"

张家的女人愣怔了一刻儿之后，忽然把那副项链送到了姚医生跟前，说："梁老师、姚医生，你们的心意我领了，可是这礼不能收——"她说着，便把那盒儿使劲儿按到女医生的手上。

姚医生一迭连声地说着"不"字，又将盒儿硬塞到张明芳的手里："明芳，这点心意你快收下，收下……"

就在这一刻，赵三突然猛地推开门："张妈，不好了！廖五七叫人去打秦飞，说是要当着明芳的面打折秦飞的腿！"

张明芳挣脱了她的妈妈，疯也似的奔下楼，旋风般地上了车，飞出了大楼，飞上了大街……

突然发生了的激变，使得年轻的女绘图员心理情感上发生了剧烈的变化。过去，年轻的家具厂技术员，仅仅是她心灵上一片飘忽的云，是春风田野上一片随风飘扬的花瓣，是她有心相属却又如隔阔水的一片山影……但是，现在，这一切都变了。仅仅在短暂的几天里，年轻的技术员忽然把他飘忽的身影变成了可以触摸的现实，而她自己一颗充满希求与担惊受怕的心，已经猛地拉到他的胸上。她觉得自己已经离不开他了，而他早已应该是她的。他们靠拢得太迟了啊！她多么希望那个总是对她有着几分羞怯的技术员，就是山坡上的那一棵向阳的大树，而她，又怎样地在渴望着它能给自己遮挡风雨，并向她心头透下黄金一般的阳光！

即便是在她知道母亲竟然去做手工活，而使她心灵震撼的时刻，虽曾在心中闪过“依了母亲”的念头，然而这念头却像夏夜的流星，稍纵即逝。一边是生身母亲血肉相连的情，一边是越来越深心相印的爱，如果不能两全，只能顾此而失彼，那她的爱是不能也没法转移的！

她没有打铃儿，一个劲儿地猛蹬，沿着宽阔的马路，跨过铁道，向着大华广场奔去。

大街上行人寥寥，法国梧桐的繁枝茂叶遮断了街灯，在柏油路面上留下一片片斑驳摇曳的树影。这些影子像五颜六色的油彩，胡乱涂抹着明芳的心，她的心一片迷乱。

可她没有想到，在她就要向右一拐，沿着街口的坡路长驱直下时，一个年轻女子突然叫住了她。张明芳猛一刹车，她的“凤凰”差一点撞在另一辆自行车上。

对面的骑车人依然跨坐在车上。张明芳惊奇地发现那人竟是时髦的小陶！而更叫她心魂一颤的是，她的秦飞此刻竟也两脚着地跨坐在小陶的车后座上。

张明芳只觉得两眼一花，以为眼前的两个人完全是虚假的幻影。

眼看着她就要从自行车上摇摇晃晃倒下来，小陶早已下车赶紧奔过来，一把扶住了她，又扭头对身后煞白了脸的秦飞嚷了一句：“你还不坐到她的车上去！”

从小陶抓住自己胳膊的力度，从她对秦飞发出的强硬的命令声中，张明芳醒了。她怔怔地看着小陶，发现小陶的大眼睛竟是那样的明亮、那样的坦率……小陶一边飞身上车，一边对着秦飞与张明芳嚷了一句：“你们还不快跑！”

秦飞猛然抓住张明芳的车把，把张明芳搂坐到车座前的大梁上，飞身上车驰去。

张明芳猛一阵心跳，脸顿时烫得像火烧，可是她竟又无力地贴紧在秦飞前胸，感觉到自己的发辫正摩挲在秦飞的脸颊上。她两手紧紧地握住车把，像是紧握着自己的心。她一时不能明白刚刚发生的一切。只是小陶那深红色的超短裤，像一团鲜红的火苗儿，闪耀在她飘飘摇摇的心房上。直到秦飞忽然翻身下车，她猛地歪倒在秦飞的怀抱里，却又突然脸臊心慌时，她才发现秦飞已把自己带进了小林深处。

秦飞怯生生地抱住张明芳的双肩，张明芳忽然闪开了秦飞的怀抱。一时间，两个人，你看着我，我看着你，喘息着，好一刻儿之后，张明芳才第一次真正地扑到了秦飞的怀抱里，双手死死搂紧了技术员的双肩。“她知道你跟我好？”她忽然低声问。

“知道。”秦飞吃力地回答。

“她不恨你？”张明芳又问。

“她说她不如你。”秦飞说。

“她怎么救的你？”张明芳抬起了脸。

秦飞避开张明芳火辣辣的目光，说：“我正要出厂门来这里见你，被两个不认识的人截住，要我跟他们走。我正要挣脱，小陶和另外两个姑娘路过，忽然把我拉进了厂门，并叫保安锁上了大门，她又强迫我跟着她从后门逃了出来……”

张明芳盯住了秦飞的脸，好一刻儿才说：“据说廖五七要当着我的面揍你……”她盯着他的脸。

“不怕！我跟他说理去。”

“说什么？”

秦飞转过脸来了，几乎是一个字一个字地斩钉截铁地说：“我就告诉他，强迫一个不爱他的姑娘跟自己结婚，是不道德的，也是不可能的，打人是犯法的……”

“你不怕他打？”张明芳高兴他能突然变得如此刚强。

“不是怕不怕他打的问题，我们既要和他讲清道理，还要关心他，这几年，我也不该对他那样冷淡，他是个可怜的孤儿……”

明芳感到他的话音在颤抖。她盯着他，猛地把脸伏到了他的胸膛上。一会儿，她抬起头，像下定了什么主意似的说：“那就回去，你先上我家待着。”

“那你妈——”秦飞忽然慌乱起来了。

“我妈不会再为难你了！你别恨她，我也不许你恨她……”

张家像死一般沉寂，人们心里是慌乱的。

张子明与莹莹走了，明芳跑了，老张的脸在陡然间变得煞白，张子刚与张明华，却只能痴呆地望着他们的妈妈，连大气儿也不敢出。赵三只是惊诧地看着姚医生把跌落在地上的金项链捡回到了小盒里，然后手足无措地挨坐到丈夫身边。梁老师不约而同地与所有人一起，将眼光转移到了张家女人的脸上，看着她那一张似白似红的脸，看着她忽然变得没有了一丝儿血色的嘴唇，还有那一会儿烁亮一会儿又黯淡下去的眼神。

这孤儿赌棍当真便什么事都做得出吗？他要是万一真的把秦家的儿子两腿打折了怎么办？她的心一阵惶恐，连腿脚也软了。她忽然想到这事儿都怪自己，怪自己不清楚女儿的心，怪自己一时糊涂——可这些还不是他们这些做儿女的逼出来的吗！

张家的女当家人，第一次跟自己说了一句软话——这都怪我！可是，正因她又绝不是个没见识没胆量的女人，她在一阵子心乱如麻之后，却忽然站起了身。

她的眼睛忽然亮了，彻底地亮了，并且那亮闪闪的目光，挨次在家中人的脸上全扫了一遭儿，然后，她忽然就像一个指挥若定的将军，对着他男人吩咐了一句：“你和子刚、小明华好生在家待着，就是外面塌了天，你们也不要跨出门槛儿一步！要是明芳回来了，就说我说的，不许她去找我！”

她忽然又那么轻淡地将眼光一扭，便转到了梁家夫妇和赵三身上，字字板眼地说："梁老师、姚医生，还有你赵三，我姓张的并没有做出什么对不起孤儿的事，张明芳有张明芳恋爱的自由，她不喜欢的人，就是为娘的打折了她的腿，也是白搭！他廖五七一个光棍，穷得叮当响，难道我姓张的还想谋他的财、害他的命不成！我不过有点可怜他。谁知好心换了副驴肝肺，他打错了算盘，忘了我张妈是个什么人！莫说是他，就是那些不要命的、杀人抢劫的，还有那些混混，张妈我也从没含糊过！如今这世道还能容得他那种人逞凶吗？"

她一口气说到这里，忽然顿了一下，竟更加目光炯炯地看着梁家夫妇与赵三，说："麻烦你们随我去廖五七屋里走一趟，我要看看，是他廖五七长着三头六臂，还是我张妈是杨二郎！没调教好的东西，居然想往我张妈的眼睛里揉沙子！"

她盯了梁家夫妇一眼，又一眼盯准了赵三，那眼神像在说："张妈用得着你了，就看你的了！"

赵三早被他张妈这一席话，鼓荡得热血沸腾，恨不能也插上八面靠子旗，随着眼前的"穆桂英"去远征！

梁家的男人用眼光鼓励着有些慌乱的妻子，便随着张妈转过了身——是的，他应该去，那孤儿总不至于不给一点情面，不通一点人情。他甚至懊悔自己平时给那孤儿的温暖与教育太少。

张妈领着这一班人马，浩浩荡荡向孤儿的家门直扑而去，她竟连招呼也没打一声，便猛地推开了房门。

孤儿廖五七正用手倒掐住香烟，与三个头发眉眼不善的小年轻围着桌子转，当他忽然发现张家女人居然领着人突然闯进来时，他的手不觉抖颤了一下，把半截烟屁股猛地扔在脚下，用鞋后跟猛跺了一脚。

他抬起那张铁青的脸——心里明白来者不善，善者不来。刚才两个无用的哥们去抓秦飞，居然让一个姑娘给劫走了。他正准备冲到厂里去，先打断秦飞的双腿再说，却未想，那骗他诓他捉弄他的老女人竟不请自来了！

原先，正愁日子没法儿打发的赌友，还没听完孤儿的诉说，就一个个伸胳膊扬腿地哇哇直叫，要帮他出出气，找张家算账。他摇摇头，不找张家，也不打张家的人，他要打的是秦家那小子，当着明芳的面把他打个半残废，这才解气。然后让她一辈子去伺候一个残疾人。

孤儿的脸色铁青，他看着张家的当家女人，竟领着这么一行奇怪的队伍，阵容特别地突然出现在他的家里。他明白，赵三是个“墙头草，风吹二面倒”的角色，没准头的东西。可是梁家夫妇这一对文弱男女，他们怎么也来了！

他正在纳闷，又有些发慌，张家女人却发话了：“廖五七，听说你要打你张妈是不是？”她有意引火烧身，一副刀枪逼人的气势。

孤儿脸上的肉一颤，嘴唇虽抽动了一下，却没有发出声音来。

“我这刻儿就是送上门来给你打的！你要打，就当着梁老师、姚医生的面！你张妈见过这阵势，你梁老师、姚医生还没有见过，你今个儿就让他俩也见识见识——打呀，你张妈等着呢！”她的话说得有板有眼，叮当作响，连牙齿咬得咯吱吱的声音都清晰可闻，那眼神直把孤儿的那张铁青脸喷成了红的，又喷成了紫的了。

“廖五七，我若是早知自己的这一番好心，只能换你的驴肝肺，你张妈也不会看上你。噢，你真有势派，稍不遂心，便要打人！你有种的就打！你张妈今儿要不是看在你死鬼老子娘的面上，就这刻儿，我就能送你去坐监狱！”

孤儿忽然抬起了脸，那神态似乎像个真正的好汉，那眼神又似乎在说：“送就送，你以为老子怕吗？”

张家女人立时抓住了孤儿的魂窍：“哼！你再把眼睛睁大点儿，再显些狠劲儿出来！你再狠，石碣镇的混混那些人可不怕这个。”

她的撒手锏果然起了作用，那孤儿僵直的脖子当真软了下去，她马上又改换了口气：“如今谁不知道这恋爱的事得自己来，张妈我一句话，张明芳就成了你的！八字儿还没见一撇，就以为张家的女儿姓廖了！我有心向着你，疼你，你倒好，自己存心把事情搞砸了，没了影儿了！你还有脸说要打人，你不撒泡尿照照自己！”

张家女人一席话，句句就像刀子绞在孤儿的心里，孤儿廖五七败阵了，他不是张家女人的对手，他的拳脚在这种对手面前成了破枪烂炮，一开始胜负就有了定局。

赵三对张妈显然已经佩服得五体投地，满脸上一副得意神色；而一直静观不言的梁家夫妇，从张家的女人身上，第一次领略了“巾帼英雄”的英姿。

孤儿的心在抖，由于自己不堪一击，他已经恼羞成怒，他的野性又要发作了。不过，此刻他不会再去打别人，他曾经有过的凶残，现在唯一的可能是用来对付自己！一种近乎原始的自尊与野性，在他的胸膛里膨胀着、膨胀着，膨胀得快要爆炸了。忽然，在他的房门口上，竟传来了一阵嘈杂的叫声，而在这嘈杂的叫声里，更夹着张家小女儿明华带哭的嗓音：“姐姐，妈妈叫你别进去的，妈妈说的……”

可是，门口的嘈杂声终于淹没了小明华的叫声，而张明芳却和秦飞一起，突然站到了廖五七的门槛上。

屋子里的人全都一怔，张家当家女人的脸上霎时一片惨白；梁家夫妻更不约而同地叫出了一声：“明芳！”赵三发了蒙，叼在嘴唇上早已无火的烟屁股在颤抖；张家的男人这刻儿竟挤过来死死地拉住了女儿：“我要你回去，你妈讲的……”

然而，一切都迟了。

孤儿血红的脸转过来！赌友们唰地一下便将眼光投向了张明芳与秦飞，然后又迅疾地转到了孤儿廖五七的脸上。

张妈的心在滴血！

然而，明芳与秦飞竟是那样的凝然不动，像没有任何事一样静静地定定地看着对面的孤儿。

年轻的五金厂女绘图员，外柔内刚的张家姑娘，为了自己终身的幸福，为了自己心上人的安全，她不躲避风浪，她豁出去了！她那一腔的柔情，此刻竟全然化成了一堵顶天立地的理性的高墙，她要用自己这一堵高墙去保护自己的意中人，去抵挡那愚昧无知者的侵犯！她怀着海一般深沉的爱情、海一般广阔的容量，领着自己的情人，站到了自己情人的情敌面前，目不斜视，不顾一切，只一个劲儿地盯住孤儿的脸，直到孤儿那就要狂跳起来的身躯与那捏紧了就要伸出来的拳头，在明芳那似刚不狠、似柔不惧的眼光逼视下，松了、散了，忽然失去了冲动，失去了力量。明芳忽然涌出了一眶眼泪。

这是一个真正的静场！没有声音，没有言语，更没有格斗，在这高高的6层楼上，野性与现代文明这两股背道而驰的力量在较量，它们碰撞出来的火花，震慑着、充实着所有在场的人的心灵与身躯……

张家的女人忽然觉得自己已经心力交瘁；赵三的媳妇则只能躲在众人的身后满含惶恐与凄凉；闻讯赶来的秦家女人，突然缩回了自己那只要去拯救儿子的嶙峋瘦手；梁家夫妻已是含着薄薄的眼泪，欣然目睹从这就要冲杀出去的一代新人……

也许，看惯了拳打脚踢的人们，看惯疯狂与绝望的过客，会把这当作一桩“桃色新闻”来传播。好吧，那就让这个“桃色新闻”来拉开一场新剧的序幕——

“廖五七，我把他带来了！我知道你不会打他的，不会的！廖五七，我说得对吗？”眼睛满含泪水的张明芳迸发出了信赖的心声。

“五七兄弟，对不起你，这几年，我忘了我们小时候的情谊，请你原谅吧！”秦飞也跨前一步，真挚地说。

他们俩双双站在廖五七的跟前，睁着四只眼睛，期待地盯住孤儿廖五七。廖五七的头越来越低了……

张明芳和秦飞向廖五七走了过去，想去拉孤儿的手，不想孤儿廖五七猛地抬起头来，惨白的脸上两汪眼泪在眼眶里滚动，他恨恨地盯了秦飞一眼，竟说出了一句恶狠狠的话："下辈子，老子非打断你的腿……"但他不敢再看张明芳和秦飞一眼，转身夺路而去。

人们慢慢地散去，月儿悬在天际，如洗的月光洒在这高高的6层楼上……

爱在路上

随着拥挤的人流，茫茫然地经过出站口，广州火车站。一切都是陌生的，陌生的地方、陌生的语言，还有陌生的气候。四川的春天，可谓寒气还未完全退尽，而被人们称为“花城”“羊城”的广州，人们早已换上夏天的衣衫，而丝毫不觉得冷的样子，真怪！

真怪，我为什么要离开家乡出来漂流？温暖的家庭生活不过，到这陌生的地方；仅仅因为愤恨个别领导对我的不公平待遇，还是想逃避失恋后的牵挂？我心里想了很多很多，但无济于事。

嘈杂的广播找人声，司机招揽顾客的吆喝声，小偷偷东西或偷东西被人发觉后的喊打声，被人偷了钱无法追回的号啕声，一个手捧某招待所或某旅店、宾馆、酒楼招牌的男、女拉客仔和过往客人的拉扯声……

这时的广州火车站广场是一片混乱、一片嘈杂，而我的脑袋是一片白茫茫的漠然，离家前的士气一落千丈，仿佛置身于一座黑暗的迷宫，不知走哪条路，才能看见人生的光明！

现在应该找到朋友给我的地址，找到它就可以找到落脚的地方。我暗自庆幸自己的小聪明，一咬牙，招手叫了辆的士。虽然我长这么大还从没坐过的士，但，我朋友说这才是最安全的，何况人生路不熟，又是一个烟雨朦胧的清晨，我实在担心在火车站待下去，会遇上那些不三不四的人，那就惨了！

“差哥，去兵肚？”一女“的姐”用白话好像在跟我说话。我看了一眼，心想这城市真怪，连开的士都是女士，“的姐”看我没反应，又操起一口难听的广东普通话问我。

“先生，你去哪里呀？”在我家乡一般称呼男的都是叫大哥小弟或大叔或大伯的。这儿叫先生，文绉绉的，她称我先生，可我一点也不是书生模样！莫名其妙，崇洋媚外，我还是应了。

“哦，石洲电容器厂。”我愣愣地回答着。“的姐”一面打开车门一面说。

“是在中山方向，离这要开近2个小时的车才能到，上车，我送你去！”我心里盘算着，与我朋友讲的差不多，这是女的，不会把我怎样。

我一上车，“的姐”就唠叨起：“先生，你好潇（捎）洒（咔），好靓呀（有）！是（湿）不是（湿）去（区）进（定）货？”

“不是。”

我干巴巴的回答，她说我去进货，是不是想打我的坏主意，在老家宜宾，不相识的人是不会说出这种话的，一般都是乘客先找司机聊，何况是个“的姐”。由此我想到了“美人计”的遭遇，心中不由得哆嗦了一下，就像十五只水桶打水，七上八下的。毕竟还是待在家里好呀！我后悔了吗？真见鬼，不中用的家伙，大清早的，自己骂自己。

车穿梭子似的，好不容易才穿过大街，滑上珠江大桥，驶过光滑的水泥路面，天还是灰蒙蒙的，“的姐”后来又说了些什么，我已经不记得了。下车了，车费45元。天啊！我还以为要七八十元呢！我大大地感叹！虽然后来知道“的姐”还是多收了近一倍的车费，心里依然感到很满促。在我老家的乡下，很多人都未坐过的士，也许是生活环境所致，也许是为了节省几个人民币用作生计。如今，我好兴奋，这将是一个大大的荣耀啊！

我在朋友姐姐的厂门口一直等到10点多，才见到她，她短发，挺漂亮，口齿很是伶俐，她是我到广东做事的唯一依靠的人。我身上带的350元钱，如果依照他们信上的招工时间，我是不会陷入太大的困境，有了工作就有报酬，有了报酬就可以维持生活！

我还在暗自庆幸的时候，她带我来到她们的宿舍。原来这是一个充满女性味的大家庭，晚上得离开她们，去500多米外的老乡那儿睡觉。她们怕我出事，因我没进厂，又没暂住证，一旦被当地公安查出是要被送派出所交罚款的，搞不好还要被遣送回老家，那多没面子。因我还不熟悉这里的环境，再加上没找到工作的外地人很多，治安也较混乱。第一次被女孩围着吃饭，还要送我去睡觉处，搞得我很不自然。过了好几天，慢慢就顺其自然了。但工作还无从着落，他们信上说的那工作，说是被其他领导的亲戚占用了。谁让我在家多留了几天才出来呢？看来是泡汤了。虽然他们一直说，很好找事做，不用急，只要一有工厂招工就能进的。

这日，她叫她小妹——阿静，带我去见工，很快，在佛山的平洲车站旁一小巷子里，找到了一家鞋厂，小妹领我进了人事部，不知她说了些什么。那里全是讲广东白话的，在我这次听来依然是听天书一般，根本听不懂。现在回想起来，很是好笑。屋里有几个姑娘在闲聊，望着我大叫“捞仔”，当时我很是恼怒，心里以为给人家骂惨了。现在才知道，这是当地人对外来民工的通称，并不是骂人，但想起那几个姑娘，还是阿静小妹好多了。

在回来的路上，遇上了一场暴雨，这是一场稀罕的大雨。广东的天气真怪，刚刚还出太阳，怎么不到一袋烟的工夫，就下雨了呢？阿静说这在我们四川老家是不可能的。她麻利地从车座后取出早准备好的雨衣，要我抱住她，只有一件雨衣，不然两个都得淋雨。我很没面子，可谁叫我出门时说自己技术不好，这下可好了，一个大男人要让女孩开摩托车载不说，还要让我抱住她。

阿静小妹到这里2年多了，习惯了这里的生活。今天，她穿一件洁白的衬衣，就跟她的心灵一样，我还是好奇地问。

“你不冷吗？都这么穿……”

“在这里，一年四季都可以穿裙子，最冷天也不过多穿几件衣服。哦，宏哥，你不是到过北京吗？北京的雪花一定很美。但，这里有花市，也很美，有机会，我带你看花市好吗？很漂亮的，特别是我们这边的陈村花市。

据说陈村是著名的岭南花乡，有2000多年的花卉种植历史，素有‘岭南千年花乡’和‘中国花卉第一镇’的美誉。作为佛山新八景——花海奇观的陈村花卉世界整个布局是以花卉为主题，以现代农业、观光、旅游为中心构想。总占地面积约5000亩，规划10000亩，总投资达6.8亿元，花卉品种有5000多个，是国内最大的花卉交易市场，是集花卉生产、销售、科研、花卉展览、花卉观光旅游于一体的大型花卉交易中心和花卉文化主题公园。

它以完善的配套设施和优质的服务吸引了来自美国、澳大利亚、韩国、日本、泰国、菲律宾、新加坡，以及中国香港、澳门、台湾等10多个国家和地区的400多家国内外花商进驻经营。

去花卉世界，首先会看到世界上最大的蝴蝶抽象造型主门楼——欢乐蝴蝶和景色怡人的入口广场。然后，将进入万紫千红、花团锦簇的花海之中，每个花卉公司都是一个亮丽的景点，有一座座造型各具特色的精致庭园，既有中式的小桥流水，又有西式的园林景观，由蓝天、碧水、风车、青草和美丽的鲜花构成了一幅幅绚丽多彩的优美画卷。步入那里，既可以惊叹于花卉超市之宏大规模，目不暇接于奇花异卉之琳琅满目，又可以徜徉在万紫千红当中，细心欣赏之余，挑选心爱的花卉；亦可安坐于咖啡茶座，在鸟语花香中稍事休息。现在，已是世界名花异卉的集散地和花卉文化交流中心……”

我勉强地笑了。她是个小妹妹，还这么能说。我很得意比她大4岁。

“其实，你来这边，只带夏天穿的衣服就行了。像你文化又高，皮肤又白嫩，又这么帅气，穿上这里的流行服装，一定不亚于这里有钱人家的少爷。”

唉，谁叫我还穿一套老家流行的西装呢！

又是一翻品头论足，我心里有说不出的滋味，是说小妹好奇还是轻浮？久而久之，才知道这是她对每个人的一种友善表达方式，并非轻浮之举！

“阿静，你靠边停一下，现在车不多，我来带你好吗？”

“不行。”一句硬邦邦的话甩给我。

“可我，我不喜欢这样在大街上……”

她说：“莫名其妙，你这个人真是麻烦，怎么又小气又封建。唉！我带你，又不是谈恋爱，其他人我才不干呢！我可把你当大哥哥看，要不是回去不好向姐交差，我才懒得理你。”

雨越下越大，她还想抱怨什么，我们到了。

几天后，阿静的姐姐帮我介绍了一家酒楼，老板是她的校友，叫晴晴的一位美貌姑娘，她父亲开了家建华五金公司，妈妈忙于外贸事务。刚一见面，她1米6的身材，长发如瀑布般优美。

她给我的条件是：包吃包住，每月还有750元的工资，时间得从早上6点半到晚上11点才能下班。

离开他们，有了工作，我要送一件礼品给阿静小妹，因在这之前，阿静小妹曾讲过，待我找到工作后，要我送一件纪念品，我选了一件小小烧料。上面有“今日的努力，明日的成功”，边缘还镀了银色，空白处用黑漆填上，还有点深邃的感觉，后面是“友谊永存”！她说她很喜欢黎明的歌，我又在她7月24日的生日礼品上，特意选了一盒磁带和一支笔送她，并祝愿她早日幸福，生日快乐！她后来还回赠了一个笔记本，这个本子很美，很富青春味。

我相信“有缘千里来相会”这句美好的赞语，刚来不久，阿静小妹就给我留下了美好的回忆。

上班不久，老板觉得我傻中显几分灵气，加之又有一口流利的普通话。而且，没事我就看一些酒店管理类的新书，常常写写画画，时不时还有些报纸杂志寄来的样报样刊信函，慢慢地，都很熟了。她总是找我要些样报看，看得比我还高兴。后来，听说她原来就是个书迷。偶尔还问家里有没有信，家人最近怎样呀！起初我们只谈故乡、民俗风情，后来就越扯越远，没话讲时，总又扯到饮食上来。

从南方形形色色的配料谈到北方饺子的五花八门；又从北京的烤鸭、天津的狗不理包子、山西的刀削面谈到我们四川的麻婆豆腐以及浙江杭州的“东坡肉”。她又大谈特谈食在广东，天上飞的、地上走的、水里游的，无一不成美食佳肴。田鸡跳到席上来，狗肉荣登大雅之堂；马牛羊鸡犬豕不分太细，广东人食进蛇鼠蚁。

真如巧逢知音，话很投机，我们扯南扯北，海阔天空，一路上说的都是饮食行话，诸如三水的党参莲子蜜枣炖白鳝，与南海大沥的菊花龙虎凤蛇餐齐名，顺德的鱼腐之名气，比清远鸡有过之而无不及，高明的芝麻煎堆酥脆可口，食而不腻，并非年卅晚煎堆人有我有。肇庆尤以裹蒸粽著称于世，罗定盛产豆豉，阳春盛砂仁，最后连高州的香蕉增城的荔枝化州橘红也扯了一通。

10月芥菜起了芯。老板真怪，就跟广东的天气一样，没几月下来，总是叫我跟她去买菜、记账、收款，杂活全安排给工友，搞得我很为难。与我在一起好似总有说不完的话，有时就连吃啥菜也来问我后才让大厨弄，而且，有时我说喜欢吃的菜，她也说好吃，今后就多做这些菜。可不知她心里怎想的。要扩大经营了，就连面试个新工人也得我陪她去，去后让我做主考官一样，只要我说要考虑的，她就马上说，回去等消息。酒楼哪里要加排气扇，哪边增设空调雅座间，常来顾客是什么人物，与酒楼是什么关系等等，都给我说个没完没了……

更多的是谈她的过去和父母、亲朋和好友。每月，总要安排2—3次聚会，不是她爸厂里的，就是跟她玩得最好的姐妹，且每次在去的路上，她就用她的“大路易”载我。搞得一次阿静小妹开玩笑说我走“桃花运”，老板爱上我了。

一次，我学开车不久，去借她的车看朋友，她非要跟我去，在那个月黑风高的夜晚，几重夜色蒙街灯，疾风狂奔，含羞草要找这朵玫瑰花，一不留神，紧急刹车，我与她差点摔了个人仰马翻。她后来毫不犹豫地炒了我驾车的“鱿鱼”。

我有时感冒了，她总是第一个带我去看医生，心情不好，她总是给我讲最开心的笑话。时至今日，她越是迁就我、照顾我，真是到了鸡蛋嫌有骨，瘦肉也嫌肥。

我来了这么久，她从来没叫哪个工人为“捞仔”，而一直称我为阿宏、阿文、阿花什么的。她好多次让我喊她不要叫“老板”，直接叫名字或其他什么的。有时，偶尔有外乡烂仔来骚扰酒楼，我总第一个站在她前面。渐渐地，她父母知道了，好姐妹知道了，朋友们知道了……

我父母看了我寄回去的合影相片，非常高兴！

一晃第二年春节，全球经济大萧条，晴晴她老爸的公司信誉一落千丈，特别是品质管理，客人们为他们公司赠送了一面“黄旗”，我给说成“黄旗第一”。而这无声的警告，不得不引起她老爸的高度重视，更换人马，全方位地整改和一系列的培训，争取1997年3月底获得IS09001国际标准论证。要我和晴晴暂时放下酒楼的工作，前往协助她老爸整改公司。

我和几件随身带的衣服及自己最喜爱的几本书，还有他漂亮的女儿，那段日子成了我一生中最难忘的岁月。

每天除了一堆堆的会议讲稿外，晴晴就像我助理一样，忙得不亦乐乎。我们机械地每周一、周六参加质量检讨会，周三、周五参加高层培训会，其余时间就是泡在现场，有时从中偷两天来吃了就睡，最后，忘记了语言、丧失了记忆……

因此，我有时会和她大声争吵，或者找些题目为难她，特别是写的会议记录和总结报告，好似一定要从鸡蛋里挑出骨头为止。有一次，她与我开夜车赶讲稿，我在冲咖啡时，突然想捉弄她一下，在她那杯里未加糖，搞得她喷得满桌都是，我嘴里还不停地说着对不起，可心里说不出有多高兴。事后，在夜深人静时，又总觉得对不起她而后悔。所以，第二天就干脆放她半天假，她又高兴得就像春天的小燕子。有时我出去吃早餐，经过花店时，又买一束玫瑰花送她，那时我还不知红色的就代表着爱情，就挑来送她，偏说这是那位帅哥主管送的，加上几句俏皮话逗逗她："快抓紧机会，白马王子追上来了。不然，过了这段时间，我们就回酒楼了，到那时，嫁不出去，就只好送样品室陈列了，免得我还要派人服侍你哟……"这样又把昨晚的嬉剧抛至九霄云外了。这段时间，我可谓对她玩笑开到了绝顶。所以，她后来曾向我说："若不是那段时间，根本就不能和我好。"这倒让我好生反胃。

其实，那时我很渴望女性，特别是她的漂亮、可爱。除了她，所有漂亮的女孩都不知道世上还有一个叫宏宏的男孩，更不知道他有多优秀，比如投稿后，写稿时总忘了吃饭，煲汤总是烧煳……可还是写稿到了今天，而今天赚的稿费总是不够抽烟喝酒吃饭，比如不坚强，比如有时不善解人意（特别是连自己喜欢的女孩）等等。

一天夜里，我和她一同消夜回来，在千米的空旷草坪上，举头望明月。忽然，我看到了儿童时妈妈给我讲嫦娥奔月的故事：那可怜的女子，肌肤同月亮洁白，所以世人往往看不到她。当时，她好像正坐在月宫里洗着我纱织的衣裳。

天远地旷，晚风阵阵，只有一个孤男一个寡女，冷清的心撞击在一起，定会迸发出夺目的璀璨和惊世的狂热，我想："我俩该是天造的一对，地设的一双了。"

我好似悄悄靠近了她，向她说出了心里话：晴晴，我没有翅膀，只有宽大的胸怀，没有灵药，只能给你火热的心。我保证，这仪式比任何一家娶新娘子都别致。我知道你很娇弱，我的家人和我一样善良，绝不会伤害你，你嫁给我吧！晴晴！……

……说完了，我低下头看着她熟睡的样子，她没有看到我可笑的举动。我这才松了口气。

我把眼睛再次投向月亮，真的感到我离晴晴更近了。她正身披无缝天衣，含情微笑，落在我寂寞、空虚的身旁，轻轻把手伸向我。我一下抓紧了，她的手有些微微的凉，那是我想象中的一部分。

我们一直没有分开，手牵手地紧紧在一起。我的承诺和她的默许，使我有了牵手的感觉，这是对生活生命最透彻的注释：一朝牵手，哪怕再艰苦，再平淡，也不要随意放弃。

看茫茫六合彩把我们笼罩成了爱情的房子，灵气的小白兔在我们中间戏耍，成了爱情的装点……

回想起来，那便是我真正的初恋。那超凡脱俗与众不同的初恋啊！

后来，当我先后和一些红尘女子接触时，她们都说我太挑剔，我想肯定与那次初恋有关。或许又是多情的她们和另一些比不上我的男孩在一起打情骂俏去了。

晴晴的影响将跟随我一生。

没多久，我和晴晴完成任务后，将他爸爸的公司整顿得基本上了正轨，就又回到了酒楼，终于可喘口气了，是该好好放松了。在路上，晴晴对我这样说："我们找个周末去逛逛花市，好吗？"

"太好了。"我脱口而出。

没几天，晴晴约了阿静小姐妹，一起去看陈村的兰花节。与她们分手后，晴晴扳住我的肩头，眼光真诚而又执着地对我说："阿宏，写封信回去，叫你家人把你的证明搞来，我们办结婚证好吗？我需要你，酒楼需要你，还有这里的几十位员工需要你，每时每刻！"我的心被融化了，融化成一腔甜甜的热泪，渗透在她那宽广的胸膛！

婚礼前，我把父母接了过来，婚礼是舒服的，新婚是迷人的，我轻轻地搂住妻子的腰，默默地听着她的心脏强有力的跳动声。她轻轻地捧起我的脸，满含柔情地问我。

“宏，告诉我，你喜欢我吗？爱我们的这个家吗？你感到幸福吗？……”

我不知怎样回答，只顺从地给她一个亲吻！

许久，许久，我带着几分柔情，带着几分蜜意，悠悠地说：“我爱岭南的一枝花，我也爱广东的生活！它给我上了人生的另一课，这一课使我感到人间最美好的友谊，赋予我人生最珍贵最纯真的爱情。它拥抱了我这颗漂泊而又几乎干枯了的心！”

我会把我们的根种在一枝花的身上，让这朵花代表我去领略，去回报岭南大地的恩情和爱情。在这条路上，相信我们都爱着对方，携手白头到老，沿着这条双方深爱的路一直走下去！

长篇小说

一路春光晚来坠

周建材被抓了，五粮泉公司董事会办公室的周总监被这突如其来的事件弄得晕头转向，惊讶得像挨了一闷棍，僵硬地立在那儿，老半天都说不出话来。周总监的真名叫周太白，已在五粮泉公司董事会总监的职位上做了快15年了，加上原来的南溪教育局和县长工龄，完全能全退了。听说退休制度变更，男的要从60岁改到65岁。他提早就办好了病退，只是公司董事会和上级党委会议决定，说他完全还有能力再为公司效劳多做一届，好等2016年再办退休，这样退休金会领得更多，算是公司的照顾吧！要不，都糟老头一个，一大把年纪，还卖这老骨头给公司图个啥。

其实，也是方便照顾自己在任南溪县县长时认的一位远房堂弟周建材，好让其在民丰公司总经理职位上多混几年。谁都知道，官场是很复杂的，一旦成为焦点，就得受到上下左右多方眼睛的制约。他总算熬出了头，还有2年就真的退下不干了。没想到，在这关键时期，不争气的建材堂弟却捅了个篓子。

1998年，是一个被S城铭记的年份。

就在这一年，一个南溪人周建材带着一瓶普通的酒，匆匆忙忙来到了S城，与当时的五粮泉公司展开了一段被载入史册的合作。就这样，由中国工商总局发放的关于“三来一补”（来料加工、来样加工、来件加工和自发性生产及补偿贸易）企业的第一个牌照——“川字001号”正式诞生了。

看到“三来一补”企业的迅猛发展，S城适应改革开放、招商引资的需要，率先成立了四川省派驻S城的专门办事机构，即“五粮泉董事会总监办公室”，以高效率、高质量的服务效能，点燃了实体经济发展的熊熊烈火。

目前，五粮泉总公司不仅已经成为全球规模最大、生态环境最佳、五种粮食发酵、品质最优、古老与现代完美结合的酿酒胜地，而且在成套小汽车模具、大中小高精端注射和冲压模具、精密塑胶制品、纸品包装、循环经济、电子、建筑工程、市政建设工程等诸多领域，形成了突出的优势。

五粮泉公司的成名产品就是最近几年民丰公司生产的五粮泉系列酒。

看来只有赶快处理，绝不能影响公司的外在声誉，必须尽快摆脱干系。于是周太白便叫办公室张秘书通知总公司的所有部级领导和各分公司总经理进行电话视频会议，商议怎么处理，也好表明自己对待周建材的态度，不能授人把柄，好提交董事局决议。

很快人都到齐了，5个事业部长和几个副部长，把A号绝密会议室挤得满满的，一个总监会议居然有这么多的领导干部，可见眼下的大公司有着庞大的领导队伍，远远超出国际标准化公司的20∶80定律之比例，还听说很多公司都是跟政府机构学来的，12个分公司的总经理和副总也都在各自的电话视频前准备就绪，只有民丰公司的总经理没到会。

一个个正襟危坐，一副严肃的表情。这间屋子里快三年没这样紧张。那次是因海外一家分公司的总经理携款外逃，才在这里开过股东董事会。今天却是为一个被抓的人而召开，整间屋子里只有那很久未开的空调之嗡嗡声，空调风把每个人的脸色吹得有些发青发冷。

周太白坐在首席正中。他的脸色一直就严峻得像一块青石一样，眼光总是仰视或者平视。这会儿，他在那里，挺直宽阔的胸脯，昂起脑袋，显出那种既威严又让人感到畏惧的神态。

他抬起眼睛，闪电似的扫过会场和视频，然后就宣布开会了。他说：“今天请大家来开会，就是向大家通报一件影响恶劣的事，民丰公司的周建材总经理昨晚嫖娼被东莞公安抓捕了。我说过不知多少次了，为官要廉洁自律，要防微杜渐，要努力管住自己，首先要管住上面的嘴巴，最重要的是要管住下面，其次就是要管得住双手，千万不得乱来啊！”

干部中有人开始哧哧地笑。

他接着又说：“有人说现在干部太多了，人浮于事。可你得找事做嘛！即使是没事可做，就多学习嘛！学政治、学经济、学专业，干吗非要把这些时间花在去干那些乌七八糟的事上呢？”

有人开始议论，有人朝他投来幸灾乐祸的目光，还有嘲笑、不屑，各种含义的目光都有。周太白觉得自尊受到了伤害，嘴唇发抖了，额上渗出了丝丝冷汗，脸孔便突然一沉，两只白青青的眼睛刀片一般瞪着大家说：“谁要是再犯，不管你职位多高，后台多硬，我会像对待周建材一样，铁面无私，照样清除出我们的干部队伍！”转头对一位分管人事的向部长说，“老向，你负责拟一个开除周建材干籍的内部通告，发到全系统各分公司和各厂部去！”

这时，走廊中传来脚步声，有人推门走了进来，是他办公室的张秘书，一个年轻的女干部，她对周总监说：“总监，鹤田夏分厂的两位特助找你有急事。”

周太白便瞪着一双怕人的眼睛，烦躁地大声说：“急什么急？没看我正开会吗？去去去，就说我什么人也不见。”

张秘书显然很为难，迟疑了一下又说：“总监，他们说是你当初同意批办的一个啥项目，只有你才能协调处理，现在他们因材料出了品质状况，快停工了，只有请你出面……”

“别说了。”周总监粗暴地打断她，“这么点小事也找我，烦不烦啊？”

“总监……”

“我说了，别来烦我！一个厂就好比一个家，自家的事自家解决，怎么还要闹到外面来呢？那还要你们这些领导干什么？”周太白发火了，呼地站起来，却又呼地坐了下去，头靠在椅背上，一只手用力揉捏着太阳穴，呼吸变得急促。

张秘书再没出声，只得双手捂着脸扭身走了出去。

大家都感到莫名的惊讶，周总监今天是怎么了？怎么会发这么大的火呢？人家张秘书为你办事，很多事不请示，也没法处理呀！你周总监不会是吃错药了吧？大家互相看了看，又都摇了摇头。

周建材也活该出事。他刚开始在东莞建分厂时，总公司就提醒过他，东莞那地方，特别易出事，尤其在色情方面，一定要把持得住。怪不得近期他三天两头往东莞跑。

这家伙不是去年荣获市工商联的“三好家庭”吗？他嫖娼？那徐大波还不把他蒸了？

人说，没有不偷腥的猫。他虽然娶了徐英，心里却委实不愿意，特别是在东莞建分厂后，常去光顾那些休闲娱乐的场所。谁都明白，这些休闲娱乐的实际意义。在一家叫天悦夜总会的休闲娱乐城，他结识了一个叫美华的小姐。

这天晚上周建材又与美华一块唱歌，狠狠地疯了几个小时。美华长发披肩，她是特意为周建材梳的这样的发型，因为他曾对她说过他特别喜欢这样的发型。两人的舞技都不错，能用身体的各部位使对方达到心领意会的程度。而且她的脸会毫不客气地粘住他的面庞，不时在灯光昏暗的时候，痴迷地用她的嘴唇寻他的嘴唇，这让他双目中升起一股火焰，火焰在迅速地燃烧。

疯够了，就又一块喝酒。周建材说：“今天我真晕了，但晕得很快乐！”

美华哧的一声笑道：“那你就天天和我一起来晕啊，只怕你家那黄脸婆不会答应你。”

周建材说：“不要提她，只要我俩过得开心、高兴就好。”

她就看着他，一双眼睛似醉非醉，好像泛起一丝嘲笑。她把身子仰靠在沙发上，伸出粉藕般的手臂在长发下，好像使整个青春勃发的身段显得更加鲜明。

回到明珠小区租住的房间也是凌晨1点了。

她坐在他腿上，依偎在他怀里，并抓住他的手按在她心口，她的心跳得更厉害。

“今夜你就不回你公司去，留下来陪我好吗？”她在他耳边低语。

他看了她一眼，就紧抱在一起，她像八爪鱼一样缠绕着他。他用舌间挑开她的双唇，再挑开她紧闭的虎齿，两个舌头缠绕在一起，相濡以沫。禄山之爪颤颤地探入觊觎许久的山丘，她闭上了眼睛，脸上红了一通。他的手颤抖着、颤抖着，开始游荡，她猛地推开他，说让她先去洗个澡，说着走进浴室。

2分钟后，水声哗啦，浴室的门却拉开一个小小的缝，美华披着浴巾露出一个甜甜笑脸，说：“不准偷看。”然后砰的一声把浴室的门严严地关上了。周建材的战斗力被本能和诱惑激发出来。

浴室的门终于打开了，美华一身红裙地走过来，居然还魔术般地化了一点淡妆。见周建材痴痴地望着她，甩了甩头发，娇嗲道：“抱抱——美华。”在一堆青春少女淡淡的体香中，他又有了东山再起的冲动，她用身体摩擦着他，又含住他的嘴唇，伴着断断续续的几声呻吟，他一把抱起她将她扔向床上，酝酿着生命里第一次爆发，然后像一只饿虎扑向一只羚羊，羚羊突然轻巧地翻身逃脱，反过来从上面压住了他。

不像话，什么时候见过羚羊压着老虎的？羚羊还抓住老虎的爪子，威胁它不许动。

“先说，你是怎么想我的？”美华问。

“像春天的两只熊，我们一起走着，路过一个长满青草的山坡，我抱着你从山顶上骨碌骨碌滚了下去，滚啊滚啊，滚了一整个下午，我就这么想你。”周建材漫不经心道。

美华嘟着嘴，沉默了半天，狠狠地掐了他一下，生气地说：“不准骗我，我要听你自己的话，不要听村上春树说过的话。”说完眼角就流出泪来。

他一把搂过她，正不知如何解释自己的懒惰时，她收起了眼泪，用好可怜的语调求他说：“我要听你自己的话，听我建材哥哥自己的话，就是为了听这些话，我爱你爱你。”她的秀发随着小脑袋摇摆着，像个拨浪鼓。

他躺在这张宽大的床上，她眼睛里已带有疲倦的满足。

他看着她的眼睛，他的眼睛又开始变得灼热。

她眼里竟然流出眼泪，顺着面颊流下，也许是她想到他终究会离开自己吧。其实，当“小三”也并不是那么很愉快的事情。

他便替她擦干泪水，轻轻地拍着她裸露的肩，能感觉到她的身子还在轻微地颤抖不已。

偏在这时，手机响了起来，周建材抓起手机看了一下，竟是老婆徐英打来的电话，便不耐烦地关了机。然而，桌上的小区分机电话又响了。他一愣，不禁警觉起来，这个徐英她怎么会连这里的号码都知道呢？这说明徐英已经跟踪自己有好些日子了，什么都打听得清清楚楚。这一惊非同小可，只觉得有一股冷气飕飕地从脚心直往上冒。

美华也显得有些惊慌，挣扎着从床上坐了起来，警觉地翻着眼睛，不安地闪动着鼻翅。

她只得抓起话筒：“喂，你是谁？”

话筒里传来冷笑声：“怎么，不知道我是谁了吧！告诉你，我是周建材的老婆徐英。”

“不好意思，你打错了。”美华回答。

“少啰唆，别装了，把门打开。”徐英说。

“你到这儿来了？”美华吃惊地问。

周建材只得去开门，便见徐英身后站着两名头戴着大檐帽的民警，周建材立时就像半截木头一般，愣愣地戳在那儿，觉得自己的头越来越大了。

在他被民警带走的那一刻，他回过头来，十分恼怒地看了徐英一眼。

徐英一直看着周建材和美华被民警带走，不禁长嘘了一口气，她觉得这些天来的紧张心情，现在总算可以放松了，心里就是有一种想喊想叫的感觉，这种感觉伴随着所有的爱和恨的冲动。于是，她想到了自己在这边的好友芳姐，便第一个拨通了芳姐的电话："喂，芳姐吗？我告诉你个好消息，我把他俩给抓了。"

"抓谁了？"芳姐还在睡梦中问。

"还有谁？我那臭男人嘛！"

"怎么抓的？"

"我一直跟踪他和那个女的，直到他俩进了明珠小区的一个出租屋，我就拨打了110报警电话，在屋里把他俩抓了个正着。"她很高兴地说着，还显得很是得意的样子。

芳姐半天都没说话。

她觉得奇怪，便问："芳姐，你还在听我说吗？怎么不说话呀！"

芳姐回答："你怎么真抓呢？你想过吗？你男人被抓走，就永远不会回到你身边了。这辈子，你就愿意一个人过日子？"

"这号男人，不回来更好。"她说。

"你别说大话，有男人和没男人的日子是不一样的，你到时会后悔的。"芳姐说。

打完电话，徐英就出了好一会儿怔。回到公司给安置的这个家，她把空旷的室内看了一眼，忽然，一股从未有过的孤独感涨潮般地漫过她的胸口。她倚着床沿坐下，就觉得男人的影子在她眼前晃来晃去。不管怎么说，他周建材终究是自己的男人，尽管她从未给过他好脸色，但他和她还是生了一个女儿，而且，女儿已经在读初中了，这在许多人眼里，还算是一个不错的家庭。可是，这一瞬间，这个家庭就再也不会完整了。她觉得自己掉进了一个万丈深渊里，黑暗像高山压着她，更像大海淹没她，她此时话也说不出来，世界上没有一种痛苦能够和她此时此刻所感觉的痛苦相比。这种痛苦是那样的支离破碎，那样的沉重和复杂，那样的深刻。

好几次，她像听到了开门的声音，最后，却没见那熟悉的身影和味道来到身边。

不知什么时候窗外下起了雨，随着这雨声，她就像被戳穿了的那层纸，泪水像泉水一样，一头扑在床上呜呜地哭个不停。

越哭，她就越感到一种莫名的孤独。在这时，她真觉得茫茫天地间就剩下她孤零零的一个人。她还想找人倾诉，可是能跟谁说呢？她只得拨通了远在S城五粮泉公司董事会总监办公室，现任总监太白堂哥的手机。

周太白在电话里惊讶地问："弟妹呀，怎么这时候了还打电话？有急事吗？"

"大哥，建材被抓走了。"她说。

"怎么回事？你慢慢说，别急。"周太白忙安慰地问。

"他真的在外有女人，还给租了个套房在明珠小区，被我抓了个正着，是我打的110报的警。"

"你糊涂呀！"周太白在电话里突然提高了声音，语气变得严厉起来。

"太白哥，你怎么也帮着他说话？"

"这个建材，的确有些坏毛病。"周太白说，"可你得多劝劝他嘛！男人有外遇，你就一点责任都没有吗？平日你若是对他好点，他能这样吗？"

"太白哥，这可怎么办呀？"

"这个时候，我怎知怎么办？好了，先休息，别想那么多，明天上班再说。"周太白重重地挂了电话。

本来好好的心情，被这突如其来的电话一搅，很不是滋味，窗外的月光透进来，显得还有几分困意。周太白的豪宅是在蜀南竹海景区里的别墅群，能住到这里的，最低也要市政府科级以上干部，要不然就是企业大老板，一般每栋价都在300万以上，其实在老远处不用看啥，就看这小区进出的车辆完全可以知道，住进这里这些人的身家。最低的小车都是大奔2000型的。周太白的是一栋青色欧式别墅，精巧雅致，在一片翠竹林深处，构成一幅绚丽的图案。门前有一口不大的水泥鱼池喷泉，闲着没事来这里钓鱼倒也显得这家主人会过日子。

室内的装饰是非常精美的，水曲柳制成的拼花地板，铺着大幅的暗色花地毯，墙上镶嵌着工艺精致的护墙板。客厅放着几张华丽的沙发。当中是一张高档红木茶几，再配上翡翠茶具，更显出这家主人的高贵。四个档次的七彩镭射旋转灯，使得室内显得恬静而优雅。

周太白平日是不会带人上这个家里来的，接待来客一般都是在公司配送新世纪花园的四室两厅的那个家里。在这里也没有用自己的名字，这里的住户们还以为这楼里住着的是一位政府官员，谁也没料到这楼里的主人竟是S城最大的一家上市公司的高管。

往日，周太白一早起床便会有一种志在得意的满足感，可是今晨，怎么也找不到以往的那种感觉。他把自己整个身子都塞进沙发里，眉头却皱得跟线团似的。

老婆娟子见他这副模样，吃了一惊，忙走过来问："怎么了？是不是哪里不舒服？"

"没事，也许是累的，我休息一会儿就没事了。"他挥着手说。

"你也是，都快60的人了，还不退下来，图个啥呀？"

"去去去，你去忙你的。"他居然有点发怒。

娟子便停了唠叨，很诧异地看了他一眼便知趣地走开了。

周建材的被抓，他预感到自己也走到穷途末路。往事像洪水般在脑海里翻腾。

这个周建材，就像树林子里的一种不知名的葛藤，一旦被纠缠上，只会越缠越紧，任怎么甩也甩不脱的。许许多多的往事都涌进他的脑子里来，心里居然有一种莫名的恐慌，特别是这栋别墅，当初说什么也不该收下。如果他不小心被说出，该怎么是好？还有那么多见不得阳光的秘密交易，他情不自禁地打了个冷战。

他记得那天，他在办公室里正低头看份什么文件，周建材找他来了，用手敲了敲门，他遂叫了声："进来！"

周建材推门而入，笑着叫了声："大哥，忙啊！别老这样折腾自己，也该放松放松了啊！"

他也就笑道："建材弟来了，今天你有空过来呀！来，坐，过来坐呀！"

周建材就很随意地坐下。他知道，有时候这种随意就显得很亲切。

果真，他就很亲昵地含笑问："建材呀，你这一向忙什么去了？可有好些日子没到我这里来了，还以为你把我给忘了呢！"

"小弟怎敢，这段时间还不是忙公司里的一些烦事。刚将建筑业务扩展到S城及省外去，有很多人际关系要疏通，一些作业流程又多少要去了解一下。这不，有点时间，我不就来看望大哥你了嘛。"

周太白心里知道，这个堂弟精得很，无事肯定不会找上门来的，就问："说吧，又遇到啥事了？"

周建材脸上堆出了更多的笑肉，说："还是堂哥厉害，不论我要做啥，还没说，就知我有事要帮忙，太高了，真的，太佩服了。"

周建材接着说："其实也没什么大事，就是有一个项目，想请大哥帮忙，我听说南溪机械厂要改建无尘空调车间？"

因周建材清楚，自身无论资历和技术、关系和条件，都是无法与台丰公司相比，但谁愿将自己嘴边的肥肉让给别人去吃呀？如果台丰公司上了，他就得眼睁睁看着人家赚这笔钱，就只好又厚着脸皮来找堂哥。周建材心想："这个审批权要经过他这关。就算看在堂兄弟的面上，他能不帮吗？再说我的民丰公司建筑装修事业部，是他给剪彩的，他也没有不帮的道理。”就这样，他就上这里来了。他嘴上没说，却写在脸上那堆肉里，笑着道：“你这就冤枉我小弟了，今天来是专程接你去放松放松的呀！”

“是吗？哈哈，去哪里？”

“去天悦大酒店怎样？听说那里有道特色菜，清炖龙凤餐，去吃的人可多了。”

“这就去？”

“是呀！你不看看几点了，都过下班时间了，我的车在楼下等着呢！”

于是，两个人就下楼来钻进车里。

不一会儿就到了天悦大酒店的地下停车场，他俩出了车门，周太白才发现，这里停着的全是高档车，好像把全球的豪车都集中停到这家酒店了似的。还没上电梯，有位美得像天仙的妙龄美女早就候在那了，显然，她今日是刻意装扮了一番，身着一件缝叉一直开到大腿根部的红色锦缎旗袍，胸前的开口很低，乳沟雪白，在那低领紧身衣里似隐似现，透出一股令男人无法抗拒的青春魅力。

一见到他俩，美女便一脸媚笑地迎了上来：“哟，两位领导大驾光临，欢迎欢迎！”

周建材朝她问：“我要的包厢，准备好了吗？”

“在二楼特地给你们留了个包厢，那里清静。”她说完，弯腰做了个请的手势，然后出了电梯扭着腰肢在前面领着他俩，高跟鞋踩在大红地毯上，还是有些声响，特别是那旗袍下摆叉缝里透出雪白的肌肤，令人激起一股撩心的漪涟。

两个男人紧跟在后面，定定地瞅着，双目中遂升起一股熊熊的火焰，火焰在迅速地燃烧。

这是靠最里边的一间，她推开门，进入房间，将房卡插入电源开关，顿时一片光明。包厢很大很雅致，真的很安静。

两人围桌而坐，她立刻给他俩各泡上一杯热气腾腾的龙井，眉梭子一闪，问："还可以吗？"

"可以了！"周建材回答。

"要上菜了吗？"

"好的。"

"你真的点了清炖龙凤餐？"周太白问。

"当然了。"

"就我俩，吃得了吗？"

周建材说："这你就放心，我要他们做了双份，其余的早就打包给送你家去了，我们在外边吃，总不能落下嫂子她们吧！另外我还叫了一位兄弟黑头。"

"哦，你这人还真够细心的。"他也就笑道。

她又给他俩一人倒了杯法国红酒。

周建材朝她说："雯雯，你也坐下一块喝，有美女陪着，可是人生一大乐事啊！大哥，你说对不对？"

"哈哈，好，很好。"

不一会儿，黑头来了。

周建材酒量并不大，被黑头敬了几杯后，脸就渐渐红得像着了火一样，但他还是站起来敬酒："大哥，好多事还仰仗你的关心，来，我们敬你，祝你身体健康，越活越年轻，你年轻可就是我们的福分啊！"

"这样，我们一起喝，与这位雯雯小姐一起来。"周太白回答说。

"好，一起来！"

"干！"只听到碰杯的一声，酒就又喝光了，雯雯忙着倒酒。

周太白今天喝得有点高了。不算法国红酒，4个人喝了3瓶茅台，那可是52度的啊！他是喜欢喝慢酒的人，咂摸着滋味，边看边闻，慢斟细饮的那种。可是黑头那孙子根本不知道品位为何物，一杯一撅，亮着碗底儿叫阵，大声亮嗓，句句是江湖义气之话。不喝就急，跟要账的似的！你以为你是谁呀！要不是让建材堂弟骗来，鬼才跟你们混在一块儿！建材也是，官场商场全联络，三教九流都掺和。你不过是个商人，看起来还是个斯斯文文的商人，干吗把自个装扮得那么江湖啊！以为自己是秦琼啊？周太白压根儿就没把黑头看在眼里，更没有跟他一块儿喝酒的兴致。冲着建材的面子，他才没好意思贸然离开，但是一直提不起精神来。此刻，他敞穿着夹克，借着接电话的机会装作漫不经心的样子，一手举着电话，一手端着酒杯，离开了酒桌。刚出单间门，周太白顺手连杯带酒扔进了痰桶。

周太白进了二楼的茶座。正是别人喝酒吃肉的时候，这里显得格外清净，没什么客人。他招手叫来了服务员："碧螺春一壶。"

这个名叫"陶然"的茶座，被装饰得古色古香。屋顶上悬挂着几只八角宫灯，洒落下来的是淡黄色的光波。仿硬木的八仙桌太师椅，雕刻着云龙图案，蓝花瓷的茶具锃亮。墙上挂着几幅书法作品，都是省里、市里名人留下的墨宝，装饰在黑漆的镜框里，让茶座显得很雅气。其中一幅非常打眼，笔力遒劲，似篆似隶，挺有韵味：茗香意远，墨韵悠长。茶有醒脑的作用，加上茶室里飘浮着淡淡的兰香，就更显得静谧清幽，让人气定神闲。过了好一会儿，周太白才从繁闹嘈杂的氛围里摆脱出来，渐渐恢复了平静。

他没在八仙桌子旁就座，而是找了更加幽暗的角落，在一套硬木黑漆的沙发上坐了下来，缓缓地挺了挺腰身，把后背完全依偎在沙发里。他品味着轻柔委婉的二胡独奏《良宵》，身心就此放松下来。茶博士年轻漂亮，雪白的肌肤、乌黑的头发，一袭葱绿色的唐装。她伸出素手摆好了茶具，准备进行优雅的茶艺表演，这是招待客人的固定程序。看得出来，姑娘温柔典雅，技艺娴熟，训练有素。当第一次把开水注满紫砂壶后，周太白不失时机地挥挥手，示意她可以离开了。他要独自享受片刻的宁静。

周太白认为自己是很有品位的。他几乎从来不参加那些乌七八糟的宴请，也不去乌烟瘴气的歌舞厅。虽然平时也喝酒，但都是三两个好友找清静、干净的地方，或者是咖啡厅，或者是茶室，也去过小酒馆。他很少主动踏进豪华阔绰的酒楼宾馆，更不进迪厅热场，他讨厌那些无聊放纵的喧闹。但是官场上的应酬少得了吗？迎来送往接风宴请答谢团拜的事能不参加吗？他知道这些宴会都和精心安排的座次一样，严格地按照乌纱帽尺寸排列，要走完程序的。强堆出来的笑脸，虚情假意的奉承，在他看来俗不可耐。因此，他不得不精心安排，让爱凑热闹的孙副县长出风头过酒瘾，请爱端架子的财政局郑局长出面去接受恭维。实在脱不开的就事先让秘书安排电话，给他一个提前退场的借口。甚至故意让几个酒局撞车，他疲于奔命似的连赶几场。尽管累得筋疲力尽，但相应地减少了应酬的次数。时间长了，周围的人也就了解了他的脾气，随他去吧，只要把场面应酬下来就行。周太白也乐得清静逍遥，但今天建材做的这个东，实在是莫名其妙，太讨厌了！

请他客的人大都知道他的癖好，人不能太多，环境不能太乱，地方要干净，他喜欢清静。他知道酒后什么事也不能办、什么态也不能表、什么话也不能信的，他极有克制力。不能克制的是他自诩清高的虚荣心，是他要出人头地藐视群雄的决心。

这是因周太白出生在一个小知识分子家庭，独生子。父亲周道龙早年教书，他奉为座右铭的就是“学而优则仕”，不但这样教学生，还这样教育儿子，长大了要成名成家，要光宗耀祖。可惜他说话太直，口无遮拦，“文革”时期，被打成了右派，虽然本来就是穷乡僻壤的，还是被押送到了更荒凉的矿山劳动改造。一个书呆子天性耿直，耽误了好几次自我救赎的机会，几经浮沉，真正平反落实政策已经50出头了。他嗜烟，又抽不起好烟，只能卷大炮。旱烟有劲儿，加上抽得勤，一天到晚不住地咳嗽。出任小学校长的七八年光景，咳血的毛病一直陪着他，直到趴在办公室与世长辞。那时周太白刚刚大学毕业，心急火燎地赶回家，还是没见到父亲最后一面。母亲原来也是小学老师，“文革”后期被调到副食商店当了售货员。虽然她舍不得学校舍不得孩子，但是没办法，右派家属是不能教书育人的。她平时也喜欢读书看报，但沉默寡言，不管搞什么运动，总是一言不发。二十多年来几乎是一个人操持家务，是典型的贤妻良母。在纷纭复杂的政治旋涡里，她选择的是低调，追求平静的生活，一生默默无闻。爹娘两个一生清贫，都把希望寄托在儿子身上，省吃俭用供他上学。两口子发誓说只要儿子读书要强，能上到哪就供到哪，哪怕是砸锅卖铁也没二话，就是为了让孩子将来有出息，别跟他爸爸一样窝囊，要做些对国家对人民有益的事。

尽管周太白争气要强，但家境贫寒，让他吃了不少苦。他性格和爸爸一样倔强，兜里总是空空如也，所以从不跟富家子弟一块混，全部心思都用到了学习上。他没用过名牌，没追过明星，甚至没买过一套像样的衣服，一身校服洗了又洗，直到把它洗白穿破。没那么多社交也有好处，时间更充裕了，业余时间几乎都是在图书馆度过的。天道酬勤，周太白先是以高分考上了S城重点中学，又如愿以偿地考上了川师大，后来又以优秀的成绩续读了研究生，这在小小的牟坪乡镇也算是出人头地了。20世纪90年代初的大学生在南溪也挺吃香，何况回到了小小的县城？周太白毕业回来县政府破格录用，从教育局的科员干起，两三年一个台阶，十年里熬到了县长的头衔。这要感谢当年的县委书记李学亮，他是周道龙劳动改造时候的朋友。周太白一回到南溪就受到了他的关注。周太白从教育局副局长一跃成为县长，让许多跑官要官的人目瞪口呆，从没听说周太白有什么后台呀，他怎么成了李学亮的人？

周太白也的确给李书记争气，两三年的时间让南溪变了个样。除了他兢兢业业努力工作以外，还得益于市里搞的开发区建设，碧水花园项目绝大部分在南溪旧城区。南溪开发区的拆迁任务和配套工程属周太白管，尤其是涉及群众利益最大的拆迁，谁接手都是烫手的山芋。周太白觉得这正是发挥聪明才智的机会，是大显身手的时候，别人推托他往前抢。他几乎两三个月扎在拆迁办，没日没夜地接待访谈、走街串巷，人都晒黑了，嘴皮子磨破了，但也得到人们的理解，这个年轻的县长是热心的、务实的。当然他也动用了李书记的关系，争取了不少补偿资金，拆迁工作竟然波澜不惊地按时搞完了。这让周太白人气大升，也让省、市领导点头称赞，这小伙子很能干呀，初生牛犊不怕虎。一炮打响，在他的仕途生涯上加了很大的砝码。虽然李书记最近离休了，但周太白也立起来了，而且很有前途。

风闻五粮泉总公司的董事会总监今年要调任，五粮泉总公司可是如今省里挂靠的龙头企业，而且是每次换届必争的，因这职位太重要了，变相就是省里派驻人员，与市长同级别，但市长没这油水多。而且，在这位置待过的好几任，都调省直机关了。周太白现已是这个职位最有人气的候选人，这让周太白心头一阵阵狂跳，心里有一种冲动，有一种要大展身手施展才华的冲动。要知道没有任何关系在S城想要提拔上去，简直不可想象。而今，更大的机遇摆在了面前，勾引着他的心怦怦直跳。他努力克制自己的情绪，隐忍着。非常时期！他一遍遍叮嘱自己。

周太白喝清茶喜欢用玻璃杯，喜欢看茶叶那淡绿的颜色，看茶叶伸展的过程。他凝视着玻璃杯里淡绿色的清茶，看着那一片片嫩叶舒张起来，在透明的杯子里漂浮着。他嗅到了一股淡淡的清香，从鼻腔缓缓地上升到头顶，继而散射到身子周围。喝茶是一种品位，是一种修养，是一种享受，还要有很优雅的环境。他默念了一句：酒香意远，墨韵悠长，用心地体味其中的含义。是啊，酒香淡于俗人却意味深远，墨迹远离奢华却神韵悠长，这好似白居易“琴里知闻唯渌水”的意境吧？“穷通行止长相伴，谁道吾今无往还”，不正是我的心愿吗？

涌上来的酒气被压下去了，周太白脑子里却思考着建材今天约他来到底为了什么，把黑头找来是什么用意。他知道我不愿意结交这类人，所以只说是用得着的客人，根本没提起都是谁来。周太白遇事脑子里总会想起一句名言：“动机，是一切行为的出发点。”千真万确，鸡鸣狗叫都有它的动机，何况是追名逐利的人们！建材这么固执地请自己出面，甚至开始还瞒着自己，他的动机是什么呢？

一盒大中华香烟被啪地扔到茶几上。建材从沙发后面转了过来，脸上洋溢着玩世不恭的笑容。

“大哥，骂我了吧？”

“没有，我正欣赏你的聚义厅呢！可惜，我演不好宋江。”

“演得挺好啊，你能干了10多杯酒，也没忘了跟他们喝酒，没耽误跟他们闲聊。要不是你不告而别，那演得就更好了。”

“胡闹！我看你是别有用心耍我来了！”

“凭我？敢吗？其实我早知道你会不高兴。不过你高兴也罢不高兴也罢，这是必须要走的程序。我也不是哄他们玩的，得跟他们联络联络，不知道什么时候就用得着，不能现上轿现扎耳朵眼，咱们不能不面对现实。”

建材在侧面的沙发上坐了下来，冲着不远处漂亮的茶博士：“给我来个杯子，高桩的。”仿佛是故弄玄虚，他不慌不忙地抽出一支烟，打火点燃，深深地吸了一口，又轻轻地摇了摇头，大腕儿似的显得格外优雅。他并不是做作，平时就这样。他在等周太白问话，周太白早憋不住了。

“你卖什么关子？我应该面对什么现实？大碗喝酒大块吃肉？和两个粗俗不堪的家伙？”周太白没想掩盖自己愤然的情绪，但语气中却在极力遏制不满。也就是建材，否则他早就拂袖而起打道回府了！他到陶然茶室就是等建材，他也知道建材很快就得跟过来。

建材赶紧用手在周太白面前摆了摆，示意他低声。等送杯子的小姐转身走开，建材才拿出了早准备好的一番话：“对，就这个粗俗不堪的家伙！那又怎么样？世界上不都是谦谦君子，我早就跟你说过，要成就大事业，就得有大心胸、大智慧。孟尝君不仅结交贤达显贵，还养着鸡鸣狗盗之徒呢！难道你比孟尝君还要清高、还要显赫？你跟李书记多年了，长进不小，就没学会怎么应酬。李书记比你官儿大吧？难道你没见过他钻进工棚跟民工一块吃饭？多高雅的人也能交流，多低俗的人也一块喝酒，那叫大度，叫风度！那才是搞政治的。”

“我从不计较谁有权有势，也不小看没地位的穷人，但对社会上的痞子我没兴趣，没共同语言！”

“这就是你社交圈子太小的原因。你老想跟品位相同的打交道，想跟熟识的人打交道，一般的人可以，作为政府领导就不行了。你面对的本来就是各色人等，哪个国王能挑臣民呀？猫有猫道，狗有狗道，鸡鸣狗盗各司其职，甭管什么人，都能成你手里的牌。对黑头这帮人，你可以看不起他们，但你得学会利用他们。别以为他们就是一群混混，他们最讲义气，他们能办大事！你不敢干的事他们敢，你不能办的事他们能。这样的人应该交往，尽管我知道他们从来不是你我的朋友，更不是知己，说句缺德的话，他们也不配。”

建材的声音并不高，但却是斩钉截铁不容置疑。周太白并不买账，他信奉的是物以类聚，人以群分，是孤芳自赏择友而交，他要时刻注意自己的形象，很在意别人怎么看怎么说。“我知道你想说这不过是应承，是逢场作戏。但是你想过吗？如果有人看见我和他们在一块儿喝酒会怎么讲？他们满处跟人炫耀的时候会怎么说？我是他们的把兄弟吗？乱弹琴！纯粹是乱弹琴。”

“大哥，放下你的身段儿吧，哪怕是暂时的、表面的。你跟他们说什么了吗？你跟他们约什么了吗？我还不知道你的城府？他们怎么炫耀、别人怎么讲都没什么关系，现在谁不说什么有靠山有后台？就是有个市府看门的亲戚，也往市长、省长上吹呢。黑头想跟你攀个交情，想长长脸，也有回归正统的意思，咱们就不能容他吗？我安排的最里间雅座是最僻静的地方了，再说，跟他们一块喝过酒的你还算不了大官儿！”

“问题是有意义吗？有必要吗？在这个关键时候，他们能裹挟到政治的旋涡里来吗？难道我们需要一场厮杀吗？”

“你有时候显得太天真、太单纯。你也在官场上混了十年了，怎么就改不了轻率倔强的老毛病？没看出来现在的形势吗？五粮泉总公司董事会总监的位子在那摆着，谁也不敢说唾手可得，都憋着一口气，也许早就活动上了。我觉得一场争斗已经就开始了！可能比厮杀还厉害呢。我们不做准备行吗？我们跟黑头的交往不过是埋下的伏笔。”

“我跟他们可没交情、没义气，更不会套近乎同流合污！”

“清者自清，浊者自浊，谁让你合污了？他们可是你治下的百姓呀，没感情可不行。套近乎大可不必，联系一下还是有意义的。即使现在对你没意义，不远的将来会对你有意义。现在是对黑头有意义，他正等着你夸他赏他呢！”

“为什么？我不明白，我跟他们毫无瓜葛，也不打算跟他们有任何牵连。”周太白大惑不解。

建材伸手接过了水壶，示意提壶蓄水的小姐离开。望着小姐款款走去的背影，建材若有所思：“就说一件吧，那块翡翠如意玉！”

周太白惊出了一身冷汗！“怎么，他们也扯进来了？你为什么不早跟我说！”

“早说了还能办成大事吗？早说了你敢要吗？”看着周太白掏手帕擦汗，建材好像在欣赏什么，然后才轻轻地说，“还是太年轻，定力不够啊！就这么一块小小的玉，竟然让你坐立不安！”

“对，我是定力不够。因为我好像被蒙在鼓里，好像被人牵着鼻子走。我不是提线木偶，也不能拿自己的前程做赌注！我从来不知道跟他们有关系，否则我绝对不要，我不能栽在这些无妄之徒的身上！”他顿了顿，“那块翡翠如意玉是拿不回来了，告诉我，它值多少钱，我一定还上。”

“钱倒不是很多，区区8万块钱。”

“行，下月我会给你的。”

“但是它的市价36万也不止！它的作用58万也不止！”

周太白颓然靠在沙发后背上，沙发高仅及肩，脑袋不得不枕在靠背上。少许的沉默，他就势仰起了头：“建材！真不知道你在背后还干了些什么。我一直拿你当最知心的亲弟弟，怨我错看了你！那块翡翠如意玉是我托你买的，至于你是偷是抢我不知道，就知道是你亲手交给我的。我认为它是清白的！钱我一定要给你，还要麻烦你给我准备好收据。现在我什么也不想说、什么也不想听，就此打住。服务员，结账！”

建材向走来的服务员晃了晃手臂，服务员知趣地退了回去。

“亏你还在官场上混了十几年，就这么感情用事？你的清高和斯文呢？我倒是没错看了你这个大哥，所以要推心置腹地和你聊聊。”建材不急也不恼，只是更加压低了声音：

“咱们共事这么多年了，为人处事彼此都了解，没什么可藏着掖着的。你说我不像做生意倒像个行走江湖的，不错，我承认商场就是江湖。这里面真假虚实都有，尔虞我诈更让人防不胜防，但是离了朋友离了江湖我建材什么都没有！往深处想想，难道官场上不是江湖？只怕比江湖的水还深呢！名利荣辱甚至于身家的安危祸福不都是悬于一线吗？仁慈善良君子之心对付得了阴险奸诈虎狼之心吗？你真心实意想干些事，旁边多少人找麻烦使绊子？干好了个个抢功，演砸了个个撇清！更别说使坏下套儿的了。别看你10年来一帆风顺，仔细琢磨琢磨，没有你的学历、你的年龄，没有你爸爸的影子，你能走到现在吗？没有李书记的知遇之恩，没赶上南溪开发的机会，你能有今天？恐怕没当上县长就翻船了吧？你是学历史的，也学过政治，恐怕比我还清楚。就你干的那些事，说政绩就是政绩，说工作完全是工作，说平庸也算得上平庸。人嘴两张皮，中国话又那么深奥，关键是看谁说。肯定你，有一百个理由；否定你，也有一百个理由！尤其是领导班子换届的时候。”

建材的一番话，说得周太白连打了几个激灵。“凭良心说，这些年我一直在实干苦干，实绩政绩都在那摆着嘛！我有没有能力有没有成绩，人民群众心里自有一杆秤！这几年南溪几乎变了个样，这是众所周知的。我既不贪也不庸，没什么把柄捏在他人手里，这是经得住考察的。事实上，他们也没少考察我。

我做人是光明磊落的，我的心是坦坦荡荡的。”周太白找到了自信。

“但这不足以把你送到县长的宝座上去！在S城由不得你来居功。你不是也常说在省委的正确领导下，在全县人民的共同努力奋斗下，还有在党的方针政策指引下，在方方面面的配合下，等等，还要归功于这归功于那的，哪有你的位置？”建材禁不住笑了起来。为了掩饰，他低头嗅了嗅碧螺春的清香，轻轻啜了一口。周建材感觉良好啊，该给他敲敲警钟了。

建材拿起烟盒向周太白摆了摆，见他不理不睬，就自己抽出一支点上。

“别那么心高气傲的，现实点好不好？你知道为了你这把交椅，多少人夜里睡不着觉？人人都准备了充足的理由，人人都能拉出千丝万缕的关系，人人都有否定他人的武器。大哥，你手里有什么？别看你们见了面有说有笑拉手干杯的，人背后全都使上了吃奶的劲儿！这个董事总监是人们向上爬的阶梯，谁能放过这一环？这让我想起了葛优他们演的电视连续剧《编辑部的故事》，谁主沉浮，多好的一出戏呀！明争暗斗钩心斗角甚至封官许愿，5个编辑6个心眼儿，闹得丑态百出。他们争的只不过是主编的位置，而你们面对的是谁当总监！眼前的形势你不会不认真考虑，我是怕你把事情想得太简单了。”

周太白的心渐渐地沉重起来，是的，这件事在自己的心里翻来覆去地折腾一个多月了。他知道自己的优势是年轻、肯干、清廉，有成绩，没有什么大的失误，是从基层一步步走过来的。

那今天黑头和建材的动机到底是什么呢？周太白的思绪突然停顿了，而且一切就停留在当初从南溪县教育局升任县长的全部过程。

他也知道自己当初是在原市委李书记的极力维护，力排众议才当上了县长。但是李书记已经离休1年了，以自己的交际思维一个领导也没维护好，更别说市府机关的各色人物了。真到了投票的时候，谁能坚定地投我一票？他想说，我的确想坐在总监的位子上，是想在S城做一番利国利民的事业，为S城的建设施展自己的才华，他又想说清者自清浊者自浊，走自己的路，功过是非让他人去任意评说。他还想说就算是当不上总监也没什么关系，我本来也没觊觎乌鸦嘴里的腐肉。然而那是真实的吗？

那时，我周太白毕业回来扎根在南溪，不就是为了飞黄腾达轰轰烈烈地大干一场吗？周太白没急着表白，他记起了自己定的规矩，喝酒了，什么态也不能表，什么也不能承诺，在建材面前也不行。他慢慢地斟上茶，轻轻啜着，极力掩饰内心的矛盾。

建材好像看穿了大哥的心思，说出了大哥的心里话。

“你既不想当一个平头百姓，又不甘心当一个小小的县长，你要施展你的才华，实现你的抱负。当年你没有应邀前往成都去发展，不就是想从基层做起扎扎实实地走仕途之路吗？你认为以你的学历，凭你的本事在小小的县城肯定能够出人头地，十年了走到现在也确实不容易。但这是真实的吗？就这样凭踏实苦干去平步青云再上一层楼？笑话！你太小看S城了，有句话是庙小神通大，水浅王八多，我在S城比你年头长，是喝长江水长大的，这里的水深着呢。你别打断我听我说完。我知道你想告诉我人正身正、光明正大、莫问前程之类冠冕堂皇的话，那不是你的真实想法。从你知道这次五粮泉董事总监是竞选上任的时候，从你知道党委会提议你当候选人的时候，你的心就提起来了，就激动起来了，就睡不着觉了。这里没有功利想法？”

这确实是周太白的心理活动，但他不能接受建材弟追名逐利的质问。

“竞选总监又不是什么见不得人的事，我用不着隐瞒自己的想法。但我既不是跑官要官，也不是毛遂自荐，更没有请客送礼搞阴谋诡计！你不要把所有人都想得那么势利。”

“多么高尚啊！”建材好像忍了忍，还是说了出来，“但要达到目的，还是应该有些方法，比如投石问路，比如曲线救国。好啦，你我之间没什么不能说的，我问你那块翡翠如意玉哪儿去了？说句你恼的话，它不就是一块敲门砖吗？”

周太白身子一惊，建材的话挑战了自己的自尊！“胡说！那块翡翠如意玉是我的定情之物，这你知道。我与娟子的关系是纯洁无瑕的，这你也知道。我们从来没谈过任何功利的事。你的话是对我的人身侮辱！”周太白腾地站了起来，一种被羞辱的愤怒刺激了他。他感到自己可能失态，便伸手拿了一支烟。点上，只是手有些抖。他真想和建材翻脸，或者痛骂他一顿，但是碍于这么多年的兄弟情，也有失自己的身份。他只是义正词严地加重了语气：“那是我对感情的付出！别说是升官不升官的事，为了我一生的幸福，那便闹到身败名裂我也不后悔。”

“我理解，但那是你的看法，别人可不这么看，结果也不那么简单。角度不同看法也就不同，要我看，对你来说，这是一条必须走的路，是一盘不能输的棋。因为你面临着人生的重大转折，可能改变你一生的命运，因为你和娟子是情人，因为娟子的爸爸现在是市委的书记，如果他暗示一下，就有大批票投向你！”

接了娟子的电话，娟子爸刘可恩推掉了晚上的应酬，告诉司机：“今天哪儿也不去了，送我回家！”

这些天麻烦事忒多，他也有点头疼。党委会就要召开了，面临着5年一届的换届选举。现任五粮泉公司董事会金总监调职后，按惯例要去省政府，而主管这方面的市委李书记又退休，老辛被提为书记已成定局，关键是这个董事会总监的空缺由谁来填补。省里的意思是面向社会进行公开招聘，为将来的省、市机关人才选拔做个试点。刘可恩和班子成员商量了一下，觉得时机还不成熟，打报告请求改为在党委会上进行差额选举，省里同意了。按照省里的要求点要宽、面要广，讲经验，重知识，候选人必须三人以上的精神，市委组织部报的几个名单，提出了五人为正式候选三人的方案获得通过，正式名单要在党委会召开前确定。围绕着人事安排、职务调动引起了骚动，成了行政机关茶余饭后的话题，虽然不过是暗地里使劲，桌子下面较量，但还是能闻出火药味来。方方面面的信息亦真亦假明里暗里地传递过来。刘可恩光听不说，光看不问，他不是个糊涂的人。

省委李秘书长打来电话，特意询问S城国资局和规划局这几年的工作，汇报还没完呢就不住地肯定樊友涛的工作，并且再三说明省长对S城市是非常关心非常照顾的。樊友涛几年前从规划局调到国有资产管理局当局长，原来规划局的职务也一直兼着，他在省里有很深的人脉，李秘书长是他的老同学，刘可恩早知道。S城市委副书记陪同省委副书记郑朝东来视察工作，免了官方接待直接把车开到了樊友涛家里，硬拉着自己出席丰盛的家宴，当然这是事先安排好了的。吃饭的时候郑朝东谈笑风生，频频夸奖S城的治安工作很出色，把很多问题消灭在刚发现苗头时，很对路嘛！樊友涛治理有方啊。他拍着樊友涛的肩膀说，跟着刘书记好好干，大有前途啊。他们这是在考验我的智商吗？竟然这么直白，这样毫不掩饰！谁都知道他是樊友涛的老上级，关系非常密切。而离休的老书记李学亮也直接打来电话，开门见山，举荐南溪县长周太白。说他年轻有为，有文化有经验，多年的县长经历让他成熟起来了。该投资就得投资，他是一只有实力的潜力股。市委组织部也意见不一，四五个候选人拿谁都烫手。从现在的形势看，樊友涛的支持率比较高，他是市政府机关的老人，还是市委常委；而周太白紧随其后，他口碑不错，在大讨论的时候脱颖而出！

这节骨眼上刘可恩可不能轻易表态，他知道自己的倾向会左右局势，何况，他心里属意的候选人还没有公开露面呢。不过他也有意无意地把几项重大事件交给他处理，让他在市委的层面上出出风头，并且在S城电视台新闻直播里代表政府出席了几次新闻发布会，也算是吹吹风吧。他就是市委秘书长黄耀先，跟随自己多年的老部下。所以在众人大小动作表演完了之后，刘可恩总是笑呵呵地接上一句：“好啊，人才济济嘛！我看还是在党委会上竞选吧，就看你们的表现了，党委有他们宝贵的一票啊！”

街上的路灯亮了，霓虹灯亮了，车流的灯也亮了。对面，一条光的河流，源源不断地流淌过来，回头看，一串星的飞瀑，红光闪闪地疾驰过去。城市的繁华是那么诱人，城市的人们又是那么忙碌。然而刘可恩感到在光波灯影里好像睁着很多眼睛盯着他，有期待，有渴望，有求助，或许还有怨恨。风雨欲来风满楼啊，刘可恩轻轻摇了摇头，也许我下台的时候更热闹。想到这儿，他扑哧一声笑了，该来的总要到来，该去的总要过去，这是谁说的来着？哦，青山挡不住，毕竟东流去。他嘱咐司机，7点啊，可别误了我的事！

这时，一个长方形精致的擦漆小盒子正摆在娟子的床上。它深褐色，古色古香。盒盖上浮雕着两朵兰花，一丛兰叶。屏息细闻，散发着丝丝缕缕的樟木悠香。娟子趴在床上，两腿向上前后摇摆着。她轻轻地打开盒盖，一只清澈碧绿的翡翠如意玉呈现在眼前，它只比食指略长，静静地躺在紫色的绸子上，如同娇美的少女正安详地酣睡。圆润而柔和的曲线，勾勒出灵芝婀娜的姿态，尾端又像云朵一样微微翘起，灯光下散发着翡翠那迷人的光泽。娟子凝视良久，又轻轻地摩挲了一会儿，那温润滑腻的感觉给她的身心送来了一股暖流。她倒是没那个心思去鉴别这块翡翠如意玉的真假，有没有瑕疵，也不想知道它价值几何。沉浸在心里的是甜甜浓浓的爱意，她已经不止一次在夜深人静的时候打开盒子，用心品味了。

这玉究竟有什么含义？仅仅是暗合了自己喜爱吗？是不是也藏着周太白的心事呢？如意玉，如意欲？呸！美得你。她用食指指指戳戳，好像这玉是个卡通娃娃：那得看本小姐愿不愿意！

娟子原来是《S城晚报》的记者，后来调到了S城电视台做新闻编辑。虽然年龄已经不小了，又出生在高干家庭，但在她的身上从没有浓妆艳抹，也少有珠光宝气，更没有官宦人家的骄娇之气。大学毕业以后，她一直跟在爸爸、妈妈身边工作。因为老两口老来得女，把她视为掌上明珠，编织了各种理由把她带在身边，反正是须臾不能分开的。找工作不成问题，谁都抢着要。问题是恋爱之路屡遭挫折。也许是跟着爸爸换了几个城市，在哪待的时间都不长，也许是她的美貌、她的气质，把一些胆儿小的吓跑了，也许是她追求完美，就像是高处不胜寒，她成了大龄剩女。

其实她身边并不乏追求者，而且大都是达官显贵或者是富商之子。见面之后是让她厌倦的铜臭味使他们拉开了距离，那些趾高气昂玩世不恭的少爷，根本没追求、没品位，却总是不失时机地炫耀自己。前任市长介绍了一个阔少似的人物，那人竟然拍着乳白色的奔驰350对她说：怎么样，S城首屈一指，比你爸爸的奥迪还高一个档次。只要你点头，这车就是你的了。娟子围着奔驰转了一圈，太小了，你要是开一架飞机来就好了，我想飞起来。他们根本不知道，娟子从小跟着爸爸走南闯北，上大学以前根本不会花钱，她还闹过看好了东西一摸兜没钱的笑话。谁要是在她面前显摆，得到的只能是娟子的藐视，她不在乎钱。比较有感觉的是一个报社同人，文绉绉的挺有才华，写一手好散文，一个人把持着晚报的文艺版，但骨子里透着刚强。交往了几次人家以条件不合适的回话疏远了她，后来她发现文艺版登了他的一篇散文《望梅止渴》，里面有两句话，“好看的花不能轻易折，越是娇嫩的花越不好养”。娟子一气之下撕了好几张。娟子曾经告诉他不要在意出身，他还是平平淡淡地退出了，他不想越过地位悬殊的鸿沟。娟子心里清楚，也不想迁就他的自卑，缺乏自信的人是没有出息的。她向往的男子汉应该胸怀大志，应该铁骨柔情，应该才华横溢，但现实是这样的人少之又少！

有一年，新闻采访的一个偶然机会她认识了南溪县的周太白，那是在碧水花园新建小区拆迁准备工作会上。周太白衣着朴素又干净利落，说话不疾不慢却表意精准，干练中明显带着一股书生气。一个40出头的人站在一群50上下的干部前面，显得很出众，也透着精神。他说话一本正经，有板有眼，娟子觉得他像大人似的，没一点幽默感。但是会后的单独采访有一段精彩的对话，始终印在娟子的脑子里。

“你在发言中所说的要‘温情’拆迁，是上级的指示精神还是你独创的新名词？”

“我们有政府的大政方针政策，有党的为民服务的宗旨，有完成拆迁的具体目标，这就足够了。至于方式方法那是我们具体工作人员的选择。”

“能不能详细说说‘温情’二字的由来？”

“温情来自和谐。拆迁户为南溪的开发首先做出了牺牲，我们必须尊重他们、理解他们。尽管拆迁政策是合理的，我们还要做到人性化，充分考虑被拆户的切身利益。用真情实意打动人心，用实际行动化解矛盾，这次拆迁涉及1209户居民，难度不小，但我觉得人都是通情达理的，只要工作做到家，群众一定能理解。即便发生个别人蛮横不讲理，我们宁可付诸法律也不允许发生一起强拆！”

“听说你的家也在拆迁范围之内，你会怎么做拆迁工作的表率？”

“我是政府部门的领导，也是普通的拆迁户。我绝不会搞任何特殊，也不将就不合理的待遇，按照拆迁办法就高不就低，所以根本谈不上表率作用。”

“不好意思，你的爱人患有严重疾病，母亲年纪也大了，孩子又很小，可见负担很重。你是一县之长，其他工作也很繁忙。而你在会上说凡是因拆迁造成的问题你都全面负责，亲自过问，请问你做得到吗？打算怎么做？”

“我家里雇了保姆，是一个很有责任心的人。为了我的正常工作，组织上给我妻子安排了护工，家庭问题已经迎刃而解了。至于县政府工作，拆迁就是当前的最大任务，关系到民生、经济和发展，无论多难多复杂，我作为县里的一把手，责无旁贷，是必须全面负责的。谢谢你的采访！但请你在报道时注意我的隐私。”

采访戛然而止，周太白的确有独特的掌控能力，就是显得太枯燥，跟国务院发言人似的。也许是太年轻，也许是刚步入政坛吧？这次谈话给娟子留下了深刻的印象，她开始注意这样一个公众人物。

后来他们又有了两三次接触，记忆深刻的是一个狂风暴雨的夜晚，娟子接到采访报道防汛工作的通知，她毫不犹豫地选择了南溪长江边的南溪镇政府，跟车尾随周太白带领的检查指挥车。

两天的大到暴雨，南溪段长江边一改往日的温柔迅速暴涨。时紧时慢的大雨伴着电闪雷鸣，白花花的浪头呼啸着拍击堤岸，给人一种恐怖的感觉。更让人恐怖的是那些没搬迁的老旧房，一个个孤零零的，像是在发抖。周太白身披雨衣举着手电，带领防汛工作人员沿堤岸向上排查。忽然他接到抢险小组的紧急呼叫，急忙驱车来到一个拆迁钉子户家门前。这是一所独门独院的危旧房屋，紧邻罗龙河，在一片拆迁工地的瓦砾上形同一个小小的孤岛。房主以为要强制拆迁，关紧了大门。工作人员说了无数的好话，保证不是强拆，只是为了防汛安全，要求他们转移到安全地方去。而房主坚决不信，说，我自己的产业自己做主，表示要与房屋共存亡。

眼看着暴雨如注，罗龙河水浪涛翻滚，周太白大声喊话：现在是防洪抢险，人命关天，你们必须马上撤离危房！见屋里没有任何反应，他当机立断，转身命令：撞开大门，把他们架走！一切后果由我负责。工作人员一拥而上，撞开房门，连拖带抱地把一家人强制转移到了市招待所。娟子拍下了全过程，还差点让那间危房掉下来的灰皮砸破了头。她看了一眼浑身泥水的周太白，严肃而威严，不见了往日温文尔雅的书生气，悄悄地说了一句，这才是真正的男子汉！

这个新闻在电视台播出以后，引起了极大反响。周太白有生以来第一次出现在电视上，那句“把他们架走”很激动人心，娟子特意录下了剪辑送给了他。被强制转移的钉子户也在屏幕上露了面，他们感谢政府保护了他们，还表示服从安排立刻搬走，不给政府找麻烦。

几天后周太白的妻子病故了，她得的是癌症，在医院住了一年多，瘦得就剩下骨头了。娟子也参加了追悼会，是爸爸让她送去一个花圈。在告别室她看见周太白趴在妻子身上失声痛哭的样子，简直跟疯了似的，触景生情，她禁不住也流下了眼泪。

一年前的一次邂逅，让他们两个人的手紧紧地握了一下，好像通了电一样迸出了一束火花，从此，两个人开始了神秘的幽会。这让娟子的心激荡过、缠绵过、大笑过，也哭泣过。女人的爱情生活就是这样，充满了激情和浪漫，一旦她掉进爱河，就投入，就执着，她根本不理会横竖在两个人面前的大山。周太白的形容是沼泽地，他总有一种惶恐的感觉，一种拔不出脚的感觉。两个人的年龄、经历、家庭背景反差太大了，这不是一时的冲动吧？在他心里只有玉是那么的完美，洁白无瑕，在她面前周太白从来没找到过自信。直到娟子惊喜地把这只翡翠如意玉搂在怀里，把脸贴在周太白的胸上，他的心才踏实下来，他们真的感觉到即将实现成功的跨越了。

娟子用嘴使劲亲了一下翡翠如意玉，然后把樟木小盒塞进床头叠好的被窝里。她下了决心，必须和爸妈挑明了，不能再犹豫了。

门外闪过一束强烈的光柱，紧接着传来汽车喇叭的叫声。张妈小跑着穿过前厅出去打开了大门，刘可恩下班回家了。

刘可恩身材不高，却十分魁梧，动作利索。他迈步走出车门时左臂上已经挂着脱下来的西服和领带了，张妈伸手接了过来。刘可恩抽了抽鼻子，神秘兮兮地把手放在嘴边做了个别出声的姿势，然后轻声说："我猜出来了，麻辣水煮鱼，对不对？"张妈笑呵呵地回答："就你这鼻子灵！没错，还是长江野生的鱼呢！"

刘可恩哈哈大笑："你一身的麻椒味，猫都能闻出来。你看，我的头皮都发麻了！"

他快步进了客厅，果然，桌子上的饭菜已经摆好了，荤素6个菜，麻辣水煮鱼就摆在中央，这是刘可恩最常点的一道菜。刘可恩卸妆似的脱去皮鞋西裤，换了拖鞋，冲着妻子问："娟子呢，回来没？"

肖南一边摆放碗筷一边笑着说："这都成了口头禅了！你那宝贝儿早回来了，就等您大驾光临呢。"

刘可恩用手捏了一块鸡肉扔进嘴里："嗯，好香！看来我是沾了娟子的光了。"

肖南把酒瓶放在桌子上："这是你闺女孝敬你的！"

"受宠若惊啊。"刘可恩嘿嘿地笑了，他提起酒瓶看牌子，衡水老白干，"看来是好消息。"他把耳朵凑到肖南嘴边，神秘地问，"消息透漏了吗？"

"你的闺女你不知道吗？还守口如瓶呢！"

"就她那点小心眼儿，能瞒过我的眼睛？"

刘可恩是真正的新中国同龄人，1949年9月出生的。18岁入伍，一直在部队干了22年，转到地方前是武警某部的团长，因为腰伤才不得不退役。行伍出身，所以身上总是透着一股豪爽气。到地方后他曾经调动了好几个地方，先在省城，后到S城，七年前S城地区改S市，他调来当了第一任市长。用他自己的话说，一路坐的是顺风船走的是下坡路。一年前市委书记李学亮离退，他接任了市委书记，这才提了半格。部队跟地方完全是两码事，打交道的完全是两类人，这让刘可恩很不适应。原来习惯了大声发命令，大碗喝烧酒，直来直去，一句话就插进别人肺管子里，根本不在意人家憋屈不憋屈。到机关就不行了，说话得拘谨了，遇事得揣摩了，得给别人留面子了，就是请客吃饭也得斯文了。长年养成的习惯哪是说改就改的？虽然尽量克制，不时地来点幽默，但在别人眼里还是透着一股霸气。

在部队的时候，经老战友撮合，师部卫生院的护士长肖南成了他的妻子。部队极少有女人，肖南又这么年轻漂亮，只要她一现身，就成了众人瞩目的聚焦点。刘可恩乐坏了，真是天上掉下个林妹妹！他拉着肖南的手说："肖南啊肖南，一准给我生个大胖小子！"谁知道十月怀胎一朝分娩，却生了个小丫头。刘可恩还是乐不可支，取名娟子，视如掌上明珠。他常对人说："女儿生来就是让人宠的！"他宠孩子的时候就像换了一个人，只要娟子乐，他就敢趴在地上让闺女当马骑。娟子正是在爸妈手心里长大的。

此时娟子早已从卧室里跑了出来，欠着脚伸出两只胳膊，从后背搂着爸爸的脖子：“爸爸，你好准时啊！像个国家干部的样。”

“到家就不一样喽！第三把手啊，只有俯首帖耳的份。”

“真的？”娟子转身拿起酒瓶就往外走，让刘可恩一把揪了过来。

“我说的是俯首帖耳，可没答应闭嘴呀！快拿来！”

“什么都舍得，就是舍不得酒！就差屁股后面挂两瓶当手榴弹了。”肖南插了一句，她当然向着女儿。

刘可恩攥着瓶子哈哈笑着：“这哪是酒呀，是我治腰伤的药。祛湿驱寒，我身板硬朗全指着它哪！”

刘可恩是大忙人，平时回家没谱，越是逢年过节越不回家，家人已经习惯了。偏偏今天打回电话，7点整回家吃饭，所以肖南和张妈赶紧张罗爷儿俩爱吃的饭菜。她们不知道，爷儿俩早在电话里商量好了。娟子告诉爸爸，今晚有重大新闻公布！

刘可恩心情格外高兴，一家人很久没坐在一起吃个团圆饭了。还是家好啊，吃着顺口，比外边的海鲜大餐香多了。他更喜欢的是家里其乐融融的气氛，老婆孩子的笑脸。什么叫天伦之乐？一家人坐在一起吃饭就是天伦之乐！他连干了3杯精品老白干，然后抹抹嘴，笑眯眯地问：“闺女，新闻发布会可以开始了吧？”

娟子突然腼腆起来：“爸，咱们是不是先开个通气会，小范围讨论讨论？”

“哈哈，到底是搞新闻的，够谨慎的呀。好，抓紧吃饭，然后到你房里给我通通风！”

肖南在旁边一脸的不满：“丫头片子，难道就瞒着你妈吗？”她知道闺女是在跟爸爸撒娇呢。

“爸的抗打击能力强嘛，我是怕您晕过去。”

“哼，闺女不嫁出去就没个大人样！”

娟子娇羞地向爸爸和盘托出了与周太白的交往，一半真实一半虚假。她是学文学的，又是编辑，很快就把自己带进了角色。

周太白不是心中的白马王子，也很少感情外露，但他是个负责任的人，是可以终生依靠的人。他有文采，跟他一块聊天有的说，有感觉。他还是个有志气、有理想的人，从不甘寂寞，不愿平庸。他的性子有点急，但是有感情，而且感情专一。他比我年龄大12岁，可知道疼人呢。一大堆的好话，就像周太白天生没缺点，有不足也被别的优点弥补了。然后她抬起忽闪忽闪的眼睛注视着爸爸的表情，她知道走出沼泽的目标不远了，但却是关键的一步。她忐忑不安地等待爸爸给出满意的答案。

刘可恩端了个茶杯坐在娟子的床上，只是认真地听，不打断她的话。直到娟子的介绍告一段落，刘可恩才略一沉思，点头说："蛮有小资情调的。我猜的也是这个消息，不过没想到是周太白。我一直相信你的眼光，但这是人生的重大事件。俗话说当局者迷，一定要深思熟虑，婚姻大事还得面向实际，可不能脑袋一热就冲动行事呀！周太白我是了解的，人品不错，能力也比较强。不过他比你大这么多，而且是再婚，还有一个四五岁的孩子，有个老娘的拖累。将来的生活你考虑了吗？这可不是小孩子过家家呀！"

"爸，你知道我的追求，我就是想要一个有知识、有抱负、有闯劲、负责任的男人。家里人介绍的、朋友们介绍的、直接追求的我见了不少，不是纨绔子弟就是奶油小生，我跟他们这种人没有共同语言。连话都听不进去的人你让我怎么跟他过一辈子？更不要说很多人与其是追求我倒不如说是追求你！"娟子显出了无辜和无奈。

"赵本山的小品你看得太多了，真想搬到现实里来呀？难道你要的标准里就没有初婚的、年龄小点的人吗？我们不用担心他没有钱，没有职位，没有房产，只要人长得不错，品行端正忠诚可靠就行了，这样的标准还算高吗？难道不能实现吗？你是不是太低估自己了？"女儿的婚事一直是刘可恩的心病。身边的人帮忙提过几次，娟子都不满意，一个常说的理由就是没感觉。什么叫没感觉呀？刘可恩说什么也不明白，他和肖南不是见了一面就谈成了吗？几十年下来多好啊。以娟子的条件就找不到合适的对象？嫁给个二婚，刘可恩实在不甘心。

“没有，我有自知之明，也没低估自己。爸爸，就把你知道的我交过的朋友排排队，看看哪个是我能接受的。”

“那不假，没一个让我点头的。可是我们也不能自己掉价将就凑合呀！婚姻的事是一辈子的事，绝不能委屈自己。我知道你的心思，至少是一个志同道合的，能交流能负责的，基本条件不低于自己的。但周太白绝对不是最佳人选，我不能同意。一个黄花姑娘嫁给一个有老有小的，那般配吗？要不然你就再等等，我们娟子不可能是嫁不出去的姑娘。”

“爸爸，你们不是也为我的事操尽了心吗？结果又怎么样呢？我毕竟也快30了。实话说，我和周太白接触以来，别人给我介绍的对象我一个也没见。在我的心里，他就是我未来的丈夫。”

肖南不知什么时候也进了娟子的卧室，听了娟子的话斩钉截铁地说：“这么大的事也不事先跟家里商量商量，真是自己做主啊！我们俩就你这一个孩子，你的事也不是你一个人的事。也不想想结了婚进他们家门儿是什么样，老老少少的成什么了！这事我看不成，还是先搁搁。我就不信，我们的姑娘找不到可心的小伙子！”

娟子紧紧地搂住胸前的樟木盒子，低头饮泣起来：“我原来见得都够一个排了，没有一个是谈得来的。妈，您就给我找吧，但是我看不上的绝对不嫁！哪怕是我独身一辈子。”

刘可恩看着哭泣的闺女有点心疼了：“10年都等了，也不急在一时，你让我们考虑考虑吧，这件事太突然了。”

“我已经考虑成熟了，也不会再有其他的选择了。论人品、论长相、论文采，周太白比谁差了？不就是比我大12岁吗？可他是真心爱我的！我自己的事情，归根到底还是我做主！”娟子已经下定了决心，她有文静的外表，也有固执的秉性。而刘可恩也不含糊：“成不成先别下结论，我不想干涉你的婚姻，但你也要听大人的意见。你妈说得对，你的婚事不仅是你自己的事，还是咱们家里的事，大事！你们现在必须暂停交往，而且决不能张扬出去，尤其是最近几个月。”

“为什么？因为我是市委书记的女儿吗？”

“是，也不全是。现在五粮泉董事会总监正在进行换届选举，可能要牵扯到周太白。一个从政的人，个人的隐私、家庭的关系都让人关注，都可能成为左右结果的砝码。只要是相关的人，在这个关键时期不能不谨慎行事。注意，我的话不能超出咱们3个人的范围，这是纪律！”

新闻发布会不用正式召开了。娟子眼巴巴地看着爸妈走出卧室，一头扑在了床上，把樟木的小盒压在了身子下，哭了。

周太白把车速压得很低，时速不足40公里。雪亮的车灯照在两旁树上，婆娑的枝叶徐徐地向身后退去，到处都是斑驳凌乱的影子。

他刚从李书记家里出来，是专程去拜访老领导的。当然，话题是最为敏感的这次换届选举。李书记还是一脸平和的样子，对周太白就像是自己的孩子，说话总是启发式的。

周太白的爸爸病死在校长办公室，算是以身殉职，时任市委书记的李学亮到家里慰问，碰见了大学毕业的周太白。交谈了一会儿，他感到这是棵好苗子，就诚恳地说，咱们南溪是块风水宝地，背靠青山面向长江，将来是大有作为的，欠缺的就是谁来挖它。南溪人几十辈子挖它，欠缺的就是知识。周太白明白李书记的意思，读研两年后真的回到了南溪。他知道自己脾气倔强不善交际，在大城市是很难容身的，还不如回老家。老家人朴实，没那么多花花肠子。他也非常疼爱老娘，这些年她操持这个家真的不容易，爸爸死了，自己又多年在外，是她挣扎着供自己上学读研，终于盼到了我学成归来的这一天，也该好好地孝敬她了。李学亮对周太白来家乡发展很高兴，这是南溪县唯一的硕士，还来自高等学府，在南溪他就像中了状元一样，搁过去，那是要披红戴花摆酒庆祝的。来之不易，必须妥善安排。李学亮开始想把他带在身边，经过再三考虑，把他安排到了教育局，特别关照要放手使用，别弄那么多条条框框，他在成都上了6年学，比咱们见过世面。周太白学的是历史和法学，干教育也是他的家传，所以工作得有声有色。李学亮一直注意他，周太白的每个升迁，都得到了他的点头和默许，可以说周太白的成长是在李学亮的呵护下一步步走上来的。

仕途上一路顺风，周太白有点飘飘然。这次五粮泉董事会总监之职被列为候选人，党委会也把他推了上去，他有点水到渠成的感觉。论学历，没有可比的，他最高；论资历，他也是土生土长一步一个台阶；论政绩，他在开发区建设中的贡献受到了省市领导的肯定；他还是最年轻最有潜力的，老百姓的口碑也不错，用堂弟建材的话说就是南溪的一颗新星。这就给了周太白一个错觉，真的竞争起来他当仁不让，而且势在必得。别小看这个总监，在S城可以直接参与决策，有极大的话语权。台子宽了可以放开手脚，机会多了可以施展才华，还有更重要的，它是向上攀升的梯子上的关键一步！这是很多先例证明了的。

当时，也是在陶然茶座，建材的危言耸听泼了周太白一瓢冷水，让他打了个激灵；李书记的一番话又给他猛击一掌，让他忽然惊醒了！

老书记的话给了他极大的震撼。看来自己真的很嫩，怎么就没想到这一层呢？五粮泉董事会总监的位子是那么有诱惑力，吸引了众多追逐的人，也招来众多无形的手。你知道权力竞争，那谁不想呢？哪个人不是使出了浑身解数？这些年跑官要官早不新鲜了，甚至还有明码实价卖官的呢。以刘书记的人格来说卖官绝不可能，但他能挡得住来自上面的压力吗？他没有自己的想法吗？可以想象，对手不惜拉来各路神仙助阵，送钱送礼送古玩的不会是少数，甚至还得提防使出抹黑揭疤的撒手锏！正如李书记所说，他们都是有各自权力的人，也都有各自圈子的人，城府极深。身居高位的不仅要提携子弟兵，还要为自己安排退路。那些抬轿子的呢？恨不得把上司顶上去，给自己腾出个位子来，所以全力以赴推着他走。这里有一条利益链，这就成了一连串的动作。

这个总监之争，可以说是一场实力的博弈，以一个刚出茅庐的学子之力，能跟他们抗衡吗？我不过刚干了不到10年的县长，靠政策当上的市委委员，拿什么资本去当敲门砖？李书记说了，他当然不会袖手旁观，已经给刘书记打了电话，他还想会会自己的老搭档，也试试自己这一票的影响力。

“按常理说，你不是最有利的竞争者，还嫩着呢！比你老谋深算的人多着呢！所以对当前形势要有个清醒的估计，可不能脑袋发飘呀！谋事在人，成事在天，既然要竞选，就要有充分的准备。你连几个对手的基本情况都不了解，光算计自己那点功劳有什么用！论功谁拿不出一大堆来？”

“事实上，这还不是真正意义上的普选，票跟票的重量也不一样。比如现在我的一票就比你的分量重，那当权的在位的呢？有时候这些票就是风向标。说句私房话，你要争取的主要是这些有分量的票，有带动作用的票。现在你手里有几张啊？”

“我想别人肯定在摸你的底，看看你有没有破绽，看看你有没有后台。也许有人对你不屑一顾，毕竟是轻量级的嘛。成功是给有准备的人预备的，你千万别灰心，努力争取，充分发挥你的优势，不蒸馒头也要争口气。我对你是有信心的，你有这个潜力。不是说三十而立吗？现在才四十而已。不是说要实现抱负吗？现在不可多得的机会来了。”

“该出的力我出了，需要的话我也能出去走走。但是你千万别高估我的影响力，我在家赋闲早就过气儿了。我勉强算是把你扶上马，还谈不上送一程。该出牌的时候就全靠你自己的功力了。”

可是我有功力吗？我有家底吗？我有好牌吗？

周太白摇下车窗，连续做了几个深呼吸，这是他保持大脑清醒的常用做法。

他听到了公路边的南溪镇旁的长江水汩汩流淌的声音，节奏舒缓，波澜不惊，温顺得像个小姑娘，让小城郊外显得格外宁静淡泊。他索性在行道树边上停下车，熄了车灯，沿着杂草丛生的江岸静静地走了几步，坐在一块石头上。风轻轻地吹着，凉爽而轻柔。他轻轻地合上眼睛，欣赏那美妙交融的流水声、蛙叫声、虫鸣声，仿佛一首大自然的合奏曲，和谐、委婉、纯真。大自然就是这么慷慨，他要把人的痛苦、忧愁、愤怒、悲哀统统抚平，浸入平淡，返璞归真。这里比陶然茶座更清静，周太白是该静下心来捋一捋眼前面临的事情了。

传来自己有望成为总监候选人的首先是建材堂弟。他以成功商人社交圈子的能量，以改革、搞活经济的劳模，建材这几年，当选了市工商联的主席，还是提案委员会的一员。他的话应该是可靠的。而且从他为自己出谋划策聚拢人气的态度看，好像比自己还有信心，是志在必得充满希望的。他交游广泛，党委和组织部里都有吃喝不分的朋友，他这一票不止等于两票。他是个颇有心计的人，既然能给我出谋划策就能给我拉票，是自己最得力的人。

李书记已经和刘可恩打了招呼，为自己铺了路，这是非常重要的一张牌。虽然退下来了，毕竟在S城经营了二三十年，还是有人给他面子的。他不是说他的一票比我的还重要吗？要不是时过境迁，老书记晚退个三年两载，也许现在的局面就是别人在发愁了。

这几年我主持的碧水花园从拆迁到配套工程衔接，取得的成功是令人瞩目的，被宣传成了城建工作的典范，受到了省、地两级领导的表扬，这应该算政绩吧？何况城建是常委最主要的工作，这也是一张过硬的牌。城市管理、GDP的指标、就业和绿化，南溪都是全市做得最好的，有数字可查，无可争辩，这应该能给我加分。在大名单5个候选人里我的学历最高、年龄最轻，也应该是一张牌，年轻不就是资本吗？不过这张牌怕没人买账，可能有人买来的学历比我还高呢！别人不知道来路而已。再说人家也可能把年轻说成是经验不足，难当大任，甚至用一句他将来有的是机会就能把自己排除在外。

其他呢，还有可出的牌吗？

周太白绞尽了脑汁，头有点大了，他从衣兜里拿出红塔山点上。他平时很少抽烟，爸爸就是因为嗜烟得了肺病，最后死在了烟上。他理解爸爸的苦衷，一生空有抱负，但是脾气犟，所以从不得志，还受了很多委屈。他憋闷啊！周太白吸取教训，他的烟只是社交场合上的道具，不是特意到老领导家里请教他是不会带烟的。而现在香烟派上了用场，他猛吸了两口，想让大脑兴奋起来。

还有什么呢？艰苦朴素的作风？有人赞扬有人会说是做戏。两袖清风没有吃请受贿？那也算得上是一种光荣吗？而且哪个候选人不能拍胸脯说自己清白？吃喝完了洗洗手，又是一身正气！谁也没经过考察，只怕将心比心他们也在猜疑我呢！

能出的牌本来就不多，李书记还说也要想一想自己的劣势，劣势太多了。首先就是没有谁为我吹喇叭抬轿子，别看市里那些人也挺关心，县委书记还说已经给安排了送行的酒了，或许让李书记说准了，他们更关心的是我空出的位子。这几位水平也有限，除了给我鼓鼓士气，连一个确切的分析都没有，更别说出主意了。真站到台子上我简直是赤身裸体。我能自己宣扬自己吗？

另外一个劣势是没有根基，以前不少人公开说我是李书记的人，没人认可我在方方面面做出的努力，也不愿意肯定我做出的成绩。省里领导的表扬也是说在市委的正确领导下，我只是积极进取，密切配合，想怎么解释就往哪边靠，松紧带似的。现在李书记退下来了，原有的资本化为乌有，即使他在台上那几年，不也有人咬我吗？还有国资局局长兼管规划局的樊友涛，对我碧水花园的擅改设计争抢项目的事一直耿耿于怀，好像我在争名争功，收买人心，话里话外带着尖刻的芒刺。也难怪，水大能漫过鸭子吗？他是开发区领导小组成员，在这个项目上我一直没跟他很好地沟通，甚至还争论不休！他省里有人，还是市委常委，论人脉比我深多了。他对我有很多误会，我就是想辩解也插不上嘴呀！关键是他和我同台竞争，绝对是重量级的！

不知为什么，周太白脑子里忽然闪出了黑头的影子，还有建材的话：他们从来不是你我的朋友，更不是知己，但这并不妨碍我们利用他们。难道建材的意思是黑头一伙也是我手里的一张牌？“你不敢干的他们敢，你不能做的他们能。”建材是在暗示我利用手里的一切武器，包括黑头这样的地痞无赖！不，绝不！我就是不能当选，也不能自甘堕落！我怎么可能和这些家伙沆瀣一气联手做事？我成了什么样的人？动机，周太白忽然明白了建材这次请他喝酒的动机，是想让他在我的竞选中作势，是为我的竞选招兵买马！哼哼，我不但不需要，而且绝不领情。这些兵马成事不足，败事有余，除了添乱，没任何价值。

究竟该怎么应付现在的局势呢？周太白的脑子越想越乱了。他站起身来在河边来回地踱步，又点上了第二支烟。

谁最有可能进入3个正式候选人名单呢？樊友涛没有意外，因为他资格最老、呼声最高，是肯定出线的。市财政局的李局长把握也比较大，他一直握着S城的钱袋子，而且是个老好人，跟谁都和和气气的，在市里颇有人缘。发改委主任年纪大了，身体也不太好，估计没有什么作为，在模棱两可之间。关键是公安局长李东生，在S城的名头最响，有人求他，有人用他，有人怕他。但他也受到了不少责难。S城的治安不怎么样嘛！再说他几十年单打一，就知道抓人破案，综合能力差，当五粮泉董事会总监管经济无异于赶鸭子上架。他进正式候选名单的概率最低。从李书记的话里看，我比上不足比下有余，有优势没把握，挤进前三名应该没问题。真正到了最后，估计没有五成胜算。

哎，是谁把我裹进了这个旋涡？把本来平静的生活弄得乱七八糟的。是刘书记、李书记？是那几个不靠谱的同事还是堂弟建材？周太白没想到，其实正是他自己把自己推到了风口浪尖上。在他的潜意识里有野心，在他的胸膛里有一团火，没理由还要显示自己呢，何况总监的位子在向他招手？既然已经上了路，他能随便罢手吗？但事到临头，找不到良策，原本十足的信心现在不到五成的把握，而且越算计越心虚，就难免进退失据坐立不安了。

原来一清见底的长江，眼下已经有些浑浊不清了。但水面上的月光还是十分明亮耀眼，仿佛在和自己对望。周太白忽然动情地轻唤一声：娟子，多像是娟子的眼睛！那样清澈，那样透明，那样深情，那样无邪！一股激情突然升腾起来，娟子，娟子，娟子！你现在在哪？我爱你，我想你，我需要你！多想听听你的心里话，多想依偎在你的身边！你能帮帮我吗？我太无助了，我要跟你说！周太白忽地掏出了手机，迅速地打开翻盖。可是，我要说什么呢？啊，他昂起了头，紧闭双眼，咬紧了牙关。不，不行，绝对不行。周太白像是泄了气的皮球，激情如同流星转瞬即逝了。他颓然无力地又坐回到石头上。

娟子能是我的一张牌吗？能在他爸爸面前增加点儿影响吗？那可是最关键的一票啊。建材堂弟就是这么撺掇我的，想让娟子吹吹耳边风。周太白无奈地摇了摇头，不，不可能。他原来也有这个想法，但娟子打消了他的念头。

“选举的事我帮不上你什么忙，也不会为这个事求我爸爸，他能认可咱俩的事已经是烧高香了。再说这么大的事是我们爷儿俩在家商量算的吗？我能做得最多的是从心里支持你，不拖你的后腿。”娟子态度坚决的声音就像回声一遍遍在耳边响起。此时我找她，没任何效果，反而会产生误会。周太白又把手机放回口袋，但他脑子里已经全是娟子的影子了。

娟子说不上是一笑倾城的绝代佳人，但在S城是绝对能吸引眼球的。不仅是男人，还有女人。尤其是她苗条婀娜的身材、乌黑飘逸的头发、清澈见底的双眼，让人想看而又不忍多看，不敢多看，谁也不愿亵渎那天然的美色。让周太白倾倒的是她那举手投足一颦一笑的迷人风度，还有从不媚俗不张扬素面朝天的品格，还有令人拍案称奇挥洒自如的文笔。对这样的女子，没有奢望是不可能的，尤其是鳏居几年寻寻觅觅的寂寞生活，更让周太白加深了对异性的渴望。但他清醒地知道双方巨大的差距，的确是难以逾越的鸿沟。周太白一次次谢绝了为他提亲的亲属和朋友，因为他的心里总有一个挥之不去的影子。一个偶然的机会，在他身边飘过一股希望的风。

春节慰问老干部的团拜会上，周太白托着酒杯默默地站在走廊里，不时和擦肩而过的熟人寒暄几句，也睃着大厅里水晶吊灯下的千人百态。原本是纯粹中国特色的节日，原本都是土生土长的中国人，团拜会竟然被布置成了西式的鸡尾酒会！他看到一双双宽厚粗糙的大手，端着快要溢出琥珀色液体的高脚杯举杯畅饮，高声大嗓挥手致意，也看到了猩红地毯上的果皮烟蒂和走廊上大理石地面的汁汁液液。周太白嘴角流出了一丝不易察觉的诡笑，是嘲讽，是轻蔑，也是无奈。他希望赶快结束赶紧回家，但又拘于礼节不能失态，他千方百计地搜寻离开的借口。

忽然侧门砰地打开了，娟子端着照相机兴冲冲地跑了进来。也许是来晚了，她显得很忙乱，脚下不知踩了什么突然一滑，身子陡然向前摔去。就在她扑倒在地前的一刹那，周太白像是条件反射一样伸出了胳膊，两只手紧紧地拉在了一起。酒杯啪的一声掉在地上，立即吸引了众人的目光。娟子缓缓地站直了身子，而周太白从左手到大脑瞬间冲过一股电流，迅速地撞击着浑身上下的汗毛孔。他和娟子有过些接触，他的梦里有娟子的影子，但没有触过娟子的毫发！周太白有点不好意思，但娟子只是笑笑，理了理头发让自己镇定一下，向他投来惊讶似的一瞥：“对不起！不好意思，以后再谢你啦啊。”转身向舞台上跑去。

周太白没找借口回去，而是不住地在人群里搜寻娟子的身影。看着她和同伴为老干部拍照，向市长采访，像燕子一样穿梭在人群里。她始终没有回头注意周太白，周太白却一次次回味拉住那只手的感觉，直到晚会结束。

两天后，娟子真的打来电话说请周太白吃饭，周太白没有推托，反而有一种爽快至极的感觉。他站在镜子前精心地打扮自己，修了指甲剪了鼻毛，翻了半天抽屉才找出妻子多年前用过的香水，对着头脸嗞嗞地喷了几下。穿上深蓝色的西服，系上绛紫色的领带，把皮鞋擦得锃亮，还在嘴里塞了块口香糖。

凯旋城餐厅是女孩们的最爱，因为它秀美浪漫。一个个隔板围成了二人世界，长方形的桌子上点燃一支红色的蜡烛，黑色的花瓶上插着深红的玫瑰花。

灯光和鲜花制造出浪漫的氛围，俊男靓女们在轻音乐的掩盖下说着悄悄话。娟子要了一杯果汁，周太白点了一杯红酒，还跟服务员小姐要了个果盘。两个人有了第一次幽会、第一次长谈。他们聊了彼此的爱好、将来的志向、各自的家庭和大学生活中的趣事。

周太白平生第一次走进这样的餐厅，他远没有娟子放得开，刻意回避娟子投来的目光。清澈透明又充满深情和羞涩，那是在传递什么呢？孤男寡女在浪漫的凯旋城幽会，轻声慢语地倾诉，含蓄委婉地探寻，这本身已经说明了问题。但是娟子究竟爱自己什么呢？聊了好一会儿，他环视四周，见没人注意他俩，就大着胆子放出了试探的气球：“娟子，能问问你的感情经历吗？”

娟子一掠黑亮的头发，眼睛朝向天花板，装作想象的样子：“感情经历，是一个男人应该问的吗？”

周太白本来就抹不开面子，她这一问就更毛躁起来：“对不起，对不起，我总觉得漂亮女孩感情就会很丰富的。其实我是很不会说话的，失言了。”

“没关系，我们已经是朋友了。”看周太白局促不安的样子，娟子想笑，想说是个男人吗？但那样娟子会更窘，所以她漫不经心地说：“我的感情很丰富，但经历是空白。处过不少朋友，但没有一个说得来的。是我的期望值太高了吧？为什么我总找不到感觉呢？反正我觉得异性朋友的交往需要基础，起码能说到一块儿去。”

“那要看什么话题了，比如通讯报道我就不在行。”

“我指的是两个人的心的沟通。没有共同的追求，没有基本的道德观念，你说能聊到一块吗？与其面对空虚的躯壳，还不如独善其身呢！”

“完全相同就像镜子的两面，反而更没意思了。”

“那是你的强词夺理。我说的是志趣相投的异性朋友，你不是问我的感情经历吗？说白了就是有没有谈恋爱！”

周太白更毛了，稳定了一下才接了话茬：“以你的条件，除了真正的白马王子，还有谁敢有觊觎之心？追你的人恐怕数不过来吧？”

“我觉得你也够俗的。女孩心里只有白马王子？白马王子又能高贵到哪去？董永、牛郎不是很可爱？”

“好清高啊！”周太白夸张地睁大了眼睛，“真有离尘出世之感。”

“出什么世呀！我们都不过是凡夫俗子，都离不开柴米油盐。我不过是要找一个能够与之交谈的情投意合的朋友，找一个真正爱我、懂我、呵护我的朋友，这算得上奢望吗？”

“这是最起码的要求，也是很容易满足的。”

“事实是我没有，真的没有！我面对的王子倒是不少，但没有一个是有志气的。他敢给你买法国香水、瑞士手表，甚至开来一辆奔驰车！他只是想换你的身体或者是买一个花瓶！我就是缺吃缺穿，也不当别人的玩偶！”娟子眼泪流下来了。周太白想要帮她擦，又不敢动手，只是把纸巾塞到娟子手里。

“有情人终成眷属。不是我恭维你，你天资聪明、漂亮大方，肯定会有出色的小伙子钟情于你，也许是好事多磨，缘分还没到吧？”

娟子猛地抬起头来：“周太白，难道你真的不懂我的心吗？能不能把斯文的面具扯下来？”

娟子的声音很大，引起旁边的人扭头偷看，周太白的脸腾地通红，心都要蹦出来了：“我？我怎么敢痴心妄想？”

“你不是个男人吗？你就不敢说真心话？”

“是个男人就想和你交朋友，除了疯子！我、我不是不敢说真心话，我配不上你，也不想亵渎你。”

“好吧，周太白，你是逼着我先表白吗？我正式地告诉你，你一直是我心里的影子，我喜欢你，我爱你，我愿意嫁给你！行了吧？你满意啦？”

这不啻一个惊雷！周太白险些晕倒。他做梦也想不到娟子会说出这样的话来。他感到浑身发冷，上半身在微微发抖。一个美梦，渴望已久而遥不可及，但当它突然降临，没有遮掩，也没有过渡时，让周太白猝不及防！

“你、你究竟是什么时候关注我的？我、我有什么可以感动你的？你了解我的真实处境吗？”他的声音里充满了颤音。

娟子渐渐平静下来，说：“在采访你的时候，在我做专题的时候，还有那次抢险救人的时候，我看见了一个成熟的男人，发现了你的人格魅力，多情善良又往往含而不露。我看到了你伺候你妈妈，伺候妻子，独自带着孩子，你是一个负责任的男人。尤其是在你妻子的葬礼上，更看到了你感情上的宣泄。你伏在妻子身上放声大哭，浑身颤抖，你感动了在场的所有人，那么真挚，那么动情，那么歇斯底里！当时我就在你的身边，也让你感动得哭了起来。我好像刚刚感到，爱情的力量，是多么纯洁、多么神圣！我苦苦追求的不就是这样普通而又真实的爱情吗？两年了，你已经进了我的梦里，我也有意无意地靠近你，而你竟像个木头人！在招待会上你伸手一拉，我身上就像是过了电一样。我不敢相信这是真的，我怕感情失控，我赶紧跑开了！”

周太白站起身来，解开了西服的扣子，扯下了领带，和娟子并排坐下。他忘情地把手臂放在娟子的肩上，把她的身子揽在怀里。娟子的身上散发着幽幽的体香，温暖柔软的胸脯起起伏伏，周太白听到了她的心跳声，怦怦的声音，也击打着自己的每一根神经。“娟子，这不是梦吧？就算是梦，我也想永远生活在梦里。其实你早就在我的梦里了，只是我梦醒以后，感觉自己很丑，很自私！我爱你，从心底爱你，真有一种焦渴的感觉，也有冲过去的冲动。但是我不能不压抑自己，不敢说，甚至不敢想。也有人给我介绍对象，但有你在那儿摆着，别人总显得那么粗俗。要知道一个人生活里有了你，还有什么更宝贵的呢？娟子，现在用什么形容都显得苍白，我们在一起吧，我们糅合成一个整体吧。”

这一晚，周太白和娟子第一次紧紧地拥抱，第一次深深地接吻，像蓄满了水的水库，猛然打开了闸门。这一晚，他们谈了很久很久，谁也不愿意提出离开。但两人是理智的，他们知道在繁杂的世界里会有多少阻碍、多少曲折，他们暂时还不能公开这个秘密，他们还要互相加深了解，他们要承担事业和生活上的重负，他们要面对社会和家人的理解。他们都是S城的熟面孔，他们不能像其他青年那样肆无忌惮。他们相互留下了QQ号，后来娟子没那么坚强，推说电脑键盘打烦了，没有面对面聊天爽快，他们经常相约秘密幽会了。这样又持续了一年多，娟子沉浸在兴奋里，而周太白始终觉得这是梦，好像眼前发生的事情不真实。在情人节那天，他给了娟子那个精心设计的礼物樟木的小盒，里面就是那块翡翠如意玉。而娟子递过来的是一盒巧克力。

周太白终于从梦里睁开了眼睛，但他看到的是一片沼泽地。美梦和现实，就在睁眼和闭眼之间，美梦到成真，却是一条举步维艰的路。但他感觉自己无论如何都离不开娟子了，别说摆在面前的是沼泽地，就是刀山火海也要奋不顾身地冲过去。

娟子在家挑明了跟周太白的关系，也没有遵守和爸爸的约定，当天夜里就跟周太白通了电话。因为她知道周太白正坐立不安地等待她的回话，心里一定跟油煎火烤一样。她嗓音尽可能地轻松温柔，也没把爸妈的态度完全转告他，怕他听了受打击。她只说是爸爸没有明确表态，妈妈也是模棱两可。她说她会努力做工作，爸妈拧不过他们的乖乖女。平时精明的周太白此刻却毫不怀疑娟子的谎言，他太渴望和娟子朝夕相处比翼双飞了。娟子还笑嘻嘻地说要把装饰美如玉的绸子换成缎子，她要躺在缎子上才有安全感，才不受欺负。甜言蜜语说得周太白如在云里雾里，浑身燥热，乐呵呵地向兜里掏烟，发现没带烟。他也没扫兴，娟子根本就不让他抽烟。

末了，娟子的一番话却郑重其事地严肃起来："你知道，爸爸说现在是敏感的时候，我们暂时不应该待在一起。甚至没有特别重要的事尽量少打电话。我对你是不是能升官没兴趣，也帮不了什么忙，或者根本不想帮忙。因为就是当上了五粮泉公司董事会的总监，也会落入裙带关系受贿收礼私下交易什么的话把儿，把自己推到风口浪尖上其实挺没意思的。你想想，将来我有一个市委书记的爸爸，再有一个总监的丈夫，我在电视台还怎么混？难道S城是我们家开的？”

周太白已经3天没有和娟子见面了，只为了儿子上学的事简短地通了一个电话。他能够理解娟子此刻的心情。平心而论，娟子说的并不是没有道理。然而他已经在风口浪尖上了！因为党委筹备会上，他已经被列为候选人，市委组织部的候选名单上也有他的名字。李书记也跟刘可恩通了电话，天知道他还跟谁打了招呼！周太白的心里能不跟乱麻一样理不出头绪？前进，是艰难险阻；后退，又心有不甘。他感到自己就像是一支拉满弓的箭，自己都不能为自己做主了。

要不，就听娟子的劝，急流勇退吧！周太白摸了摸手机，理智让他清醒了许多。我不能在娟子面前表达心里的焦虑，那显得自私、无能、猥琐。竞争总监也不是我必须达到的目标，它不完全代表能力、财富、权势。

周太白转身向自己的汽车走去。就在不远的前面是繁华的商业街。街灯闪烁着，霓虹灯闪烁着，汽车灯流淌着，南溪县显得那么匆忙。饭店里的人们在觥筹交错举杯畅饮，歌厅里的青年们正在狂歌热舞撒欢蹦迪，公园里的恋人们正在窃窃私语亲密拥抱，家里人正在聊天、看电视、嗑着瓜子。生活多么美好！周太白觉得为什么这样作茧自缚地自寻烦恼呢？

周太白好像突然明白了什么，也许是娟子的话起了作用。他用力踢开了前面的一块石头，听到石头滚动的声音，听到石头落水的声音，砰！多响亮，多痛快呀！他甚至又接连捡起石块狠狠地向水中抛去，为了听那美妙的砰砰砰的声音。该回家了，儿子还等着我呢。周太白拉开了车门，忽然手机响了。娟子，一定是娟子！他慌忙打开手机翻盖，他要大声呼叫，娟子，别为我担心，别为我烦恼，我明白了，我撤退了，我只要你，要和你坦坦荡荡快快乐乐平平淡淡甜甜蜜蜜地生活！

然而，手机里先传来了急切的声音：“大哥吗？你在哪？赶快过来，韩友涛出事了！”

建材的声音。刚刚收到的可靠消息，韩友涛被“双规”了！

黑色的桑坦纳2000在地下车位停妥，一个矮胖的穿着灰西服的人走了下来。他回手按了遥控器，汽车发出了一声鸟叫，闪了闪尾灯。当他夹着皮包抬起头来的时候，吓了一跳，刚才还空荡荡的车库，不知什么时候眼前站着一个身穿风衣头戴鸭舌帽的高个子。

“先生，有点货，想看看吗？”鸭舌帽低声说。

“你是谁？我们好像不认识。”灰西服恢复了往日的傲慢。

“这没关系，只要你对货有兴趣。”

“我没兴趣。走开！”灰西服转身要走，鸭舌帽抢先一步拦住了他，“那是因为你没看货，这对你来说很重要。”鸭舌帽把一个信封硬掖到灰西服的兜里。

“拿回去，我不缺钱！”灰西服又把信封掏了出来，作势要扔在地上。

“这不是钱，是邮票！你拿回去先看看，我这儿还有一份。韩局长，有兴趣的话回个电话，打110或者打给我都行。”鸭舌帽扔下灰西服顾自走开了。

灰西服没等回家就借着车库昏暗的灯光打开了信封。他大吃一惊，夹着皮包逃跑似的钻进了电梯。

第二天，韩局长的电话来了。“说说吧，要多少钱？”他装作很大方很潇洒，像是要买心仪已久的古玩字画。

“我们也不缺钱，想找你聊聊。”

韩局长明白了，要挟，但不谈是不可能的：“约个时间吧。”

“晚上8点，咱们在黑鱼嘴西边儿见面。既清净又安全。”

韩友涛参加了市委的一个日常工作会，会后刘可恩说咱们得单独聊聊。小会客室里省和市纪委的两名工作人员在等他。刘可恩给他们做了引荐，其实他们早就认识，互相握手，连客气都免了。“我还有个会，你们聊吧。”刘可恩顺手关上了会客室的门。

时间不早，刘书记站在二楼办公室巨大的落地窗前，目送韩友涛和纪委的两名工作员乘着市委的车向党校开去。他好像有几分悲凉，转身面对坐在身后的市委秘书长黄耀先说：“我也大吃了一惊，市委昨天晚上才给我透的风儿。在碧水花园项目中，韩友涛竟然以儿媳和女婿的名义占了两套大三居，加起来300多平方米！还有很多确凿的证据显示他这些年来贪污受贿的详情，已经核实他和直系亲属名下的银行存款就有1000多万。触目惊心呀！开始我说什么也不信，老韩整天跟咱们在一块，做事很规矩很严谨的嘛！省委郑副书记说已经经过认真调查仔细核实，的确是证据确凿，板上钉钉，我才不得不信。出了这么大的事，为什么我们就毫无察觉呢？今早我看了举报材料的复印件，搜罗得非常详细，全方位的。还有他的私生活，同样令人震惊。”

“举报信是用打字机打的，时间是半个月前。”黄耀先补充说，他也看到了材料的复印件，“举报的内容没法辩驳，很专业呀！连时间、地点、关系、人都记得清清楚楚，这样的案子就是反贪局也得花费大量的人员、大量的时间，太不可思议了。奇怪的是，他绕过了市委，匿名寄给了市纪委，省委也接到了。我们很被动，不同寻常啊。”

刘可恩来回踱着，心事重重的样子：“这件事我有推卸不掉的责任，起码是失察呀！竟然出现在我们身边，而且是这么重大的案情，这么高的级别！想想都可怕。前些时候，五粮泉总公司经改委要抽调干部，我还全力推荐他呢，要是真调过去，我这个跟头栽得不小啊。”

“起码是用人不当举荐失察，真到了五粮泉总公司再发案子，恐怕侦查的名单里也加上我的名字了，幸好没成为事实。既然事情已经发生了，我们也只好面对。我只是希望这件事是个个案，别再查出什么窝案来，产生连锁反应，那咱们就太被动了。”

“只怕不以人的意志为转移呢！我看在S城这应该算是一次‘地震’！尤

其是在党委会召开前夕，他还是五粮泉公司董事会总监的候选人，我看形势还是蛮复杂的呢。”刘可恩接着说，“我们得提高警惕，可能还会有突发事件。我们要有所准备，别再来个措手不及。如果接二连三地发生事故，我们对上边没法交代，也显得自己无能。当下最关键的是保持稳定、把握大局，不能再出大乱子。刚才我们几个党委碰了个头，决定让你暂时主持两个部门的工作，不能再出岔子了。”

党委已经开过了碰头会，当即对黄耀先说：“对，国资局是关键部门，掌控着市里财政经济的主流，不能出现权利的真空。一把手出现问题会牵动全局，咱们的动作要越快越好。我想下午就到局里去，先定定调子，谁的问题谁负责，实事求是，不搞株连，不扩大化，但也不放过腐败分子。各项工作还是要按部就班，该干什么还干什么，日常工作不能受影响。耀先，现在我的工作比较多，看来你还得唱主角，你得多承担些责任啊！”

“嗯，是得抓紧工作。恐怕下午就会满城风雨，国资局要乱成一窝蜂了。咱们应该是内紧外松，别搞得紧紧张张神神秘秘的，你们谈的时候要说明一下，韩友涛同志是协助调查，有没有问题还说不定，要相信组织，不要瞎猜乱想。耀先现在就把手头上的工作交接一下，你立刻过去！”刘可恩显得忧心忡忡。

“请领导放心，”黄耀先马上表态，“我以前就在国资局干过，那里的情况我比较熟。您说得对，当前主要是把大局和人心稳定下来，别横生枝节。我有决心，但怕能力不够，到时候还要请领导给些具体的指示。”

“好吧，有什么困难到时候咱们一块儿商量。就这么定吧，我回头让人事局先拟个文，你要仔细地斟酌用词，尽快发下去。”刘可恩拍了拍黄耀先的肩膀，“还要不露声色地摸摸底，这事显得有点蹊跷，我感觉举报的人很可能是内部的人，而且关系很微妙。”

黄耀先点了点头：“我留点儿心，但最重要的还是保持稳定。”

周太白听建材堂弟详细地讲述了事情的来龙去脉，不由得倒吸了一口凉气。

他满面狐疑地望着建材："太突然了，这消息可靠吗？你是怎么得来的消息？为什么我们县长以上的干部都没有传达？"

建材舒舒服服地斜靠在沙发上，跷起了二郎腿，脸上露出了得意的微笑："你总说我是走江湖的，什么朋友都交，这不，第一手材料够及时吧！我估计明天就要开县长以上的干部会了。因为事件严重，市委绝不能让它产生连锁反应。"

建材答非所问，让周太白丈二和尚摸不着头脑。韩友涛那张一贯严肃的脸不时呈现在周太白的眼前，印象中的韩友涛高挑身材，清瘦而棱角分明的面相，一副墨镜在他那香水的挥洒下，给人一种庄重的感觉。在他身上你看不到焦急慌张的时候，火烧眉毛了他也是从容不迫。工作时间他总是一身深色西服，白色衬衫配上暗红色领带，从略显花白的头发到脚底下的黑皮鞋一尘不染，这和多数市领导随和简单的着装不大协调。他不开玩笑，还少言寡语，找不到一点幽默，给人一种刻板的感觉，但每个发言每个举措都严肃认真，好像都经过深思熟虑。韩友涛是S城市几大班子的元老，在S城一直是个举足轻重的人物，李学亮和刘可恩对他也十分尊敬。他二十多年一直在机关工作，主抓城市规划和经济建设，在市里说话很有分量。

周太白和韩友涛的交往并不多，他们俩工作性质不对口。真正的接触也就是因为碧水花园的项目。

碧水花园是商住两用的开发区，既有高低不同档次的住宅，也有豪华现代的商厦宾馆，主打的是S城市南溪经济支柱的服装制造和商业开发。这些年S城的旅游发展迅速，也成了这次开发的重点。这是S城改革开放后的第一个大型项目，关系到S城市的经济发展的南溪的形象。市委和市政府非常重视，专门组建了开发区领导班子，叫开发区管委会。当时的市委李书记亲自挂帅，市长刘可恩全面负责。具体的工作从规划到立项一直是韩友涛主抓的。最关键的是筹资，没钱是什么事也办不成的，韩友涛起了主要作用，他有办法，在省里也有人。

经过了艰苦的审批、融资等一系列紧张筹备，工程准备上马了，忽然从四面八方伸出了无数双手，像伸过来一个个勺子。从S城到省城，电话、条子、车子、通知接连不断，要项目，要投资，要推销，哪个都有关系，哪个都有来头。好像一夜之间S城成了香饽饽，到处都是热情的笑脸。用李书记的话说就是“焦头烂额啊，谁都推不开情面，谁都不能得罪，千载难逢的机会，好容易逮着唐僧了，谁不想夹块肉、喝口汤”。开发领导小组几番研究，就是把碧水花园大卸八块也分派不清，何况他们的胃口都不小呢！

最后李书记果断决定，反正是怎么也分不清，反正肯定要得罪一大批人，索性咱们就来个整体招标，得罪人得罪到底，谁有实力谁干。把所有条子都交给我，得罪人的事由我顶杠，反正工程完不了我就要退休了，没什么可怕的。韩友涛立即同意李书记的意见，并着手筹备招标的事。这个项目濒临罗龙河，规划就是依水造势。大部分占地在南溪镇，这件事也就牵扯到了县长周太白，也就产生了他和韩友涛的矛盾。

周太白初出茅庐，听领导一说让他也参加开发区工作，折腾了两宿没睡好觉，遇到这样极具挑战的机会，他情绪激昂跃跃欲试。但是他根本不知道水深水浅，只会意气用事。在一次研究招标的工作会上，周太白举手发言了：“南溪的改革开放和经济发展一直落后于周边地区，这次经济开发给了南溪难得的机遇，抓住了抓好了南溪也许就飞起来了。我想说的是借风使力，让南溪的本地企业更多地加入工程建设中来，给他们一个机会，给他们创造条件。按资质他们无论如何也竞争不过省级国资的大型企业，整体招标就一脚把他们踢开了，而他们又不是无所作为。适当地使用本地企业，对我们县、市的经济增长、培养人才、促进就业都大有好处。所以我希望优先考虑本地企业，考虑我们县的经济发展。”

周太白的发言得到了多数人的赞同，李书记也频频点头。很少发言的韩友涛却站出来表态了：“碧水花园的项目不仅是南溪发展的重点，也是S城也是省里的重点项目，我们必须确保工程质量，如期完成。这里不存在什么照顾情绪的问题，南溪的建筑公司没这个实力！他们最大的项目也就是6层的砖混楼，这一点我比谁都清楚。如果我们放下去，一旦出现问题我们谁来承担责任？要说优先的话，我倒觉得应该考虑市、省里的建筑公司，毕竟他们进行了融资，也有雄厚的资本，比如施工的能力、垫资的能力、专业素质。周县长的提议缺少大局观，不可取，李书记提出的公开招标是唯一恰当的办法。”

周太白马上表示：“我们自己的劳动力成本更低，更适合土木建设的简单劳动，比如三通一平，或者是土方市政绿化什么的。这块交给县属企业完全适合，而且能节约工程成本，何乐而不为呢？”

韩友涛接着说：“想象很好，就是有些幼稚。配套设施其实并不简单，很多技术比主体结构还复杂，而且和总体建设密不可分，哪个环节出了问题都要影响大局。这牵扯到责任问题、质量问题、进度问题，弄不好到处都是扯皮的事，我们有过这方面的教训。”

周太白又说：“大家都知道南溪的就业形势很不乐观，拆迁又让很多农民失去了土地。就地解决一些农民就业的问题不好吗？我看运作好了可以解决几千个就业机会。”

韩友涛说：“我们可以向承包单位要求推荐使用本地农民工，把这条写进合同文本，同样可以解决就业问题。周县长，碧水花园在你的地盘，大约该安排多少人就业统计个数给我，我会跟建筑商洽谈的。”

周太白说：“韩局，您领会错我的意思了。就业问题是整个南溪县，而且我们也不应该总给人家打下手。这次开发项目很大，正是我们南溪的机遇，本地企业参加竞争还可以锻炼队伍，也增加了我们的GDP和财政收入，当然利大于弊。”

韩友涛说：“一个项目只能起带动作用，不是万能良方。碧水花园还是示范工程，不是练手的地方。要说GDP，周县长，你外行了。整个项目不管谁干，都是S城的。”

周太白还提出了拆迁问题，民众情绪，将来的管理和维修，韩友涛一一否定了，末了，他没忘记加上一句：“我知道真正能够一争高下的本地企业就是你们的民丰公司，这家民营企业我是比较了解的。民丰公司起家就不光彩，为了弄到项目他们不择手段，把工程交给他们只能让资本家渔利。即使是一些协作项目也应该交给国资的S城市建筑公司，轮不到民丰，听说为了得到项目民丰已四方串联，拉关系托人情，无所不用其极，据说他也是下了本钱的。”

周太白满脸通红，他觉出了韩友涛话里有话，让大家怀疑他是民丰公司的代言人。但他面对众人的目光还是据理力争，他没什么私弊，所以没什么顾虑。“民丰公司是民营企业，我们的国资局不是也宣称要扶持民营企业吗？到了该扶持的时候为什么抽身而退呢？我对民丰公司也有些了解，他的几支建筑队用的大都是本县的无业人员和农民，至于谁赚了钱，那要看他们的标书和我们的标底。我们的拆迁征地大部分是农民的土地，我也是本地人，我们的土地是种金子的，不是别人随意发掘的金矿。”

听周县长说了重话，韩友涛没显出不满，而是语露锋机。“我们是对党负责，对国家负责，不是简单地为当地人代言，去争取民心。一个负责任的成熟的领导，是要考虑人民的长远利益和根本利益的。碧水花园的开发，已经是为南溪挖金子了，无论谁挖。”

周太白接着说：“但是我们的经济发展应该是国资、民企和个体的全面发展。就目前现状而言，如果在自由竞争的基础上不留任何余地，谁也摆脱不了国有企业的一家独大。”

韩友涛很有风度地停止了反驳，认真地审视眼前这个初出茅庐的年轻人。从来没人跟韩友涛这么急赤白脸地辩论过。客观地说，周太白还是很有能力的。他接任南溪的县长，是李书记的得力干将，但已经才华横溢锋芒毕露了。看来不可小视呀，还真得留有余地。他不失时机地笑了笑，缓解一下紧张的气氛。这不是在讨论嘛，怎么成了辩论会了？你看，大伙都看着咱们呢。他把目光转移到李书记的脸上。

李书记饶有兴味地听两个人你一言我一语地交锋,始终面带微笑不插一言。他看韩友涛把目光投向自己，才扭头和刘可恩市长小声交谈了几句，然后笑着说："好长时间听不到这么热烈的讨论了，说得很好嘛！这说明他们把心思都用到开发上了。不瞒大家说，这一老一小的发言各有所长，加起来正是我和刘市长探讨一致的意见，甚至还有新的启发呢。碧水花园是市和省的重点项目不假，在规划审批融资方面，我们也离不开省里的渠道，确实得到了他们的大力支持。要不然我们的碧水花园就是空中楼阁，到现在还躺在图纸上呢。就以综合实力来说，本地企业根本承担不了这么大的工程，他们的设备和技术力量达不到要求。所以我们公开招标也就是在省里的几家大型建筑公司之间进行筛选，从报名的情况看，也符合我们当初的判断。但这并不是说我们就无所作为。我们要站在南溪的具体角色上。有句话叫肥水不流外人田，好容易有点油水都交给省里，咱们还不挨骂呀！咱们就来个中庸之道吧。当然也要有理论根据，这就是我们的工作不仅要符合人民群众的长远利益和根本利益，还要实实在在地落实到人民群众的切身利益上！"

李书记向当时任市长的刘可恩努了努嘴，把咱们的设想跟大家汇报一下吧。

"好吧。"刘市长拉近了摆在会议桌上的规划图，说，"出让土地建商品房的那一块，马上就要开工了，我们的工作是和省一建公司积极配合，确保水电畅通。今天的会上我们就不讨论了，要说的是我们自主开发的中心商业区。根据李书记的意见，我们准备两步走，分批发包。对碧水花园的主体建设面向全省有实力的企业公开招标，确定两家顶多3家企业。这方面的工作我们已经做得差不多了，相关同志已经看到了标书。至于那些配套项目，将在南溪范围第二次招标，这些项目我们有实力，有能力，完全可以按期保质地完成。这也是我们没有把标书全部拿出来的原因。”

李书记插话：“就算是给我们南溪留下一杯羹吧！南溪要发展，必须留有一定的空间，我们在政策上就多些灵活性吧。”

周太白发现韩友涛用冷峻的眼神看了自己一眼，他肯定认为我事先和李书记商量好了，或者我的发言是李书记安排的。

刘市长接着说明了市政配套项目、三通一平项目、拆迁安置房建设、市政管道项目，是在南溪企业之间招标。但这是下次会议的内容，还要做好调研和准备工作。

会上确定了统一领导分工负责的安排。由韩友涛负责招标工作，周太白负责土地拆迁，建设局负责安排拆迁的安置，财政局负责划拨筹集启动资金。

临近会议结束的时候，李书记严肃地宣布了组织纪律，既要密切各部门之间的配合，又要加强组织监督，严防发生不正之风，杜绝腐败现象。有的地方一个工程搞上去，一批官员落下马，这已经成了严酷的教训。从一立项我就揪心，这么大的工程千万别闹出一批贪官来。S城不是真空，我们不是也查处了不少权利寻租的事吗？我希望在座的各位洁身自好，前程要紧，一定要记取前车之鉴，别把印把子变成手铐子。他特意叮嘱韩友涛，标的属于严格保密的文件，即使对省里的领导，对市委无关的人员，对自己的老婆孩子也绝不能泄密。知道多少人虎视眈眈吗？记住，你手里拿的是一把金钥匙，关系到整个开发区的成败。

韩友涛站直了身子，一脸的严肃：“请领导放心，我以党性和人格担保，绝不辜负领导的信任，绝不让发包的事出现任何纰漏。”

李书记也嘱咐周太白，拆迁是一件政策性灵活而又极其复杂的事情，关系到上千家农民和市民的切身利益，而且时间紧迫，你必须亲自出马责无旁贷。很多地方因为拆迁造成了恶劣的影响，甚至闹出了群体事件，还有出人命的，这样的例子可不少哇！这是必须避免的。再就是绝不能拖了整个工程的后腿，工期是没有商量的。拆迁户的工作肯定不好做，一定得多动脑子多跑腿儿，没有过细的工作是完不成的。

周太白像发誓似的举着拳头，保证完成市委交给的任务，一切出以公心，绝不谋私利，绝不发生恶性的群体事件。

“说得很好嘛！”李书记做了最后发言，“搞这样大规模的开发，这在S城还是首次，没有经验。所以我们要把所有问题尽量想在前面，尽量避免发生疏漏，产生矛盾。有了矛盾也不要紧，亮在桌面上讨论嘛！人人都要有大局意识，团结协作化解矛盾。”他笑呵呵地看了看韩友涛和周太白，“争论是不可避免的，大家之言总比一家之言好。争论都是为了工作，很正常嘛！都没有什么个人私利和个人恩怨，来，两个人拉拉手，为了将来的合作。”

周太白首先伸出了手和韩友涛握了一下，是礼貌，也是歉意。“韩局，咱们的目标是一致的，如果有不到的地方您别计较。”韩友涛终于有了一丝笑意：“周县长，你是开发的先行官，拜托你了，一定要尽快完成，否则就要拖了工程的后腿了。”虽然他们都表示了出以公心，但两个人针锋相对、唇枪舌剑还是留下了嫌隙，不是那么容易化解的。

事后，李书记找周太白单独谈话，首先肯定了他对开发区建设有见地的思维，是负责任的态度，表扬了他承担拆迁任务勇挑重担的精神，也严肃地批评了他对老同志不尊重的问题。有意见尽可以发表，但不能采用咄咄逼人的架势，尤其是对年高历久的老领导、老同志，必须保持谦虚谨慎的态度。韩友涛为开发区的建设立下了汗马功劳，一心要把碧水花园建成S城的形象工程。说到民丰建筑公司，谈到了周建材。这家民营企业近几年发展很快，规模已经超过了S城市所有老建筑公司。但是他们的竞争手段大多是金钱铺路暗箱操作，据反映有不少贿赂、回扣、利益分成什么的伎俩，相关部门已经注意到了。周建材总经理这个人非常有心计，商人的最终目标就是利益的最大化，无商不奸嘛。他的很多作为都是有商业目的的。你没有任何经商经验，又免不了要和他打交道，当心让他的花言巧语迷惑了。你心里要有杆秤，眼睛盯住了定盘星，处处留心，提高警惕，尤其不能跟他有什么经济往来，有时候失足就在不知不觉之间。这个人是很会观察人的，专门找你所需，投你所好。像你这样掌握实权的人，必须身子硬朗，有主心骨，任你千变万化，我有一定之规。

当时周太白跟周建材还没什么来往，只是在当教育局长的时候搞了一些教学楼改造，才接触到了周建材。民丰公司和市建筑公司各承包了一所教学楼工程，周建材把工程按时完成了，工期、质量都明显好于市建筑公司。完工交接的时候还给了周太白一个惊喜，捐赠了一个抗静电的化学教室的全套装修。这给他留下了好的印象，尤其是和市建筑公司一比，高低立见，发包单位不就是看结果吗？工程结束后他让人给民丰公司送了一面锦旗。

其实周建材要的就是跟市建筑公司对着干，为的就是叫周太白看，赔钱都没关系。他曾经多次想安排和周太白吃饭，提醒他说有什么需要帮忙的尽管说话。周太白都回绝了，仅在庆祝竣工的饭局上露了一面，喝了几杯酒就托词离开了。他不愿意搅进复杂的人际关系，同时也为了避嫌。

当韩友涛在市委工作会上话里话外地影射他时，他感到委屈，但人家也没挑明，辩解只能是越描越黑，周太白只能隐忍了。至于那些过激的话，韩友涛说得比周太白多。什么幼稚啊，什么争得民心呀，什么不懂GDP呀，不都是韩友涛说的吗？明摆着是对自己的蔑视，所有人都看出来了，李书记能不知道？

在后来的工程上两个人也发生了一些矛盾，有关于设计的，也有工程衔接的。韩友涛不再跟周太白面对面谈，出了事就找书记、市长，书记、市长再找周太白谈。这时候李学亮已经离退了，接任的是刘可恩。平衡被打破了，砝码一直偏向了韩友涛，这就加深了两个人的矛盾，看得出，他们俩都耿耿于怀。

不可思议的是两个人又同时成了五粮泉公司董事会总监候选人，韩友涛是周太白最强有力的对手。现在他听到韩友涛因为腐败而受到“双规”的消息，突然有了一种放松的感觉，一双虎视眈眈的眼睛暗淡无光了。他极力控制自己的情绪，不愿让建材看出来，幸灾乐祸似的。但初始的一阵轻松很快就烟消云散了，因为他想到了事情发生得如此突然，透着诡异，难道有一只背后的手在操纵吗？对手的突然消失，当然让自己的竞选掌握了先机，但也预示着竞选的道路上充满了变数。当心啊，我前面要走的路恐怕也不平坦呢！害人之心不可有，防人之心不可无，我可能真的嫩着呢。韩友涛那么认真严谨，那么老成持重，还是栽了跟头。他会栽在谁的手上呢？

周太白把疑惑的目光盯在了建材的脸上。

一个总监候选人，就在党委会即将召开之际，忽然揭出这么严重的问题难道是巧合？只有几个人才知道的事情才半天时间就传到了建材耳朵里，仅仅是江湖朋友就能做到？周太白重新审视自己的这位堂弟，莫不是建材导演了这出闹剧？他平时八方联络，消息灵通，工于心计，也有这个动机，周太白是很爱研究动机的。他知道建材是目前唯一可以深聊选举的人，是真心实意帮自己的，所以他没有表露心绪，只是谨慎地问：“你对这件事怎么看？”

“也许事出偶然，韩友涛露出了马脚；也许他得罪了什么人，让人给盯上了。来头还真不小，因为动这样的官儿没有特别硬的货，根本不可能。具体材料我不知道，但是肯定既准确又可靠。或许就该韩友涛出事，可能一生都要毁了。凭感觉，这事显得蹊跷，好像是经过精心策划了，找准了时机的。”

“你在里边没起什么作用吧？咱们可别掺和到里边去。”

“我就是有这个心也没这个胆儿呀！何况我们两个从来就敬而远之，互相提防呢！你知道我那时在工程结算的时候想跟他表示表示，反而让他给了我一个硬钉子，从此我们就再也没有说过话。管他呢，咱们心里没鬼，也犯不上替古人担忧。无论怎么说，对你也是个好消息。韩友涛本来就是你面前的一块绊脚石，他的退出，让复杂的局面简化了不少。”

“嗯，迟早要简化到最后一个人。”周太白相信了建材的话，主要竞争对手掉队了，自己闯进前三应该不成问题了。他感觉心里宽敞了不少。现在要正确判断形势的话，李东生的势力反而强大了。市委书记刘可恩是李东生的老上级，而且一直关系不错，来往频繁。但李东生有些坏毛病，也许是因为干公安时间太长了，身上老有一种匪气。尤其是这两年S城的治安搞得并不怎么样，出现了几档子群体事件，虽说都与公安局无关，但措施不力是明显的。李东生在党委会上的提名完全是根据市组织部的提议，反响并不热烈。所以没有太大的竞争力，关键在于市委和省委怎么摆正关系，也要看李东生的能量。

周太白的欲望又升了起来了，这得感谢建材，甚至韩友涛。想到韩友涛就想到了举报信，简化的局面和复杂的内幕交织在一起，周太白忽然心头一悸。

韩友涛下马受益的除了自己，还有李东生和发改委主任。都有这个能力，有这个动机。发改委主任手底下有人，但他在上层没那么深的关系。李东生就不同了，哪个层面上都离不开他，而且他手下的兵精明强干，还有调查取证的权利，为了把他推上去使使手段在所难免。或许是被其他案件牵了出来呢？建材说他手里还有社会上一帮黑头一样的眼线，弄些个情报也不是不可能。真要是这样，那就复杂多变了。

“这个举报人也太精明了，下手真说得上稳准狠！能把韩友涛这样的大人物拉下来，能力不小啊。”周太白似有所指。

建材两手一摊，做出了无辜的姿势。“我也猜不透这个谜。但绝不是我做的，我没那个能耐。韩友涛是个精明的人，处事谨慎，谁也联想不到他会贪，真要是有问题也不会小。那幕后的人也许跟选举有关联，那一定是个重量级人物。”

周太白坐回了自己的沙发上，解开衣领，掏出了兜里的半盒烟。

形势突变，周太白边刚刚放下的心又提了起来。市委对韩友涛采取行动绝不会是无的放矢，但发生在这个节骨眼上说明了什么？难道没有政治目的？他连打了几次打火机也没点着，建材立刻欠身给他点上。如果是利用这种卑劣的手段打压对手，可谓是恶毒至极。周太白是学历史的，对历史上政治的争斗了然于心。著名的例子是玄武门之变，李世民为了皇位杀了两个兄弟，囚禁了父亲，数百人陈尸宫闱，手段残忍至极。明成祖朱棣也是利用宫廷政变夺去了大权。明代宗为了维护自己的皇位，竟然把他的父皇软禁起来。康熙皇帝身后，他几个儿子的皇位之争更是异常惨烈。现代史上这样的例子也是层出不穷，没想到一个小小的S城，一个省委的派驻机构总监之争，也这样惨烈！兔死狐悲啊，周太白想到了自己。我也是炙手可热的候选人，不也是别人的绊脚石吗？能把韩友涛拉下马，拉他还不是轻而易举？说不定这时候就有人在折腾他的履历整理他的材料呢。自己在南溪干了十多年，要说没缺点错误是不可能的，不经意间的事务也可能给别人抓住辫子。看来卷进政治旋涡也不是那么好玩的。娟子说得好啊，把自己推到风口浪尖上，其实挺没意思的。

周太白刚刚复燃的雄心像遇到了强冷空气，又要打退堂鼓了。我现在要是成了别人的靶子，深挖隐私，被人剥得赤条条的该是什么样啊！欲加之罪，何患无辞？甚至谣言都能起作用。人心险恶呀，真应了建材的那句话，官场上比商场上还江湖呢。我有这种心理准备吗？

建材仰头靠在沙发上眯缝着眼睛，看着周太白的样子。他也在分析局势，韩友涛落马，周太白高兴不起来，看来他要动摇了，他被背后那个神秘力量震慑住了。兔死狐悲反而让他失去了往日的锐气，这就是知识分子的软骨病，患得患失呀。

建材为这次总监选举很动了一番脑筋，他对周太白极力助选是经过深思熟虑的。五粮泉董事总监主抓S城市的经济建设，权力很大，直接关系自己在S城的发展。但在自己的关系网里还没有这样一位尊贵权重的关键人物，他拉拢过刘书记，但他总是若即若离，打哈哈行，掏不出一句真话。韩友涛就更不行了，一句话也说不进去。这让自己的发展经常受到阻碍，往往是努力投资了不少却功亏一篑，白忙活了。碧水花园就是明显的例子，他没少花钱费力地打通环节，光吃饭喝酒就花了一大笔银子，最后还是碰了钉子。要不是周太白据理力争，他的民丰公司只能眼巴巴地看着别人把碗里的肉夹走。这次总监的选举给了他机会，机不可失，一定得提前布局抢占先机。

他仔细地分析了形势，掂量可能的候选人。他早已估计到韩友涛最有可能当选，但这是他最不愿意看到的。韩友涛对建材早有成见，因为市建筑公司归他管，建材抢了他们几个挺肥的工程，弄得市建筑公司很不景气。韩友涛要是掌握了经济开发的大权，建材在S城的发展真的没什么可混的了。要是韩友涛掌了权，别说政府投资的项目得不到，就是其他局处的项目，谁不看总监的脸色行事？

能和韩友涛抗衡的只有周太白，最好也是周太白。首先周太白对自己有恩，关键时刻拉了自己一把，支持他于情于理。再就是两个人关系不错，他现在还年轻，可以看成是长期投资，将来也好利用。在建材眼里，周太白将来可能是个政治人物，但不是经营人才。他没什么经济头脑，将来做起事来更方便。关键是周太白有被选上的可能，其他几位也就是个陪衬。他才学业绩都很突出，在老百姓里的口碑也不错。尤其是他了解到周太白和娟子的关系，就更有信心了。

党委成员，建材是动用了一切可动用的关系，极力推荐了周太白，把他说成是S城的一颗新星，年轻有为，前途远大。对几位有影响的人物反复游说，也拐弯抹角地给其他候选人施压，建材真的是竭尽全力了。他最担心的就是周太白，关键时刻别掉链子。

见周太白沉默不语，他试探地问："怎么，在想自己有什么把柄在别人手里吗？是不是担心自己总监没当上反而把县长的位子弄丢了？你如果自己审计都不过关，就干脆打消了总监竞选的念头，现在还来得及。只是可惜了你这么多年的努力，可惜了李书记多年的栽培。"

"胡说，我有什么问题？"周太白抬起了脑袋。"这些年我兢兢业业的，从教育局的副科长到南溪县的县长，一步一个脚印走过来的！我在S城，无论是开展素质教育还是反腐倡廉，无论是市政管理还是基础建设，哪一项不是过得硬的成绩？这也是领导肯定老百姓有目共睹的啊！我没为自己捞什么好处，没谋求个人私利，也没什么把柄让别人攥着，这你是清楚的。真要是实实在在地审计的话，他们能够审计出一个廉洁奉公、勤政爱民的模范县长！”

“这倒是的，你还有什么可忧心忡忡的？”见激将法有了效果，建材继续攻心，“韩友涛被‘双规’是他罪有应得，今天不出事当上了总监再揭露出问题来，那不是给全市人民脸上抹黑？所以及时地解决了内部隐藏的问题，对党、对政府、对S城人民都是一件大好事。他退出总监竞争已经成为事实，既不是冤枉了他也不是咱们设的套，咱们没必要多想。”

“我是想，就算我没有心病，我光明正大，你想想看，让我赤条条地站在台子上，让大家观察，让别人议论是什么滋味！”

“别说是竞选了，就是真的当上了总监，不也把自己放到公众面前，任人评说吗？他们的对手拿着放大镜看人，放在光谱仪上分析，你看着滑稽吧？他们还往前冲呢！我真闹不懂，他们个个身家千万，干吗非往总统的位子上挤呀？后来明白了，他们要出人头地光宗耀祖，要用自己的心思改造社会，用你的话说叫作抱负吧？要成就大事业就要有这个勇气，没有这个志气还谈什么竞选总监！如果你现在临阵脱逃的话，那正是授人以柄。没毛病也是有毛病，没是没非的你心虚什么！”

几句话说得周太白激情澎湃起来。他站起身来，在客厅里来回地踱步。是啊，韩友涛被“双规”了，我不安什么？这不是无事生非吗？他想起了爸妈含辛茹苦省吃俭用供他上大学，就是要让他出人头地，为国家、为人民做些有益的事。他拒绝了大城市的诱惑毅然回到了南溪，为的也是在家乡父老面前开创一番事业。一路走过来，虽然也遇了些坎坷，但是天道酬勤，取得了不错的成绩，也得到了上下的认可。施展才华实现抱负已经成了他生命中的一部分，现在机遇就摆在面前，有什么可退缩的呢？

“成者王侯败者寇，你多清高老百姓不管。他们认你的能力，更认你的权力。没权力能干什么事？我就不信你能俯首帖耳地让那些庸官摆布。”

“那当然。如果我能当选了总监，我是会让人们看看什么叫科学管理，什么是和谐社会。以S城的环境和状况，完全可以将五粮泉公司和S城配套发展成现代城市、宜居城市，完全应该走在四川各市的前头！”

建材拍了两声巴掌：“这才是你应该有的气魄，我刚才还以为你蔫了呢。”

建材冷眼旁观，唯恐他再入歧途，赶紧适时地加一把火。见周太白又挺起了胸脯，建材于是赶紧岔开了话题：“最近见到娟子了吗？她对你的竞选是什么态度？”

“没见，因为她觉得现在过往太密没什么好处。也许是刘书记的意思吧，让别人看到了恐怕会生出是非。”

“这么说，她是支持你竞选总监的了？要不干吗要回避呢？这可是一张非常有利的牌，也是最为关键的一张牌。谁也不能忽视刘可恩这一票……”

建材还要继续分析下去，周太白打断了他的话。到底是商人，看问题就是这么浅薄。他不会理解娟子的心情，不是人人都把权力利益看成最重要的。他语音里带出些许轻蔑：“娟子一直尊重我的选择，也不会让她爸爸帮助我。她认为人生的意义绝不在于功利，应该实现自我，贡献社会和他人这就足够了。要坦然面对现实，用之则显，舍之则藏。不能用裙带关系或者旁门左道达到个人目的，让人在背后指指点点的好吗？更甭说耍阴谋诡计了，不但官儿当不上，连人格都没了。”

建材哈哈大笑：“这些话我在报纸上看见过，小学老师也讲过。多崇高伟大啊，我快要被感动了！但是娟子可以这么说，我鼓掌，你要是也这么认为不觉得太迂腐了吗？你有学历、有能力、有回报社会的愿望，可怎么去实现呢？班主任可以教育好一班人，校长就可以影响一群人，区长能够服务一区人，市长就能带领全市人！请问怎么才能更好地实现你的价值呢？你完全可以建立一个美满的家庭，娇妻爱子，衣食无忧。在庸庸碌碌中卿卿我我，但这是对他人负责任吗？是对社会负责任吗？这是你的初衷、你的目标吗？再说了，你的仕途能和娟子无关吗？撇得那么清，太假了吧？既然没关联，刘书记让娟子回避什么！刘可恩的这一票，用得着他自己投吗？有他的影子就足够了。只要你关键时刻别掉链子，想你自个的事就成了。”

几句话勾起了周太白多年的期盼，也平添了许多豪气。“我从来也不甘心平庸。我是要凭自己的真才实学去竞争，去实现，绝不用下流的手段和暧昧的关系获取不正当的利益。别说是S城五粮泉公司的总监，就是省长、部长也不行！”

“说得好啊！你要是没有真才实学，鬼才跟你瞎忙活。”建材一直认为娟子能拉周太白一把，毕竟是自己的情人呀。所以他才忙不迭地给他找来那块翡翠如意玉，这是送给他当敲门砖的。谁料到他们俩根本不领情，只顾玩不中用的小资情调了。陶然茶社周太白顶了他一回，他认为是故作清高，今天还是这番高论，看来良苦用心是白费了。周太白呀周太白，你怎么就不现实点儿呢？不过事已至此，也没必要再跟他咬文嚼字费口舌了，该转入正题了：“刘可恩这张牌可以不打，韩友涛的事你也别往里掺和，静观其变。但起码要考虑一下自身有什么毛病，包括你的经历，别掉到别人设的陷阱里。”

周太白坦荡地说：“我自己的事经得住考察，没什么可操心的，苍蝇不叮没缝的蛋。如果真有人翻出我有烂脏事，我不仅要退出竞选，连县长我也不干了。要说隐忧，我倒是有一事不明，今天一定要请教。那块翡翠如意玉究竟是怎么来的？”

建材似乎早有准备，不慌不忙地打开了皮包，从一个笔记本里拿出了一张字据：“我原来想让你耳根清净，少操点闲心，别在意鸡毛蒜皮的小事，所以没跟你细说。现在看来不让你过目你是踏实不下来了。看吧，有假没有？”

周建材拿起字据。这是一张稿纸，上面的字迹非常工整清晰：今收到现金

8万元人民币，范曾字画一幅。愿以家传一块翡翠如意玉相酬，立据为证。梁志文，下面的日期正是建材给他那块翡翠如意玉的当天。

周太白长吁了一口气，但还不放心，问建材："你是怎么搞到手的？别不是不择手段吧？梁教授很在意他的家传宝物啊！"

建材讲了事情的经过。他听了周太白要为娟子挑选情人节礼物以后，立刻想到了梁教授家的那块翡翠如意玉，既珍贵，又不俗，还有象征意义。凑巧黑头正是梁教授的外甥，更巧的是梁教授为生病的老伴看病缺钱而一筹莫展。建材听说了正中下怀，就主动出手解决了8万多块的医药费，还联系了北京的熟人帮着安排医院和住处。梁志文很感动，再三要请建材吃饭，建材惦记的是那块翡翠如意玉，假意推辞了一下就过去了。聊天中梁教授谈到了当时情急之中准备出手那块翡翠如意玉，多好的物件也是摆设，救人要紧。他亲自到成都找人鉴定，6万到8万不等，思来想去舍不得，还是拿回来了。建材赶紧接过话茬，说有个朋友专门收藏古玩玉器，看好的东西可以出高价收买。黑头怕夜长梦多，就提出干脆按最高价收买下了，舅舅也解了燃眉之急，他欠了那么多外账，靠退休工资哪辈子能还上啊？梁志文尽管舍不得，但犹豫再三还是答应了。建材也很爽快，按三家珠宝店鉴定价格的最高价收购，还坚决要赠送一幅收藏了多年的虎画。老先生鉴别了人物画确是范曾的真品，非常高兴地写下了字据。黑头当时穿针引线没少忙活，成交后又揣着那块翡翠如意玉赶到省里进行鉴定，不仅是真品，而且当时的定价已经不下18万了！所以有酒楼请客建材让周太白赏识夸奖黑头的话茬。

周太白至此心结顿解，从心底感谢建材的仗义，做事周全。他原来为碧水花园项目据理力争，并不是为了建材，但最后受益的是建材。他也没希望建材回报，即使拿过了那块翡翠如意玉也没多想它的价值，只是到了竞选的关键时刻才引起注意。建材告诉他值8万块，他的心就踏实下来了，以自己的能力8万块不成问题，也就一两年的事。可喜的是心想事成，娟子见了欣喜若狂，高兴地搂着他脖子亲了一口。周太白也很兴奋，看来我和娟子果然是天作之合！

“但让黑头知道总不大好，将来难免留下话柄。”

“黑头知道个屁，我跟他说的是那个古玩商是你大学一同学的爸爸，你办事纯属为人帮忙，连娟子的面都没见过。”

一块石头落了地，周太白放心了。“但是钱一定要给的，我周太白绝不在钱上栽跟头。你把字据收好了，这8万块钱我分两年还，因为这牵涉到我的个人感情。你也知道我是从来不收任何人的任何礼物的，咱们俩之间也是如此。”

“好吧，钱不着急，三五年没关系。但愿它能给你带来好运，算是我对你的意思吧。”

“我也真佩服你的心眼，办事想得周密。在人际关系上我的确没有经验，你还要在各个方面多提醒我，我的脑子有时候发木。”

“每临大事有魄力，不能老是瞻前顾后的。认定了的事就抓紧干，有道是机不可失，时不再来，即使没有必胜的把握，也要大胆地去拼一拼。至于人际关系嘛，那不是三天两天的事，我肯定尽心竭力，我这方面出不了岔子。”建材跟了一句。

周太白随手整理了一下衣服，回头又瞄了桌子上的字据一眼，重新打起精神迈着大步离开了。建材欠了欠身子也没往出送，看着他的背影会心地笑了。别不是扶不起来的阿斗吧？一惊一乍的没个沉稳劲儿。幸亏今晚见了他一面，否则，恐怕前功尽弃了。建材重新坐到沙发上，一手托腮，一手轻轻地敲了敲沙发。其实建材得到的消息既可靠也很简单，刘书记的司机，是他开车把韩友涛拉走的。他也是S城人，跟建材很熟，因韩友涛和建材一直合不来，就急忙将这好消息告诉了建材。建材很惊讶也很兴奋，立马又告诉了周太白。但他不能告诉周太白消息的来源，自己的底牌还是攥在自己手里最踏实。

让建材不解的是韩友涛的事太过突然。是谁在关键时刻掀翻了韩友涛这条大船呢？这要有准确的情报、精干的人才、缜密的安排，拿捏得恰到好处的时机，这里的城府够深的啊！难道是他？李东生？

建材和李东生很熟，公安机关的几个建筑工程都是民丰公司干的，李东生家里的装修也是建材做的，别出心裁的设计让李东生很高兴。李东生在熟人面前显得大大咧咧，喝酒打牌无拘无束，建材是常客。但他也感到李东生外表敦实内心机警，是所谓的外糙里不糙，真想看到他心里去绝无可能。

当建材知道李东生也是总监候选人的时候，嘻嘻哈哈地祝他官运亨通，心想事成啊。李东生却毫不介意地说，搞什么搞，我是总监的料吗？得掂量掂量自个儿的分量！别看有人抬举我，人贵有自知之明，什么心想事成，我想了吗？

可不能这么说。在S城，论人脉，你是个知名人物；论职位，你是个实力人物，论年头，你还是老资格呢！辛辛苦苦20多年，混个总监还不应该吗？

老弟别拿我打岔行不行？我现在还不够滋润吗？真到了总监职位上能比现在强多少？看看现在这几个候选人，管财政的、国资局的、发改委的，有后台、有知识、有文凭的，县长、市长的都不去争，我往哪摆？

怎么这么没信心呢？要论树大根深，恐怕谁也不敢跟你比。刘书记不就对你很重视吗？他投了票谁不给面子？

这倒是真的，老领导嘛，关键时刻肯定要说话。但你也别当真，一个是山高皇帝远，绝对不保险；一个是我自己的心气本不高，上去怕烤焦。加起来就是没戏！你看有些人表面上挺风光，其实都是后面的力量推的，各有各的心思，各有各的利益，正是人在江湖身不由己。我追那个虚名干什么？以后咱们见面别提这个行不？

建材是有意试探，李东生是半真半假。总体的印象是他当选的概率不高。

这次接触让建材打消了脚踩两只船的念头，把心思全都用到了周太白身上。毕竟他是个年轻人，前途远大，比较了解也容易把脉，将来是用得着的。李东生就在这个位子上对自己有什么不好呢？

韩友涛的事出来以后，情况发生了变化，建材就想到了李东生。毕竟总监的位子是很诱人的，李东生淡若秋风的态度是不是言不由衷呢？如果韩友涛的事由李东生制造，那风向就全变了，就该想新的对策了。

周太白呀周太白，你还别端架子，就算参选，知道前边还有多少障碍多少陷阱吗？真正的门槛还没过呢！

建材坐不住了，不行，我得把情况摸清。他抄起了电话，首先想到的是经侦大队的队长老郭。

“老郭吗？好几天没见了，忙什么呢？”

“没什么，都是老一套。你还欠我一顿酒呢！”

“你还有心思喝酒？不知道最近都在忙吗？”

“不就是党委会要开了吗？关我屁事，安保是治保处的事。”

“都在一个局里，还分什么彼此？”

“各负其责，都是听差李局。党委会还没开，他们就要停休了。我真怕他们拉上我，没个清闲。”

“那你就找点事干，你们现在没什么大案子吧？个个养得膘肥肚圆的。”建材放出了气球。

“还是运输公司那个窝案，快结案了，是不是又托了人情啦？”

“我有笔款还没结回来，你能不能拖几天？”

“够呛，上边催得挺紧。我查了，这个案子里倒没有你，奇了怪了。”

“缺德吧你，拿我当什么人了！当心我揭你的伤疤。”

“那你干吗关心我们的案子？是不是又想当说客了？”

“我管不了那么宽。想约你们聚聚，不知有没有时间？还是上次的几位，你约约看，我有的是时间。”

“要是没别的事，喝酒没问题，白吃白喝谁不去？”

挂了电话，建材不解了，看来他们还没得到韩友涛的消息。如果是李东生作局的话，肯定会动用经侦处的人。老郭和刑侦队长王毅是李东生的哼哈二将，也是S城公安局的两根顶梁柱，李东生重要的事儿一般不瞒他俩。老郭要是知道也不会瞒我，除了极其私密的事。以往很多事情都是老郭点的，绝对是自己人。

他又给S城的反贪局、检察院的几个朋友打了电话，探探口风。返回来的消息是不知情，还蒙在鼓里呢。

越是扑朔迷离，越是牵动神经，建材越是为周太白担忧。

建材比周太白小6岁，是个聪明人。但他学习不成，心眼没往学习上用，严格地说，连中专都该算肄业。中专毕业后他跟老乡合伙搞了几年建材生意，纯属皮包公司，倒钢材、倒水泥、倒木材，什么挣钱干什么。钱挣了不少，但最让建材受益的是见了世面。越是皮包公司越要有好嘴皮子，越得有贼心眼。几个人合伙倒腾买卖，赚了些钱也闹了纠纷，不断地分道扬镳，然后又重新组合。后来建材觉得这不是长久之计，挣钱不少风险也不小，买卖不就是倒腾吗？索性租个门市自己干吧，办个执照光明正大了，也给客人点儿信任度。后来他投资开了家建筑装修公司和一家酒业股份公司。

有两个定律他笃信不疑，支配着他一生的言行。首先他认为要想挣大钱靠出力气是不行的，得有脑子。谁见过凭干活干出个百万富翁？好厨子就能开饭馆？好手艺就能当老板？要挣大钱必须有心计，用脑子挣钱，让别人为你挣钱，那才是发家之道。他搞建筑从来不自己干，而是绞尽脑汁拿到活源，然后承包出去。他先是在预算上谋划，后是在材料商那抠钱，最后在承包人手里提成，有利润没风险，也不用出力。做预算很有学问，先把价钱压到最低，让别人没法拿下来，活儿就是自己的了。真到了施工的时候才发现漏洞百出，很多地方没算进去，算进去的大都是质次价低，客户也不大满意。他就拉着客户满处参观，要想装好只能改变预算，这就让他赚钱了。建材还有一招是给客户送东西，还不是请客送礼那么俗。拣人家想不到的送，比如用旧料做个茶几呀，把剩料装在阳台呀，或者把人家的旧家具翻翻新。自己挣钱还要客户满意，离不开算计。当然，这还得看人，黑头就不一样了，这几年黑头也开了好几家公司挂靠在自己公司名下。

再一个，他认为人际关系是重中之重。权力是人掌握的，机遇是人给的，规则是人定的，没有人什么事也办不成。别看法律法规都在那明摆着，关键的时候一句话就能绕过去。即使真的违规犯法，情节轻重危害大小量刑尺度不都是人解释的吗？

都说人熟是一宝，他说人脉是资源，而且是最宝贵的资源，是长期投资，很多工程都是靠他们找来的。所以凡是他能想到的关系，只要有一技之长，都纳入自己的经营范围。他有好几个记事本，把亲朋好友同学同事业务伙伴的姓名住址联系方式都记下来。连熟人能利用的社会关系也记下来，还分门别类！当然现在移植到了电脑里。这些关系让他如鱼得水，船借风力，成就了他的事业，赚来了大笔财富。

关系网越来越大，买卖越做越精，而且不断地更新，以致后来工程也越来越大，项目越来越多，家装进化成了城建，他建立的S城的第一家民营企业S城民丰建筑公司和S城五粮泉翠屏酒业有限公司。当然经营还是以人为本，由他打通环节，拿到项目，再交给各分包队。这就是他所说的，让别人为你挣钱。建材在S城好像张开了一张庞大的蜘蛛网，他就是趴在网上等待猎物的蜘蛛。

他深谙利益均沾等价交换的原则，不吃独食不绝情，有钱大家赚。比如有人给他找来活源，他也帮人家联系卖服装，一个建筑工程干完了，客户的家里也装饰一新。所以既有好的人脉也留下了后劲。

但是哪个人也不是万能的，碧水花园是S城的第一个重大项目，尽管建材使出了浑身解数，但还是没有拿到。他竞争不过财大气粗的省级建筑公司，也惹不起有根有底的上方大员，还因为他网不住开发区管委会。竟然在家门口他的关系网中丢掉了势在必得的工程，让建材臊得没脸见人，跟霜打了似的。有人说为工程他没少花钱，亏大了。了解他的人知道，他是怕栽了面，丢了人气儿，将来怎么在S城混？所以，他才有了挂靠大的品牌企业。

想当初，碧水花园的项目，关键时刻是周太白力排众议，硬是把水电等市政管网项目分离了出来。S城的招标就简单了，民丰公司最有实力，7栋拆迁还建楼他拿下了4栋，等于把项目直接交给了建材。有人说周太白是虎口拔牙，为S城南溪人干了一件好事；也有人怀疑周太白拿了好处，必然要为建材出头。那时候周太白和建材不过认识而已，只知是远房的同姓而已，没有很深的私交，他想的是要扶持本地的民营企业，促进就业，占用了自家人的土地，自己来干顺理成章。实惠让建材得了，议论也就多了，纪委也曾接了举报私下调查，让人不解的是他和建材毫无瓜葛，吃了几次饭而已，调查无果而终。风言风语也传到建材耳朵里，建材心知肚明，周太白把我救了，也别给他找事儿。他从心里感激，绝不能让周太白栽面，所以必须干出点实际的来，要让别人意想不到，要让周太白理直气壮。

让周太白欣赏的是建材在工程上的作为，他不吃独食。建材接了工程就把手下的几支队伍整合一番，贴出了告示：凡是拆迁户没有就业的，都可以安排进民丰公司，待遇和原有员工一样。一下子就招了300多人，还有十几个干不了体力活的，安排值夜和烧茶炉的活。这次工程比较集中，他也需要大批的劳动力。这招儿在S城电视台上播出了，建材受到好评也取得了广告效应。

建材还把一些小项目像挖槽、土方什么的，分包给等米下锅的小工程队。自己实在忙不过来，倒不如分出一块，自己赚点管理费还让别人欠下人情。这间接地让周太白赢得了喝彩，是他首先主张尽量使用本地企业的。连刘可恩都在会上表扬了周太白，说他当初的设想得到了验证，通过开发，首先盘活的是自己的队伍。

建材的特点是主意多，关系多，手段灵活。这在拆迁工程上起到了关键作用，他腾出了库房让拆迁办当周转房用，派出货车帮拆迁户搬家，只收必要的人工汽油成本。这直接地帮了周太白的忙，他们俩接触频繁了，说话随便了，感情也建立了。

不到两年的时间两个人交往甚密，建材知道周太白需要什么。送酒送烟送钱等于白搭，闹不好还引来反感。周太白最需要的是献计献策，尤其是别出心裁的怪招儿，这也是建材擅长的。他走南闯北地遇了不少人见了不少事，哪是出了学校门就进了教育局和才做几天的县长周太白能比的？他讲的故事出的主意周太白连听都没听说过。一来二去，周太白遇到难事真想听听建材的意见。赶上周太白妻子新丧孤家寡人，很想找个贴己的人说说心里话，这正中了建材下怀。关于和娟子的交往，也是周太白憋不住自己主动说起来的。私房话说到这份儿上，两个人的关系就发生了质的变化。而建材自己追求的是利益，得到的是支持，他知道权力对利益意味着什么。

紧锣密鼓的党委会，建材闻到了诱人的香味。如果周太白再进一步，那自己不就是如鱼得水吗？在建材的关系网上三教九流都有，各级的官员也基本打通，缺少的是一言九鼎的中心支柱。市委、市政府领导班子调整，给了他难得的机会。他了解周太白十年来的业绩，知道他在S城的口碑，知道他是原市委书记李学亮的爱将，更知道他跟娟子的关系。从长计议，这是近在眼前的金矿！所以他以工商联的身份、各界深厚的人脉，千方百计地推动周太白参加总监竞选。

现在S城竟然出现这么有来头的事，连自己也被蒙在鼓里，建材不甘心也不踏实。他对韩友涛落马毫不关心，甚至想到天助我也，他担心的是周太白会不会也上了人家的黑名单。他看了看腕上的手表，午夜11点了，明天吧，明天一定要弄个水落石出！

天上下起了稀稀拉拉的小雨，闪电好像离得很远，没什么声息。周太白推开窗户看了看，多好的雨啊，来得正是时候。一阵凉爽的风吹进来，他哆嗦了一下，正要关严窗户，手机响了，是娟子。他回头看了看挂钟，刚好12点。娟子显得挺轻松，没把老太太和你儿子吵醒吧？说她现在正全力争取爸妈的同意，软磨硬泡，过些时候就好了。他知道娟子使的都是小孩子的把戏，在家里由着性地反，然后是撒娇。肖南心有点软了，刘可恩根本不往心里去。他安慰娟子，别太着急，尤其是现在。娟子问他竞选的事进展得怎么样了，周太白故作轻松，谋事在人成事在天，一颗红心两种准备，没必要霸王硬上弓。现在的情况不是也很好嘛！我更关心的是你的好消息。引得娟子挺高兴的，人就是要活得潇洒些嘛！别活得太累。干吗非得钻牛角尖？真当了总监可能更没好日子过，我爸爸就是榜样，一个月能在家里待几天？

一大早市党委秘书处就打来电话，下午3点召开党委会，叮嘱他一定要准时出席啊，非常重要。周太白心里有数，建材已经给他交底了，但千万不能说给别人。他把下午的工作压缩了一下，看看时间差不多了，告诉司机会不知要开到什么时候，不用接送了，要过来车钥匙就自己开着捷达赶过来了。

市委门前的16级台阶，周太白可能走了有上万趟。开始拘谨得像朝圣，现在已经如同回家了。一夜的小雨让太阳一烤，烟气蒸腾得让人感到闷热。他掏出手纸想擦擦汗，忽然听到后面有人叫他，就用左手遮挡着午后的阳光，眯着眼睛细看，原来是李东生从后面赶过来。

李东生没穿往日的警服，而是敞穿着深蓝色的西服，紫色的领带在胸前松松垮垮地系着，一甩一甩的倒像少先队员的红领巾。锃亮的黑皮鞋咔咔带响，手里拎着个黑皮包，还是那种无所顾忌的样子，却显得挺潇洒。他这个穿戴在旁人眼里真是少见，他一直是个不讲究衣着的人，印象里正式场合总是一身警服，私下里不是夹克就是T恤。他紧走两步赶上周太白，热情地招呼：“周县长，好久没见了，红光满面的，吉祥如意啊！你可是越来越精神啦！”

“哪里哪里，谁敢跟局长大人比呀！我一直以为你精神是警服衬着，原来西装更显得潇洒，更出众。市委会嘛，是得庄重点。”周太白停下了脚步等李东生跟上来，也语带双关，他对“吉祥如意”4个字有点敏感，难道是在点穴吗？

“我是刚从外地赶回来，没来得及换行头。咱们别互相吹捧了，谁不了解谁呀？论年纪我比你大一轮还拐弯儿，想精神，精神得起来吗？夹着尾巴做人喽。现在想起来还是年轻好，将来大有希望。”

“我倒是没想希望，把现在过好了比什么都强。知道今天开什么会吗？”

“应该是部署党委新工作的事吧？具体的我也不清楚，反正不是地震，既来之，则安之吧。”两个人边走边聊，差5分就到3点，前后脚进了2楼会议室，这才发现气氛不太正常。

市委会议室显得比往日严肃。椭圆形的会议桌上前端坐着几大常委，刘可恩坐在正中，两边是副书记和市长。原来开会前都是一阵嘻嘻哈哈，插科打诨，直到他们到场才慢慢地安静下来。今天几位最高领导破例提前来了，而且正襟危坐，所以给会议带来了庄重紧张的气氛。周太白扫了会场一眼，8个委员来了7个，都是政协主席发改委主任秘书长黄耀先，以及重要局委的头面人物，周太白是唯一年龄最轻职务最低的。韩友涛没到，也没人打听。他也没跟谁打招呼，赶紧找了个犄角坐下来，还往后拉了拉椅子。

看看人到齐了，刘可恩干咳了两声，副书记：“咱们开会吧。”

副书记点了点头：“现在开会。今天的市党委会主要两个议题。一是通报市纪委关于对韩友涛同志隔离审查的决定，同时部署在我市主要部门进行反腐倡廉教育和检查工作。二是研究决定党组会的一些具体问题。下面我宣读市委通知。他打开文件夹，从里面拿出了一张纸，郑重其事地宣读：经举报查证，S城国资局局长、市规划局长（兼）韩友涛同志在城建工作中利用职务之便收受贿赂，为他人谋取利益，并存在严重的违纪违法行为，决定即日起对其进行隔离审查。”

通知简单明了，例行公文。会场上没有任何声音，也没什么反应。

刘可恩四处巡视了一下，用手轻轻敲了敲桌子：“相信有些同志已经听说了，上级党组织对韩友涛实行了“双规”，这是S城近年来少有的大案要案。一个受党多年培养的局级干部，就在我们的眼皮底下抓钱抓房，贪污腐败，真让人寒心呀。”刘可恩接着比较详细地介绍了案情，对市里主要管理层出现如此大案表示震惊，要求各级政府引以为戒，严格自查自纠党风廉政建设中存在的问题。开这样的会刘可恩既没有草稿也不用列提纲，他对身边的人面前的事太熟悉了，想到哪说到哪，也没人打断他。

“事实说明，摆在我们面前的反腐倡廉工作十分严峻。韩友涛同志算是久经考验了吧，50岁的人喽，在金钱的诱惑下依然晚节不保，害了自己也害了家人。从目前掌握的材料上看，他的问题就发生在这两三年的时间，让人痛心也让人惋惜呀。我们在座的都是掌握实权的人物，该不该反思一下呢？我们不宣传三堂会审，但在个人利益钱色诱惑面前应不应该扪心自问？我希望大家通过这个案例一定要好好想想，引以为戒，吸取前车之鉴。”刘可恩声音沉重，语速很快，两眼不时地扫视会场，他希望看到大家的反响，然而寂静无声，人人都板着面孔。

末了，谈到了这次突发事件没有任何先兆，让市委措手不及，不禁感慨起来：“举报人已越级向省委反映，说明他对我们市委相当不信任。这也不奇怪，我们也确实没有做好自己的工作，我们一直像功臣一样对待他，从没有任何防范，包括我。昨天下午我和反贪局的主要领导谈了话，要求他们认真查找工作中的问题，比如我们究竟采取了什么预防措施，我们都监管了哪些部门，怎么监管的。请问，S城出现了这么严重的问题，主要责任当然是我，但是谁更应该自责呢？我们方方面面不都各司其职恪尽职守吗？为什么出了这样的大案竟浑然不觉？”刘可恩连续拍了三下桌子，声音也高了起来。

“当省委通报给我的时候，我的脸就像是挨了板子的屁股，没地儿搁呀！你们这些专门搞检查反贪监督的各位，难道就无动于衷吗？韩友涛案件不仅暴露了我们廉政工作的问题，还暴露了我们的监督管理的问题，还说明了我们的工作作风问题。差距不小啊！同志们！”

他面向李东生：“公安局对此事也是有责任的！经侦大队已经把碧水花园项目作为重点监督审查对象，这么大的事，为什么没有看到蛛丝马迹？真的没有任何线索，还是我们的检查监督走了过场？对鸡毛蒜皮的小事倒抓住不放，查了些个假发票、破了一个财务室被盗的案子。结果呢，打了兔子放了鹰，这是对工作负责任的态度吗？你是多年的老公安了，打击经济犯罪不是再三强调的吗？你应该知道事情的严重性，你对经侦案件认真地过问了吗？把精力都搁到工作上了吗？一把手的态度能影响全局，这是谁都清楚的。回去后要找具体负责人认真谈谈，看看是什么原因造成我们工作上的疏漏。”

市委会上点名批评一个局级干部，而且是大名鼎鼎的李东生，这在S城还是首次。李东生面红耳赤，汗都下来了，他也不敢当众擦汗，只是顺手拉开了领带塞到兜里，让汗水顺着白衬衫领口流进去，前胸都湿了。他想说反贪局、检察院才是贪贿案件的主要责任部门，也想说市纪委应该负失察的责任，但刘可恩正在气头上，他不敢。甚至解释检讨的话他都不敢说，也不能说，因为这样撇不开自己，还要得罪一大批人，纪委书记就在眼前坐着呢。他只能频频点头表示接受批评，盼着刘可恩赶紧把这个话题接过去。

“开发区没动工，我们就三令五申要加强监督管理，力求把开发工程搞成干净工程、廉洁工程、勤政工程，别让我们的同志栽跟头。到现在还是出现了，而且是大人物、大案子！我们的规定呀、监督呀、谈话呀，保证呀都成了废纸一张，纪检、监察、公安局一大堆机关，原来都是形同虚设！要不是这封匿名举报信，我们还沾沾自喜举杯庆功呢！现在问题出来了，你们必须给市委一个合理的解释。凡是相关部门，反贪、监察、纪检、公安，都得写出书面报告来，检查检查三年来的工作，找出你们的不足，堵住你们的窟窿。”

刘可恩也点了国资局和规划局，自己家里出的事，谁也难辞其咎。你们都是大权在握的管理人员，水平就这么低？平时一团和气，出了事就推给别人，自己就没有责任？反腐教育这么多年，真的没一点警惕？耗子进出还有个洞呢，又是钱又是房的能没个影？是我们麻木不仁还是见惯不怪？李东生也是频频点头，算是表了态，谁都知道他没责任。

副书记坐在刘可恩的右手边，一直微微地低着头，默不作声，脸上也有点挂不住。他的责任比刘可恩不小，已经让长官严肃地批评一顿了。等刘可恩气色有了些和缓，故意抬腕子看了看表，适时地插了几句话，我也有责任，也要检讨，大家都要吸取教训。刘书记对事不对人，这件事让他非常痛心，他是最痛恨腐败的。回去后要把刘书记的讲话在中层传达一下，做好自查自纠工作。然后看了看刘可恩，见刘可恩点了点头，赶紧把会议议题转到了党委会上，李东生这才长出了一口气。

党委秘书把党委会筹备工作作了简要汇报，各项议程已经安排好了，五粮泉总公司的工作报告正抓紧修改，提案委员会已经开始征集党委会的提案，大致准备就绪了。最后着重指出现在的形势要求是维持稳定，是安定团结。会议期间，不能出现重大刑事案件，不能出现群体案件，不能出现集体上访情况，要各单位干好自己的事、管好自己的人，希望相关单位集中精力全力配合。

刘可恩中间插话，他的口气明显地放缓了。“党委会的召开，是S城目前政治生活的头等大事，大家一定要高度重视。哪里出现问题我向你们头头问责。”他谈了几个问题后，扭头向李东生，“东生啊，你们公安工作是重中之重，我得特别提醒你。现在社会问题比较复杂，新的形势会产生新的矛盾，很多人心理不平衡，怨气冲天。它可能在任何场合里释放出来，一个小案子也可能成了导火索。我们在治安执法的时候首先要想到化解矛盾，不能激化矛盾。前几天发生的那起飙车死人案，就是出警不及时差点引起大乱子。这样的事不能再发生了。本市的治安你独当一面，一定要认真研究部署，防患于未然嘛！重点人物重点区块都要仔细排查，再不能马马虎虎随随便便了，出了问题就不是小事。”

“是是是。”李东生得到了说话的机会，他想表示一下，“我们已经进行了安排，党委会召开期间，全体干警暂停休息，内勤人员也安排值班，对刑满释放人员要严查。”刘可恩挥了挥手，“具体情况今天会上就不说了，你写个东西过来。总之要精心安排，加强防范，出了问题我拿你是问！”

党委副书记试探地问：“刘书记，是不是讨论一下五粮泉董事会总监候选人的问题？现在情况变化不小。”

“好吧，你先讲讲目前的情况。”刘可恩点了点头。

“按照规定，金总监调任省里做政协工作，已经经过上级领导批准。总监职务，党委会上表决也不是问题。关键是总监的人选，根据省委的要求，我们安排了差额选举。经过市委组织部提名，党委会筹备会通过，我们原定候选人大名单5名，从中认定正式候选人3名。现在韩友涛同志已经失去了候选人的资格，发改委主任因为身体原因请求退出，他态度坚决，实在留不住。财政局长李局长接到上级通知将要调到内江市任副市长，这两天就要走了，所以现在大名单里只有在座的李东生局长和周太白县长，我们是不是应该增补候选人名额？留下的时间已经不多了，希望在会上议一议。”

刘可恩欠了欠身，对发改委主任笑了一下。这段时间真的太忙，对你关心不够，我安排你疗养一段时间呢。发改委主任连忙点头，刘书记就别客气了，如果身体好我还真想争争这个位子呢！谁承想天不遂人愿，不得不下来呀。

刘可恩重归严肃，接着副书记的话题先定调子：“进行差额选举，真正选出有能力、有业绩、有人气的总监，是充分发扬民主选贤任能的大事，是上级领导的安排，也体现了我们的民主精神。既然情况发生了变化，我们就要及时调整。我觉得加名单就不必了，没这个时间了。直接选一个正式候选人，以达到会议的要求，不知道大伙以为是否可行。”

副书记第一个表态：“我也是这个意思，现在议论大名单也没什么意义了，那本来就是务虚的。还是大家选一个适当的正式候选人吧。”

李东生当即举手：“我觉得自己在各方面的工作能力有限，根本不适合当总监候选人。我干了二十多年的公安，职务范围比较单一，对经济工作也不很清楚，希望退出这个名单，以便专心搞好公安局的工作。”

“添乱啊？”刘可恩再次面向李东生，显得很生气，“大名单丢了3个还嫌少？

是不是都得推倒重来？候选人的名单是组织部门严格审查慎重推荐的，也经过了党委的初步讨论，怎么能当成儿戏呢？韩友涛是突发事件，他的暴露是及时的、不可避免的。财政局老李是省委选拔的，咱们拦也拦不住。而没有正当理由擅自退出，很不严肃，是极不负责任的表现。东生啊，是不是我批评你几句有怨气呀？我感觉你的态度有问题，不会是耍小孩子脾气吧？抓时间咱们个别谈谈。我们没有那么多时间磨嘴皮子，大家还是抓紧提名吧。”

一句话堵了李东生的嘴，心里憋气，嘴张了几下还是咽下去了，心想今天怎么了，刘书记跟我干上了，我简直成了他的出气筒！

闪在最外边的周太白也浑身不自在，心里怦怦直跳，一身燥热，把椅子又往后挪了挪。今天的会议他只需要耳朵，需要脑子，然而他鼻子闻出一股火药味来。他也和建材一样，怀疑韩友涛犯的事儿是李东生为竞选做的手脚，因为排除了韩友涛，候选人只有他们两个人，有后台支持的就是李东生！所以说他不但有这个能力还有这个动机，今天的一身打扮是不是特意的？现在，是不是刘书记也这么认为？话里话外透着不满，拿不到把柄就找茬敲打李东生？要不为什么刘书记对李东生这么不给面子，连续呛了好几回？就为韩友涛的案子？还是今天心情不好？往常的会议上刘书记总是谈笑风生，妙语频出，让会议气氛融洽和谐。今天的确反常，他甚至没在自己脸上多看一眼，总是一脸严肃的样子，是不是对我也有提防？周太白四外巡视了一下，看其他人的样子大都平心静气，神色谦恭，李东生低着头不再搭腔，自己也就正襟危坐，连大气都不敢出。

短暂的沉默，组织部长再次发言：“既然必须要选择一个，那我就谈谈个人的看法。我看周太白县长政治上可靠，责任心事业心很强，在县府工作也很缜密，安排工作有条理。他接触的事情比较多，和各个口都有关联，群众基础也不错。所以，我觉得周县长是个不错的人选。”

刘可恩没有答话，只是微微点了点头，用目光巡睃其他委员。看没有人说话，周太白抢先发言："参选总监我没有心理准备，不过我个人认为我还不具备条件。接手开发区的工作虽告一段落，还有很多善后规划工作还没理出头绪。其实我现在担任的职务已经很重要了，希望大家考虑考虑其他同志。"

一直没有发言的市长止住了他的话："被推选人就不要表白了。我的意思是总监的工作是主抓全面工作，要具备较为全面的知识和能力，还必须有工作经验。谁当选也是挑担子，也是繁重而不讨好的活。我同意周县长任五粮泉公司董事会总监一职，他在县机关工作了这些年，参与了很多工作的决策，积累了丰富的经验，这是相当宝贵的。至于能不能选举成功，还是要看其他委员的意见。"

人大主席接过话头："周县长一直主持全县工作这么多年，经验积累了不少。大家知道市里不少任务都是他们县完成得最快最好的，工作很有成效。虽然还年轻，但这是可以弥补的，我也赞成他当这个候选人。"

人大主席还要说什么，刘可恩摆手制止了："大家还有没有其他人选？要畅所欲言嘛！周县长的工作表现还是要肯定的，但是能不能符合担当总监的标准呢？大家尽管谈，咱们把意见都摆在桌面上，不要会上点头会后埋怨，这是关系到我市今后几年改革发展的大问题，不是什么得罪人不得罪人的事。"

副书记接过话头："刘书记说得很对，这不是封官许愿，是发扬民主，是很严肃的，要名副其实实事求是。我的看法是周县长工作10多年了，一直勤勤恳恳任劳任怨，从不出风头。开发区的工作不少是通过他传达部署的，论工作还是很有成绩的。我同意大家的意见，周县长是合适的人选。"

刘可恩冷眼看了副书记一眼："你是党委第二把手，原来就应该是你唱主角。候选人的事还要通过党委会讨论，我只是建议权。我看还是要发扬民主，咱们是不是举手表决一下？"

副书记首先赞成："对，如果没有其他人再选，我们就举手表决一下。"

组织部长也同意："那么我们就表决一下，同意周太白同志为总监的请举手。”

全体通过，刘可恩看了看大家，最后举了手。会上稀稀拉拉地响了几声掌声。

李东生向周太白先招了一下手，表示敬意；周太白也向李东生点了点头。李东生还是老成持重的样子，谦虚地笑着。市委会结束的时候才显出了轻松。

重新洗牌了，或是重新发牌了。周太白的心情郁闷起来，他不知道今天会上的情况突变意味着什么。刘书记对李东生这么不给面子，好像带着一脑门子气；原来的5个候选人一天之内减少了3个！而且显得那么自然那么合理。突然冒出来的候选人又是那么顺理成章那么强势能干，整个过程又是非常顺畅非常民主，简直不可思议！

毫无疑问，刘可恩知道了我和娟子的恋爱关系还是建材做了手脚。但刘书记对我是那么不屑一顾，懒得看我一眼。是不是故意冷淡让我知难而退？韩友涛下去刚出现一线曙光，李东生可是刘书记身边的人，一站出来就比自己高半截。关乎自己命运的两件大事同时出现了转折，好像是刘书记在主宰自己的沉浮，究竟出了什么问题？

周太白蒙了。他没有立刻回县里，上了捷达向郊外开去。

傍晚天气又阴了起来，加深了乍暖还寒的感受。小城郊外车辆行人都不多，空荡荡的，和周太白的心情不一样。车子驶上了南溪公路，周太白好像是要将心中积累已久的郁闷全部发泄出去，他猛踩油门，车子超过了100码！实际上，他也说不清要去哪。找老书记李学亮报个喜，好好地喝几杯，庆祝一下，还是请教后面的路怎么走吧，他是自己的一根精神支柱。他了解S城党政领导的情况，熟悉官场上的潜规则，也深知刘可恩的为人，一定能让自己的脑子清醒起来。但为了自己的事一次次麻烦他，我不显得太自私了吗？毕竟自己混迹官场十多年了，怎么还是这么没主心骨呢？以前过多地依赖李书记，总把他当成拐棍儿使，下午市委会上的意外收获，所以，首先想到的就是他。周太白对自己的无能感到羞愧，略一走神，由于车速太快，险些撞上一辆满载饲料的大货车！他紧踩刹车，车头向左一偏，几乎横在了路中央，发出一声刺耳的声音。

周太白吃了一惊，这一惊，也让他冷静了些，赶紧降下了车速。不行，李书记的话在耳畔响起：我已经尽了最大的力，该出牌的时候就看你的功力了。是啊，李书记已经离开市委一年多，虽然他自己看得重，别人呢？人情薄如纸，过去的人情恐怕只剩下表面的应承了。我现在去找他，是发泄发泄呢还是报喜呢？无缘无故的！李书记曾经批评过自己，已经是说话算数的头头了，遇事就该有自己独立思考独立判断的能力。今天的事，说不定李书记早就知道了。

周太白把车速调整到60码，然后掉头驶向市内，他想到了建材堂弟。他足智多谋，简单的事都能想得复杂了，何况是摆在面前的事？今天的会议也不是什么机密，可以让他参谋参谋。旁观者清，说不定他有不同寻常的看法，反正关于选举的事他已经得胜了。只等人事调动文件下发了。车子眼看要到民丰公司的楼下了，周太白又犹豫起来。建材毕竟是个商人，商业规则不是全能用到官场规则的。我总觉得好像是建材在一手操纵着我的参选活动，这次的成功，也没法摆脱他的影子，那不真成了他的代言人？何况政府的事、市委的会议，怎么能和他商量对策呢？他给了自己脑袋一掌，暗骂一声：蠢货，病急乱投医呀！

索性把车子停到路边，他进了一家卖烟酒糖茶的小店。

这是一个窄小拥挤的棚子，伸手就能够着顶棚。柜台里凌乱地摆放了些烟酒糖果，货架子上是日用小百货，积满了尘土，很像是建筑工地大门外的棚子。卖货的妇女见来了生意，急忙从后面更小的棚子里走过来，怀里还抱着正在叼着奶瓶的孩子。

周太白掏出了100块钱，买了包红塔山。女人找钱的时候，他看见小棚子里煤炉上坐着的铁锅，冒着腾腾的热气，一个瘸腿的男人正弓身翻炒着，一阵蛤蜊味让他有点恶心。看来这个前店后家的小本生意养活着一个家庭。周太白若有所思地转身出来，抬头看看灰蒙蒙的天。和周围的高楼华灯相比，这里简直就是鸡窝狗洞！富人一餐一掷千金，超过这样贫困人们的半年口粮，官员们随手撕开的一盒烟，抵得上穷人孩子1个月的奶。难道我们的社会能够允许这种现象长期存在吗？他深深地诅咒这种不平，他也感到了自身的责任。我们这些当官的，知道我们的社会还存在这样那样的不平等吗？知道还有相当一部分人居住在棚库屋，艰难地生活吗？为什么会有那么多的人视而不见麻木不仁呢？

“先生，这是您的钱。”妇女抱着小孩儿追了出来，周太白转身面对这母子俩，显得有些悲凉。他拉了拉孩子肮脏的小手，把找来的零钱放在稚嫩的小手里：“买糖吃吧，叔叔给的。”小孩还不会说话，他是说给那个女人听的。

“我认得您！”妇女说，“您是周县长，我和您见过面。”

周太白在妇人面前倒显得很不自在：“哦哦，是吗？快回去吧，外面风大。一定要把孩子带好啊。”周太白好像有一种亏欠她什么似的感觉。

“我得谢谢您呢！您忘了我曾经在信访接待的时候求过您？”

哦，周太白想起来了。那是一个县长接待日，就是这个中年妇女急着见他。她一家是碧水花园拆迁占地的，一直务农，经济条件不太好，根本不可能回迁。故土难离，开始坚决不搬，提了很多条件，但是经过工作还是安置到了一所老式旧楼。丈夫失去了农田，在建筑工地打工挣钱养家，在一次工伤事故中造成了小腿骨折。所在施工队按约定报销了全部医药费，还给了10万补偿金，一次性做了了断。

地种不成了，工打不了了，夫妻俩索性把住的房子出租出去，自己找地儿搭了个棚子，办起了小卖店。当整顿市容的城管下发了限期拆违通知书，一定要执行拆违的时候，他俩找到了县政府。

周太白当时给城管支队打了电话，要他们暂缓执行，并且指示秘书了解情况酌情处理，结果怎么样他就不知道了。

“后来街道帮我租了这个小铺，办了营业执照。我们知道这都是县长您给我们解决的，真不知道该怎么谢您！我根本不想收您的烟钱，但这能报答您的恩德吗？”

周太白没有一点居功的意思，反而有些愧疚感。他安慰鼓励了几句，急忙钻进了车里，向商业街开去。但他眼前老有那个怀抱孩子的妇女，那个瘸腿的男人，那双肮脏的小手。他知道，这不会是个别的。还有人连做小本生意的本金也没有，还有人交不起医药费强忍着疼痛，还有人为找工作四处碰壁。他抬头看了看纷纷开启的霓虹灯，嫣红姹紫、鹅黄翠绿的，好像对他发出莫名的嘲笑，周太白右手在方向盘上使劲击了一掌，呜呜，汽车喇叭发出了一声悲怆的嘶鸣。他知道自己的情绪很不稳定，开车技术也不太好，看见银行前边有个停车场，就开上去，停下车。他掏出了红塔山，没火，他按下了点火器。

其实周太白并不是漫无目的的，他想找个人说说心里今儿高兴的话，他心里惦记的是娟子。但是找她，解决不了任何问题，还要增添不必要的麻烦。娟子已经生活在他和刘可恩的夹缝里了，还让她做什么呢？能选上已经很满足了，周太白只是想给她一个惊喜，也想听听她的看法。只想在她身边倚靠一下，周太白太需要日后的安慰了。他有很多话想说，也只能对娟子说。什么是心上的人，周太白太理解了，刻骨铭心的理解。烟点着了，周太白狠吸了两口，呛得他连声咳嗽。我这不是自己找罪受吗！这时，电话响了。

“喂，周县长吗？能不能猜出我是谁？”耳熟极了，周太白却想不起是谁，“别卖关子了，你是谁？有事吗？”

“看来心情很好啊！我是，李东生呀！”

周太白无论如何也想不到是李东生找他。他和李东生合作过，都是公事，私下没有交情。这次他和李东生同台竞选总监才多了些交道，才认真了解了一些情况。李东生在这个节骨眼上落选了找我，让人大惑不解。他顺口答道：“稀客呀！是不是打错电话了？哦哦，我在外边办点儿事，你有事吗？”

“你要是没时间那就算了。我本来想约你聊聊，只想给你庆祝一下。”

“当然是喝酒呀！怎么样？”

“求之不得呢！你说吧，在哪，什么时候，都有谁？”周太白来了兴致。

“就我们俩，就现在，就在凯旋酒店。你能过来吗？”

“好吧，我这就过去，你打酒买菜吧！”

挂了电话，周太白仔细地想了想，李东生找我干什么呢？要摸摸底知道啥东西吗？他是不是想向我透露啥呢？正好，我有几个问题要探讨探讨，可能是我们俩的共同问题，沟通一下有什么不好呢？也许他还有什么高论呢？

周太白扔了手里的烟头，发动了汽车。就在他加挡准备给油的时候，无意间看到马路斜对面停着一辆浅白色的富康车，车身上倚着一个人。仔细一看，那不是黑头吗？瘦高的个子，小寸头，一身发白的牛仔装，脖子上的金项链耷拉着，像富人给狗脖子上戴的项圈，一晃一晃的，不是他是谁！此时的黑头嘴里叼着烟，冲着对面的开发银行指指点点，跟一个小个子交代着什么。鬼鬼祟祟的难道有什么企图？周太白脚踩住刹车观察了一会儿，直到黑头交代完了钻进了汽车，这才重新发动汽车向凯旋酒店开去。

凯旋酒店对外号称是一家星级酒店，几星不知道，但什么档次的都能住。一共就5层楼，客房也没多少，主要是餐饮和卡拉OK。周太白到了凯旋楼下时已经夜色很浓了，他坐电梯直接来到了5楼包间，云水间。这是他们在电话里约定的。

李东生是S城少有的几个公安大学毕业生之一，二十五年的老公安在S城更是绝无仅有。之所以当上公安局长，除了刘书记的提拔还因为他当年立了个二等功。

那还是他当南溪县公安局局长的时候，接到报案，一个女孩因为感情纠纷受了刺激，站在自家的6楼阳台上要跳楼自杀。楼下已经围了一圈人，几个警察手里拉着一条毛毯抬头向上看着。李东生来到隔壁单元阳台上跟她搭话，两个人相距有不到两米的距离。阳台拦扳本来不高，女孩站在一把椅子上，另一只脚蹬在护栏上。她哭哭啼啼地说了一个叫海子的名字，没你我就不活了。李东生一边和她说着话，一边一只手悄悄地挪过一个方凳，试了试感觉，然后示意助手大声敲门。自己转身对女孩说，你回头看看，海子来了！就在女孩回头的一刹那，李东生一下跃了过去，一把从椅子上把她拉了下来，两个人同时摔倒在地上。事过以后，他也有点害怕，两米距离旱地拔葱，稍微一个闪失掉下去的可能就是自己！

后来这事儿上了报纸，他受了奖励，立了个二等功，再后来他当上了市公安局局长。但是七八年了也没再提上一步，只是随之升了一级。他中等身材，脸和身子一样显得宽厚敦实，眼睛不大但很有神。他为人也很豪爽，说一不二，穿着警服也有点匪气，更别说便装了。因为大权在握，找他办事的人很多，S城的哪种势力对他也不敢小觑。

周太白推开云水间的包厢门。这是一个小型包间，地上铺着地毯，顶上垂着吊灯，小圆桌边摆着几张小沙发，仅可容纳四五个人。看得出，这是个私人空间，是为朋友喝酒打牌准备的，不对外营业。

李东生正和一个中年人谈话，见周太白来了便对那人说："把我存的茅台拿两瓶来，顺便炒几个精致的下酒菜。没有我的话，任何人不许打扰！"

中年人对周太白点了点头："周县长，您随便坐吧，茶已经沏好了。"然后中年人轻手轻脚地出去了。周太白认得这个中年人，他是酒店老板。

"别担心，这是我小舅子，自己人。"李东生顺手扔过来一包烟，边介绍着，边拉了拉身边的椅子，示意周太白坐下。

周太白仔细地打量眼前的公安局长，两人面对面的还真是第一次。李东生的西服脱了，领带解了，衬衣领口敞开着，袖子高高地挽着，嘴里叼着烟。一副放荡不羁的样子，全没了下午会上的狼狈相。

"让我猜猜，会后急着往外跑，准是去找老领导！上李书记家去了吧？"

"胡扯，你以为李书记是我的军师呀？"

“出了意外往家奔，私下约会找建材。建材是你的军师吧？是不是上民丰公司了？”

“哪里的话！他一个商人，岂能干预政事？我大小也是一个县长，能让商人随便摆布？”周太白拿起烟点上，一副若无其事的样子。

“我说参与政事了吗？参与了你能告诉我吗？但是建材耳朵再灵也没在会议现场，所以嘛，找谁也不如找我，咱们俩比试，比跟谁都强。”

“台上没比试，私下先比试起来了，一段佳话呀！”周太白打趣道。

“真希望是实话呀。可是咱们俩根本比试不起来了！”

“什么意思？”周太白不明白，“不是你请我来的吗？”

“请你来就是唠唠嗑。实话说，从一开始我就明白，我不过是个差配。就凭咱们S城这些年来的治安状况，我李东生升得了官吗？我的业务专长是刑侦，能负责五粮泉的经济发展吗？我性格粗俗形象不佳，能在市民面前显摆吗？他们把我拉进来，原本就是差配，滥竽充数的。说俗了就是托！建材说得好啊，托好了，立个小功，当真了，身败名裂！这个道理我懂，用不着人点拨。关键不是托不托，关键是托谁，怎么托！一个托儿能跟你竞争吗？”

李东生身子后仰，哈哈大笑。名不虚传，够直率的！周太白受了感染，也脱去了外衣挽起袖子，洒脱地坐下来。

“不是因为刘书记给了你几句就满腹牢骚吧？他一个老领导话说重了，可你也不是三岁两岁的孩子，值得往心里去吗？再说，他同样点了反贪局、国资局和纪检，没专门针对你嘛。我掂量半天刘书记的话，也有道理呀！”

“对，有道理，怕我不明白，点拨我呢。你看他什么时候指鼻子指脸地教训过人？而且在全市最主要的头头面前！他那是醉翁之意不在酒啊！我没那么傻。”

“我看你是多心了。他眼皮子底下出了这么大的事，能不窝心吗？我估计他也挨批了，在会上借机会发发火消消气。”

“那韩友涛的事，今天会上的情况，你明白吗？”

“韩友涛咎由自取，我想不会冤枉了他。省委接举报信已经半个多月了，不找着真凭实据能轻易动他吗？不过时间点上有点巧合而已。今天的会本来就是严肃的事，可能刘书记感觉丢了面子，气不打一处来，说话也就粗了点，这有什么明白不明白的？”

“揣着明白装糊涂，这就是你的为人啊！你说的要是真话我白干了一辈子公安！开会的时候你一个劲儿地往后退，散会的时候第一个出去的，怎么，怕啦？你开完会不回单位不回家，也没小蜜约你，在街上逛风景哪？”

周太白尴尬地笑了：“你可真能分析，那你说说，我心里是怎么想的。”

“你心里十五个吊桶打水，七上八下，对吗？韩友涛的事给你敲了警钟，在反躬自省，对吗？刘书记突然转向你，给了你一个突然袭击，对吗？后面的路全靠你自己，对吗？满肚子苦水倒不出来，对吗？还让我继续分析吗？”

周太白不得不服，所有的判断句句属实，而且直来直去不绕弯子。

“你没事琢磨我干吗？还一二三四的！这可真是剃头的琢磨人脑袋、刽子手琢磨人脖子，照这样谁敢跟干公安的交朋友啊？”

两个人都笑了，气氛渐渐地和谐起来。李东生一挥手：“别打岔，说真格的！”

“真格的我是有想法，有反复，你不也是吗？有些事非人力所能为，我只有听天由命，任其发展。在咱们这，能是哪个人说了就算数吗？”

“也许哪个人说了就算数！你回忆一下，今天的会有什么反常吗？”

“不就是对一个局级干部劈头盖脸的一顿批评吗？这个人还是S城响当当的人物。”

“我不想说自己，顶多让你们看了场笑话，没什么了不起的。我是说整个会议，从开始到结束。”

“今天的会议？人到得比较齐，很严肃，很顺畅，”周太白做思索状，右手摸了摸后脑勺，“没什么特别的呀！”

“还是装糊涂啊！你没看见几大党委委员提前到会吗？这在以前是从来没有过的，不反常吗？你想想今天都是谁在发言！全部是党委几个！我和市长的几句话，不是拦着就是打断，更没有其他人说话的份！以前是这样吗？在座的所有人不是点头就是举手，没有一点不同意见，正常吗？民主啊民主，还说了一大堆民主。请问，总监选举为什么不民主？你们5个人统一口径推一个人也算民主？当着我俩的面让大伙也提提其他人，听听不同意见，咱们怎么民主？”

李东生一连串的反问让周太白吃了一惊：“开始我也觉得气氛不大正常，你这么一分析还真是反常啊！难道这里边有什么用意？”

“还有反常的呢。财政局老李调的怎么这么是时候？”

“你怀疑是暗箱操作？”周太白低头思索了一下，“有这个可能，我还真没想到。或许之前他们开了通气会？”

“怕不仅仅是通气会吧！就说老李吧，内江市要人也不是三天两天的事了，是今天才定下来的吗？发改委主任身体不好的理由站得住脚吗？早干什么去了！骗人也不讲点技术含量。可笑！”李东生显得有些气恼。

见李东生明显带着情绪，周太白不敢接这个话茬，只是谨慎地点了点头，好像似有所悟：“也是，偶然太多了就不偶然了。”

“5个候选人1天之内炒了3个，事前谁也不知道，市委黄秘书长顶替了韩友涛的位置，连国资局和规划局的身份都一模一样，也是通气会吗？”李东生追问。

“你是不是多虑了？认为他们力推的就是我？”周太白似有所悟。

“推谁都不要紧，但要光明正大嘛！凭什么摆好了套让人钻？毕竟都是局处级干部，哪个是小孩子？”李东生越说越气，连拍了两下桌子。

有人敲门，李东生喊了一声：“进来吧！”

服务生进来摆上了几盘凉菜，在玻璃杯里斟满了茅台。李东生不客气的指挥着："给我弄个红烧鱼，再炒个蘑菇青笋什么的就行了。你喜欢吃什么随便点，痛快点儿，不用你结账。"

"我结账？"周太白拿起一瓶茅台，看看是多少度的，"就这酒我也结不起。真点的话就给我来个果盘吧，不然喝不了什么酒。"

"你们安排吧，这儿不用人伺候，你们下去吧。"

服务生不声不响地下去了。李东生端起了酒杯："太白兄，这儿跟我家一样，虽说是第一次单独喝酒，跟我也用不着客气，我讨厌酸文假醋的。来，咱们先干一个。"说着话仰脖把一杯白酒倒进了肚子。周太白也举杯示意了一下，一口干了。

周太白接着刚才的话茬："要说我参加竞选也不应该有什么问题。我在县委工作了十年，后来始终在听李书记左右，小心谨慎兢兢业业的也不容易。再说谁不想再升一级呀！我的优势只是稍比你好一点点，你整天守着书记、市长，老有表现的机会。你见人不笑不说话，宽以待人的样子，上上下下关系都混得不错。你跟谁都打交道，接触的人多事多，倒也是个合适的候选人。只是这样推出来反而显得小气，真想推出你来，何必等到现在？当初就把你列为候选，不更有利吗？"

"当初、当初不是有韩友涛嘛！"

"按你的话说当初咱们都是陪衬呀？还大模大样的弄了5个！"

"要符合程序嘛。看来你还真往心里去了，让建材这个狗头军师弄晕了。"

周太白认真想了想，"你说得不无道理，但你也把我看扁了，我知道自己的分量。实话说，想是想了，不敢往深里想。别说韩友涛，就是另外的几个人谁也能说比我学历高，谁也能说比我经验多，县长我不刚干了几年吗？"

李东生哈哈大笑："看来你有那么多雄心没那么多自信，缺少后台呀。我一开始就知道因为有韩友涛，其他几个人基本没戏。正好体现了民主，别说5个，50个候选人也白搭。现在形势变了，该你出场了！如果不是，用不着几大党委出面定调子拉选票。”

“谁也不要紧。你我要不就在一边看热闹，反正我也没有觊觎之心，操这份心干什么？”话说得平淡，其实周太白言不由衷，最初他是准备靠李书记、建材等一帮人帮忙跟韩友涛比试比试呢。甚至也曾试着通过娟子的关系，在刘书记面前递个话，结果碰了钉子。

周太白这么一说，李东生全明白了，抬头看了他一眼，心知肚明，但没必要捅破，这不是他今天找周太白喝酒的目的。所以李东生没等他再表白，拿酒杯碰了碰他的杯子，自己又干了一杯。李东生抹抹嘴，转移了话题：“你对韩友涛的事怎么看？说真话，没人怎么着你。”

“按理说韩友涛是最佳候选人，人气最高。只是谁也没料到这个结局，暴露的时机太巧了。是不是让人做了手脚？我没任何证据，就凭想象，不是不敢说，是不敢瞎说。”

“想象？你们不是也想象我嘛！你就别装了。全体与会者一律认为是我李东生搞的鬼！你不也一样吗？建材昨天晚上就打过电话了，通过经侦队摸我的底，要不是老郭约我跟建材聚聚，我还没机会把事情挑明。我刚刚给建材打了电话，臭骂了一顿。把我看成什么人了？”

看来李东生真的动了气。周太白觉得自己有点内疚，尽量平和地化解：“你拦得住人家做拦得住人家说还拦得住人家想？自己心底无私天地宽也就罢了，何必生这个气？”

“想？干吗偏把我往坏处想？你周太白就没这个想法没这个能力？建材是你的得力干将吧？他手底下也养着一帮人呢！怎么就没人怀疑你？没来头的鸟气我倒不在乎，我怕连刘书记也这么想！谁都认为我搞掉韩友涛有条件，有能力，也有这个动机，是掀翻了路上的石头。这就是说我是势利小人，我阴险奸诈，我官迷心窍迫不及待了。实话说，我连想都没想过，冤不冤呀我，甚至都不给我一个解释的机会。”

“那就不解释，总有水落石出的时候。反正韩友涛不冤就是了。”

“散会以后我没走，跟刘书记说想看看举报信的原件，回去和经侦队一块研究研究。刘书记给我看了举报材料，有七八页，都是复印件。我本想复印一份带走，刘书记没答应。凭我的直觉，我感到这里大有文章。”

外面传来了敲门声，上菜的人来了，两碗面条，一个果盘。等两个人走出去，周太白接着问：“难道韩友涛的事也不真实吗？”周太白不知细情，很想借机会探听一下。

“那倒不是。可是关键就是太真实！韩友涛的房产证明、亲属关系证明，韩友涛写过的字据，他相好的姓名住址年龄籍贯都一清二楚！怎么样，够中情局吧？难怪省委查办得这么快，照方抓药就行了。你想想，除了公安，谁有这么强的办案能力？”

周太白笑笑：“难怪别人往你身上按，你自己也这么认为吧？”

“能力肯定有，但我没线索。举报人连市委都绕过去了，能交给我吗？多大的案子到我手里也得通过刘书记，这回他蒙在鼓里肯定要怪罪我了。偏偏办案子的又是省委，事前肯定没跟他通气，那还不拿我找平衡？”

“那是，谁让你是刘书记的人呢。能沾光也就能背事。可是论办案，尤其是贪污腐败的案子，不是还有反贪局、检察院吗？干吗跟你过不去？”

“别提他们了，哪个案子不是有人揭发检举才立的案子？他们有个大事小事的照样找我帮忙，要是有这个能耐就用不着举报信了。再说他们没有关系，没有总监候选人，也不会弄到省纪委去。刘书记当然不会怪罪他们了。”

“怪罪你也没有真凭实据，发发脾气而已。甭说刘书记，连老百姓也是胡猜，咱们网上看看，是不是消息已经捅出去了？”

“我没闲工夫上网，我也不信那些捕风捉影的事。我相信的就是证据，人证、物证！”

“那究竟会是谁呢？还要利益相关的。”

“所以我认为这里面有个神秘人物！”

“内部的人，只有内部的人才能这么了解真相。”周太白也开始思索了，他想到了国资局。最了解情况的人应该是他们，韩友涛要是得罪了人也可能是他们。

“不全是吧？内部的人只能知道内部的事，不可能这么全面，还牵扯到省建筑公司呢。韩友涛调过来搞开发区，国资局基本没掺和，他们掌握不了这么多事。还有一宗，举报的人究竟出于什么目的呢？”论办案，李东生比周太白更讲究动机。

“正义感，义愤，也可能跟韩友涛有仇，或者受到了要挟。”周太白猜测着。

“但是这个铁案已经告破，为什么举报人还深藏不露呢？他不邀功、不请赏，也该沾沾自喜一下吧？说白了他立了大功一件，为什么不敢公开见人呢？”李东生不愧是老公安，考虑问题丝丝入扣环环相接，显然他已经发现了其中的奥秘。他又饮了杯中酒，点上了一支烟，思索了一会儿，问太白兄：“什么人写材料字斟句酌呢？而且条理分明表意准确，举报信写得就跟正式文件似的，没一句废话甚至没一个错别字！”

周太白也大吃一惊。人们对李东生的评价总是粗鲁豪爽，外表上也带着那种不着边际的散漫，没想到竟然这么精细，这就是他的职业素质吧？草草地看了一遍举报信的复印件，就能推论出这么多疑点！

“按你的分析，举报韩友涛的这个人确实不简单。掌握真实材料不说，还要有相当不错的文笔，具备非常坚定的心理素质，更要有机智过人的心机。他还想到了越级举报，是想绕过什么人；他还要掩盖自己，不引起别人注意。哦，太周密了。在S城，这样的人能有多少？”

“你不是挺能分析的嘛！再往深了想想，可能要有答案了。”见周太白答不上话来，李东生也憋不住。

“把韩友涛这些材料搞到手，专人干1个月也完不成，要么是处心积虑早有准备，要么是动用了一批人！按常理说，举报的人发现问题的线索就直接进行举报，真假虚实让专门的人去调查，那不省事吗？再说既然举报，那就发现什么写什么，一码是一码，为什么把材料攒足了再举报出来？”

周太白吃了一惊：“这不是明显要置韩友涛于死地吗？太阴险了。抓了把柄还要抓准时机，难道他跟韩友涛有深仇大恨？”

“也许是有仇，也许是为利，也许是分赃不均。总之，这个人是韩友涛身边的人，了解韩友涛的人。”研究犯罪动机是李东生的特长，他的分析又近了一步，“仇人应该怎么对待仇人？发现了犯罪事实就迫不及待，有子弹就射出去，这个举报的要是仇人等不到把材料凑齐，也用不着亲自调查核实。”

“要是大仇大恨呢？小问题是扳不倒韩友涛的，还可能引火烧身。所以必须准备翔实了，造成铁案，谁也包庇不了。”周太白帮着分析。

“嗯，也有道理。但是我看不出他身边有谁对他这么仇恨。据我知道，韩友涛这个人办事认真，对别人也严厉，但没有害人之心，以往也没坑过谁。”

“就是说找不到他的仇人了，他不会是让仇人害的。既然你分析得这么透彻，为什么不直接跟刘书记说让你查出这个人？”

“刘书记也没要求我查这个人呀！我追着查不是自找苦吃吗？”

李东生的态度有点暧昧，他还有一种想法，不过太可怕，太不可思议，仅仅是一种可能。如果没有其他方面的证据，光靠推理绝对不靠谱，如果把事情弄明白了，或者把事情弄错了，都要惹大麻烦！即使公安局长也扛不住。因此他不能跟周太白明说，只能拐弯抹角地表示：“我掌握了一点线索，可惜刘书记不把举报信原文给我，要不然我一定能找出这个人来。只要把举报信输入语言文字鉴别仪上，就能发现这个人的语言特点，找出规律。每个人的语言特点都跟人的指纹一样，都有自己的规律，都可以比对。再就是寻着举报的那些票据走，哪儿是源头查哪儿，他都在前边引路了，我们还不能挖出举报人来？”

几句话说得周太白都吃了一惊：“写匿名举报信都这么难啊？以后谁还敢

匿名举报？”

“事实上，匿名举报什么用也没有，有些事情是保护举报人的隐私，不是诬告就搁一边了。真要找出匿名的人易如反掌，线索多了。哼哼，韩友涛这个举报特点忒明显，谨慎过头了。那什么人才这么谨慎呢？”

“只能说是心怀鬼胎的人。”

“那是你的分析。我的分析是这个人是专门搞文案工作的人，是在政府机关工作的人，是接触过开发区的人，是和韩友涛很熟的人。”

“看来你一定找出这个人了，要不怎么能弄得这么清楚？”

“有想法但不敢打包票，但有一点是肯定的，这个人就在市委、市政府里，或者在政府下属的机关里！你也没必要摸我的底，与你无关，把心放肚子里。”说到这儿，李东生忽然停下了，他听到门外有动静。果然紧接着传来敲门声，服务生送菜来了。

李东生又把杯子斟满，再次举杯，示意周太白也干了。

红烧鱼端上来了，还有两大盘炒菜，肉片鲜蘑、盐爆鸡柳。李东生品了一口红烧鱼，咂巴咂巴着嘴，挺内行的：“唔，长江野生鱼，味道还不错。太白兄，吃呀，别给我省着。”

周太白还在顺着李东生的思路往下琢磨，没心思吃菜。人做什么事都有他的动机，举报人的动机是什么呢？为给政府除一害，为给仇人捅一刀？还是为自己谋利益？韩友涛身边的人谁更恨他呢？把他身边的人排排队，用排除法也许就找出这个人了。想来想去脑子都想麻了，不过他觉得自己也接近了事实真相。

李东生倒不想这件事了，他抬起脑袋仔细打量周太白：“别猜了，检察院、公安局的事，市委、市政府的事，你就别跟着钻牛角尖了。再说韩友涛还有一帮子人呢，他们不可能善罢甘休，为这事肯定比咱俩还上心。现在摆在你面前的是怎样去接你总监的位，你是怎么为自己打算的，还拿我当对手吗？”

“不不不，就是你真的当选，我们也是好兄弟，起码我不是你的对手。只要你派几个人把警车开到我们家门口多停两天，闪着灯，就把我吓跑了。”这样的事真不是周太白瞎编，李东生就曾经干过，不过不是为了选举。当初一桩案子怀疑某个人，李东生安排3辆警车突然包围了他的住所，闪着灯停了一天一夜。虽然什么事都没做，但还是发现了蛛丝马迹，那个人扛不住了。他的方法是打草惊蛇，很简单，但是心虚的人就露马脚了。

看李东生没有一点尴尬的样，只是淡淡地一笑，周太白接着说：“我是想，今天会上刘书记没正眼看我一眼，会不会也是一种暗示？叫我摆正位置，别胡思乱想。”

“真没准儿，哪天你千万别跟韩友涛一样，这是不是不信任的信号，你要当心呀！”

“当什么心呀！我现在不就成了赶鸭子上架了吗？现在想想我裹在旋涡里，自在吗？”

“有什么不自在的？你心里又没鬼，起码没人怀疑你。毕竟是正式选上的，那就玩玩呗，咱们台上台下对着干，没什么大不了的。”李东生两臂摇摆，做了个拳击的姿势。

“现在还拿我开玩笑？我的命运都捏在别人的手心里，你说我这么风风火火的就被选上是不是太傻了？明着钻是套儿，暗着走是井，明眼人跟看戏似的看着我，自己跟小丑似的，能不灰心吗？”

“灰什么心呀？不必，”李东生突然严肃了，诚恳地说，“我倒希望你能认真地表现表现呢。你年轻，有知识、有闯劲，也有这个能力。而且从很多方面我也看出你有责任心、事业心，光拆迁这件事我就服了你了，要不然搞砸了就得给我找麻烦。五粮泉公司缺你这样的人才。光明正大地去接任，哪怕失败了呢，也要站出来亮亮相，让大家认识一下，我们S城还有一些能干的人呢！还有人真心实意为老百姓做事呢！今天我想跟你聊的就是这个意思，我想让你敢出头，敢负责，敢竞争！要说总监最有资格接任的就数你了。放开了去干说不定还有希望调省里去呢。他招呼打了，我没看出来，我傻，傻实在。听我的，上吧。我也愿意助你一臂之力！”

周太白被感动了，同样当过总监候选人，能够说出为对方的话需要多宽阔的胸怀呀！看得出，李东生说得非常诚恳，是肺腑之言，他真的没把地位看得很重。周太白举起手里的杯子：“谢谢你的鼓励！这是我参选以来听到的最真实感人的话。但我也明确自己的观点，咱当真做起来，甭管最后的结果。你这次没当选，我也不知该说啥！以前咱们没深谈过，我对你不大了解。今天这么一说，你的确是个性情中人，而且身子正，经验丰富。”

李东生哈哈大笑：“反正我现在轻松了。”

周太白和李东生击了一掌：“就这么定了，有句诗不知道你知道不，行到水穷处，坐看云起时。咱们忠于人事吧。来，咱们干了这杯！”

周太白先干了，向李东生亮了亮杯底。他从来没主动跟别人干杯过，今天让李东生调唆得豪爽起来。

李东生一仰脖，干了杯中酒：“我们今天的话可能要犯忌讳，总是会有人打小报告，让你防不胜防。但我不怕，要不早让人把你的车开别处去了。”

周太白这次忘了自己的信条，面对李东升真挚的表白，酒也喝了，态也表了。李东生说得没错，他真的是想献身于五粮泉公司的建设事业。这也是爸妈的期望，也是自己的努力方向，还是众多五粮泉公司人的期待！

“怕是没什么可怕的，又不是在策划政变。但是真心实意做点事，难啊。”周太白放下酒杯，掏出了红塔山。他想起了买烟时候遇到的那家人。

李东生把软中华扔给他：“抽我的吧，多的是，都快发霉了。”他不完全了解周太白，冲动、多疑、优柔寡断是周太白的毛病。周太白自己也承认。

“我当时一直有进退两难的感觉，今天让你开窍了。我犹豫过好几次，设身处地为自己考虑，或许退下来更好；但是一股更大的力量推着我往前走。不仅是李书记、建材他们，今天又加上了你。实话说，我有一种责任感，有一种大干一场的冲动。五粮泉公司的现实摆在面前，我真的希望能有所作为！”

李东生感觉周太白没有男人血气方刚的气魄，得给他加把火。

“这也是我想说的，趁着年轻，就应该有所作为。过些年人老了，就意志消磨了。到那时候让你干，你也很难出招了。我看你现在正当其时！我就不信，以你的学历你的能力就甘心让别人指手画脚？做个团团转的陀螺？没看见某些人连话都说不利索，敢瞎指挥乱放炮？别看他大权在握，我相信你还真看不起他！”

几句话捅到了周太白的心窝子，他原来就是个心高气傲的人，在某些领导眼里也不是唯命是从的人，甚至说他是好使不好管。此时周太白长叹一声：“这就是现实呀，凭你我是没法改变的。那些位尊权重的人，有多少是能干事、干真事的？占着茅坑不拉屎的人多了，你还奈何不了他，比你官儿大！咱们选拔人才的情况还用多说吗？”

李东生太知道了，他在S城几乎干了一辈子，也没周太白的命好，除了有建材那帮子，还有今天的刘书记和刚退不久的李书记。这么多人都在为周太白撑着门面，今后谁敢动他呀？倒还不如趁自己落选后，多拍拍他的马屁，联络感情，早早建立友情。

周太白坐下，心里想：“今后，我在五粮泉公司董事局总监这个位置上，相信有那么多重量级的人物关照，看谁还能动我，来日方长。”

“这段时间多得建材他们的支持，下次等有好的项目，得照顾照顾建材，等他们拿到新项目，把厂子搞红火了，我也请来这里高兴高兴！”

这时的周建材心里更高兴，他知道，不需再说，这个计划中的大项目终于又成了。

记得就在当选的第3天，建材约了周太白和一位美女吃饭，用过餐后，建材问：“大哥，要不就让雯雯小姐带我们去洗个桑拿再回去，好好放松放松，好久都没有了？”

周太白说：“桑拿就不用了吧。”

雯雯小姐不失时机地咯咯笑了一声：“不急着回去嘛，我们这里的服务包你们满意。”

说着，眼珠子滴溜溜转到了眼角上，眯着眼瞧周太白，她的每一个眼神，都能冲垮男人的自控力。

“好吧！就休息一下。”周太白说。

建材朝雯雯小姐说：“你去开两间房，要模特的那种。”

雯雯转头回答：“好的，两位领导请在房里等，我马上就安排好。”

周太白想张口，却又没说。他知道后面该做啥事，但心里还是有些不安。

房间是一间带卫生间和蒸汽的房间，还有一个冲凉间，在冲凉间还有一张橡胶软床，里面是一张阔大的席梦思双人床，床的一侧是双人沙发，沙发的一角有台饮水机，饮水机的一旁还有个消毒柜，里面蓝蓝的灯光照得洁白的墙壁很是美丽，床对面的墙上挂着一台32寸的液晶电视，电视里正在播放着这家酒店的宣传片，旁边有一个衣柜，这就像在家里一样的豪华，既温暖又舒心，室外的光透过深蓝色的落地窗帘使得室内显得十分安静。

他刚在床上躺下，就进来七八位女孩。都是1米7的高个儿，个个显得很年轻，是经过刻意装扮的，每个人都化过眉，眼上涂了一层眼影，嘴唇抹成紫罗兰的颜色，每个人的酥胸都露了出来，每个人的肚脐竟然都肆无忌惮地露在背心下摆于裤头中间，圆圆的，就像溪水流成的一个小小的漩涡，竟然在他眼前旋转起来，让他有一种从未有过的满足感，头晕晕的。

女孩子开始报号和来自何省份，个个都用十分娇滴滴的声音报出自己的服务优点。

周太白选了个黑龙江的，最闪亮的一位。这女孩不一会儿就把整个丰满又富弹性的身体投在他怀里，懒洋洋地扭动灵巧的腰肢，把整个青春勃发的身段显得更加诱人。

由于贴得太近，周太白闻到了从她身上散发出的那种青春少女特有的香味。而且，两人的呼吸就汇聚成一股白线，飘到高处，变成一朵小小的白云……

这种感觉是在老婆娟子身上从未有过的，兴奋之余，还是觉得对不起她俩。

周太白升任五粮泉公司董事会总监后，在公司表面上一直是任劳任怨，把公司当成自己的家在奋斗和拼搏，近几年的成绩是大家有目共睹的，人人都说他不错。而且就在自己当任五粮泉公司董事会总监的第二年，1998年的那天，建材凭一瓶普通的酒，就成功获得五粮泉公司的合作，周太白将民丰公司收购后，挂在了五粮泉总公司的旗下，而且每年的销售业绩成了五粮泉集团公司的顶梁柱。

在做满第一届后，又经公司董事会的决议，自己被报请市委和省委的批准，又留任了下来，继续稳坐在总监的位置上。

正在他美好的日子，充满了一切希望的时候。

2007年3月的一天，他的小美人娟子却意外地发现自己怀孕了。她忐忑地将此事告诉周太白，没想到周太白激动得一把抱住了她："太好了！娟子，我们有孩子了！我会照顾你们娘俩一辈子的。"

周太白的承诺让娟子甜蜜不已。但周太白万万没想到的是，娟子还没和自己正式结婚，刘书记那关怎过得去？这一切又是那么地迷茫，那么地无奈，一切还是顺其自然吧！

自从娟子有了身孕，周太白的工作也越做越有劲，S城的报纸、电视上经常能看到他的身影，俨然成了S城市的"明星干部"。而娟子的采访任务越来越多，偏偏怀孕的症状也随之明显起来，身体和精力都有些吃不消，这下娟子可急了。

一天下午，娟子还在外采访，忽然觉得很不舒服，急忙赶到医院就诊。医生告诉她，身体不适是由于疲劳和饮食不固定造成的。长此下去，肚子里的孩子肯定保不住。

为了孩子，娟子只好减少工作任务，随着肚子慢慢大起来，娟子也不敢让爸妈发现，更不能让同事们和熟人知道。为了安全地将孩子生下来，娟子特意办理了停薪去日本留学的申请，去国外。其实，这都是用钱疏通的渠道。周太白请成都的同学帮忙安排的。娟子在这还犹豫了一段时间，一去就离开了电视台，这是多年的努力所换来的，可是不撒手，孩子怎么办？这是我的最爱之结晶。一旦被发现，他太白的前途完了不说，还有爸爸、妈妈那里该怎么办？S城里有多少人认识自己，又有多少人盯着太白和爸爸的位子，稍有不慎，都会身败名裂。悔恨当初不应该为了一时的冲动和舒服，弄出今天这局面，想来想去，别无他法，只得认了。

在日本，娟子孤独地等待孩子的降临。每当她看到别的孕妇由家人陪伴着去医院做体检时，心里总有点不是滋味。

周太白在孩子出生时赶到了日本，说是来签署一份外贸合约。看着眼前的一大一小，他心中充满了温情，在娟子耳边低声说了一句："让你受苦了，老婆。"这句话让娟子感慨万千，长久以来的委屈和压抑都消散了。

孩子降生没几天，周太白就赶回了国内。一晃几年过去了，娟子也带着孩子回到了国内，重新开始工作。对外，她只说是在日本地震时领养的一个孤儿。倒也没引起太多注意。不过，爸妈倒是怀疑过，既然孩子不愿说也就没再过问了。

有了孩子之后，娟子见周太白的次数越来越多，俨然幸福得如三口之家。娟子重新找到了工作激情、爱情、事业，她渴望和周太白能一直这样生活下去，像一个真正的家庭一样。

正是这种不现实的愿望，让两个人在错误的道路上越走越远。

转眼，儿子向建4岁了，到了上幼儿园的年龄，娟子联系了一家全市最好的东华幼儿园，将孩子送了过去，娟子因工作繁忙，有时忙起来就忘了去接向建放学，好几次都是老师打来电话，她才急忙赶过去接孩子。

一个周末，娟子提前去幼儿园等向建放学，看到别的孩子都在一起玩得开心，自己的孩子却独自在一边无精打采。

晚上，娟子问向建：“为什么不跟别的小朋友一起玩？”

向建眨着大眼睛说：“妈妈，爸爸是不是不要我们了？为什么爸爸从来不去接我？小朋友都说我是捡来的，不愿意跟我一起玩……”说着，孩子大哭起来。

娟子不由得心酸，自己见不得光就算了，可是，这样的环境对孩子的成长太不利了，必须想个办法才行。

娟子把向建的情况跟周太白说了，并说：“你现在已是五粮泉公司的总监了，爸爸应该不会怎么阻挠，我们一起去，提出结婚吧？只有这样，我们才能开心、快乐，特别是向建的成长……”

周太白想了想，也是，亏欠娟子的太多，就找了一个周末回家跟爸妈讲明，最开始，刘可恩说啥也不行，但后来，娟子将孩子的事全盘抖出后，刘可恩不得不认可这门亲事。结婚典礼办得很是低调。

娟子婚后的日子，有些失落，特别是家里的大小事，好像根本就没有一个男人，因为周太白太忙了，不是开会就是接待，不是接待就是应酬各界政要人物，一个月下来，没几个小时在家待。她越想越后怕。

娟子的失落被周太白看在眼里，他也知道娟子这些年受了不少委屈，便安慰道：“我知道这些年你很不容易，为了这个家，你一再退让和舍弃，现在也该享享福了，你就在家带向建，别再去上班了，我会好好地照顾你们母子的。”

为了爱情，为了家庭，娟子放弃了工作，带着向建，过起了全职太太的生活。并搬到成都的住处，一家三口在成都春熙街转了转。向建开心得不得了。看到孩子久违的笑脸，娟子觉得自己的付出是值得的。

周太白回到了S城后，娟子开始专心照顾向建的起居，成都的教育和环境都比S城好，自己居住的小区常常有穿名牌、开豪车的人进进出出，为了让孩子尽快融入这里，娟子花了大量资金让孩子上最好的学校，平时吃穿用都一律精挑细选。成都的物价比S城高很多，很快，娟子就感觉到有经济压力，照这样下去，很快就会坐吃山空。

此时，没有后顾之忧的周太白工作越发努力。

当时正进入五粮泉公司扩大开发，不少开发商和老板都想走后门，都在周太白那里碰过“钉子”。

然而，建材堂弟和黑头他们便走起了迂回路线。黑头找到娟子家，希望通过周太白在五粮泉承揽工程。为了让娟子答应帮忙，他赠给娟子一辆价值200万的路虎，娟子未将此事告诉周太白，只是向周太白推荐了黑头，周太白知道这是建材的人，信得过，就将工程项目给了黑头公司。

一晃快过中秋节了，黑头来成都看望娟子母子俩，无意中听到娟子说手头最近比较紧，周太白就只知拿死工资，真不知该怎么说服周太白，这让黑头又看到了新的希望。黑头送来50万现金，说什么这是酬谢周大哥的帮忙，前期工程完工得很顺利，以表心意，娟子从来没见过这么多的现金，好几晚睡不好觉。

周太白到成都开会，晚上就没回宾馆，娟子问：“最近你们公司还有啥大项目没？”这引起了周太白的警觉。再三追问，娟子支支吾吾地交代了黑头送她车和钱的事。

周太白越听越火大，狠狠地骂了娟子一顿：“你糊涂了吗？赶紧给退掉！听到没有！”

周太白这一发火，娟子委屈起来了。她哭着冲周太白吼道：“我的钱早就用完了，你那点工资，还不够小区的管理费和我们的生活费，难道你要我们母子饿死街头吗？”

周太白沉默了，现在所面临的经济压力远远超过他所设想的，为了家人和孩子，无奈之下，周太白答应了娟子再给黑头他们公司一个项目。

经过这次事件之后，周太白感受到了娟子身上的经济压力光靠自己这点工资，孩子恐怕早晚得饿死。为了给家里多弄补贴，周太白的立场开始动摇了。

黑头的第二批工程完工后，就准备了一幅价值100多万的观音黄金像，来公司办公室感谢周太白的帮忙，被他给退回去了。

后来，为这事黑头被建材狠狠地批了一顿："你想让我堂哥死呀！敢去他办公室送礼，你是不是脑子进水了？"黑头心想，这有啥的，当时在他办公室也没多的人，就我两个，又没人看得到，怎会这样呢？我那不是正好顺路的吗？唉！不管了，错了还得补回才行。

这天，黑头去成都进材料，就又将这观音黄金像送给了娟子，并另赠了100万的现金。

周太白回成都时，看到了黑头赠送的观音黄金像，摆在柜里，觉得这不安全，心里想着，如果再弄套别墅，宽宽的，搞它个藏品室放起来也方便。

随后不久，建材也从总公司获得了不少科研项目，从中获利近亿的利润，也不知从哪弄了套竹海风景区的一套别墅送给了娟子，说是回S城夏天度假用。对于娟子的行为，周太白选择了睁一只眼闭一只眼，并放心地将这些交给了娟子打理，同时，自己在外面的所作所为也不跟娟子说。他认为，娟子只要收管好钱物就好，其他的事情知道得越少越好。同时娟子也认为，钱是自己收的，就算东窗事发，自己可以一方承担。有了这种默契，两个人齐心协力开始敛财。

一些久不联系的同学与周太白的关系开始密切了起来。为确保自己的关系户，而且还获得翠屏山西湖段位置最好的地块，周太白以开酒店的名义授意公司规划招标部门设置极为苛刻的排他性限制条件，使自己高中时的一位同学开办的房企公司作为唯一竞买人取得131亩高价值土地，成交价仅7200万元，此后在周太白的支持下，该企业又偷梁换柱违规建造了100多栋别墅，每平方米售价超过5万元。

不仅如此，为抛开制度的束缚、规避"招拍挂"程序，周太白还瞅准了"三旧改造"的机会大肆敛财。2011年，五粮泉公司人资部曾提出将1000亩旧宿舍进行自主改造，这本是个符合政策的项目，但周太白就是压着不办，迟迟未批复。但到了2012年就在该部一筹莫展时，事情却有了转机，不仅是某地产公司老板主动上门要求参与合作，周太白也开始对该项目格外关心，于是在半信半疑中，某地产公司同意了合作请求，但让他百般不解的是，自这家地产公司介入后，项目不仅很快得到了批复，容积率也破天荒地提高到3.2，利润相当可观。原来，这次“成功”的合作背后其实另有蹊跷，通过该项目，周太白通过一次就收受了某地产公司老板所送的港币1000多万元。

在民丰公司东莞厂的建设项目中，周太白还直接指定事业部与该项目负责人黑头合作，否则不予审批。在该部主管无奈同意后，周太白立即批复，并要求规划部门提高项目容积率。免除停车位和配套生活区，使该项目增加了1万多平方米的销售面积，减少配套设施投资上千万元，而最终周太白也狮子大开口，和黑头以退股形式多次索取了巨额贿赂。

渐渐地，周太白已不满足于现金，开始玩起了古董字画，他在贪欲中慢慢迷失了。

要命的是不该收周建材去年赠送竹海风景区的那栋别墅住宅，还有别墅下的那间密室。那可是价值上亿元的收藏品。

眼见马上就要从五粮泉公司董事会总监的位置上退下来，谁会料到周建材这小子就这么没出息呢？这还不如当初办理提前病退好些，如今真的感觉危机扑面而来……

再过一个钟头，天色就要发白了，脑壳竟然有些炸炸地发疼，他想努力地闭上眼，却又觉得四周都隐伏着窥视他的眼睛，背心里便榨出一身冷汗来。

周太白很快就醒来了，却已天色大亮，他便赶忙收拾行装。

娟子有些吃惊地问：“怎么，你又要出去？”

“要去各个分厂检查工作。”他说。

“长吗？”娟子问。

周太白说：“不知道，也许是一周，也许是一个月，不知省里领导是怎么安排的行程。这段时间，你觉得无聊，就回娘家去住一段时间吧。”

周太白边说就边用手机给司机阿宾打电话，叫他即刻赶来送他去机场。

一会儿阿宾司机就开着车赶了过来。车子往机场方向开去，阿宾什么也没问，领导去做啥，他是从来不过问的，他只要为领导开好车就是了。

周太白坐进车里也一直未作声，看着车窗外熟悉的风景，逆溪流而上，遥望野花点点，色彩斑斓。攀上另一座山峰，一股带着楠竹芳香的微风吹来，令人陶然欲醉。

再往前行，自然景观更是奇特，主干通道消失在绿色世界中。翘首一望，数十里嶙峋怪石，或独立成形，或相映成趣，如龙争虎斗，如猕猴戏松，什么三潭映月、桃园结义、公公背媳妇、马颈长鸣，不一而足，惟妙惟肖。车轮下是湖水闪烁，翠竹摇曳，百鸟争鸣。不待他遐想细想，心里觉得很茫然。

昨天他就已购好了出国的机票，他觉得只有这条路可走了。至于出国之后怎么办，他只能强迫自己不要去考虑这些。他明白，自己不出国会有什么后果，他绝不愿意在监狱里度过自己的晚年。

汽车在急速地行驶。不知为什么，他总觉得两眼皮跳得厉害。忽然，他发现前面远远地停着一辆白色的警车，他脑袋立时嗡了一声，紧张得浑身冒汗，瞧见前方的一个分叉口，便从阿宾的手里抓过方向盘往左打，车子就疾速地往另一条道上驶去。

阿宾忽然从后视镜里看到有辆警车紧跟着自己，脸色一下就白了，说：“总监，后面有警车。”

“这与我们有啥关系？”他强作镇定。

“我们还开吗？是去机场还是去哪儿？”

“开，不去机场去哪？”

阿宾不停地通过后视镜看车后的警车，心里不知道要发生什么大事了，紧张得浑身血管都快要爆炸了似的。

忽然，前面有个十字口，红灯亮了起来，阿宾正准备减速。

突然，被周太白喊了一声：“快，加速，闯过去！”

“闯？”阿宾诧异地望着他。

这时，前后左右突然都有一辆警车急速驶来，好像从天而降，把他们围在了斑马线中间。阿宾意识到，不妙的事真的发生了。

阿宾只听到周太白长长地叹了声气，好不容易才吐出：“这真是一路春光老来坠，再也没希望，真的完蛋了！”

在其案发前两周，周太白依然我行我素。一次性就出让了山水字画26幅，对周太白以古董字画敛财的种种劣迹，五粮泉公司的一些干部甚至直言“哪个送的字画价高，哪个就能获得好的赚钱项目”。

后来，据办案人员介绍：在周太白别墅里，还专门挖了一个40平方米左右的地下藏宝室，用来存放受贿的古董字画。当他们进入仓库后，被眼前的景象惊呆了，从金银饰品、玉器珠宝到名人字画让人目不暇接。在这里陈列着古董和字画之多堪称私人博物馆。10多名工作人员清理了3天才理出头绪。在周太白居住的别墅里，一次就整理出各类古董字画和工艺品近2000件。

这些收藏品包括古代书画作品195件，古代瓷器及西方艺术品27件，邮票、文物、鸡血石等1351件，其中不乏上乘之品，如价值24万元的刘奎龄书画作品、价值34万元的齐白石春山图、价值8万元的19世纪法国铜鎏金竖琴纹托盘座钟、价值24万元的清乾隆年间斗彩团花罐，还有中国最后一位状元刘春霖的《楷书七言诗》，以及范曾的人物画、董寿平的《墨竹》、启功的《行书七言诗》，件件都是好东西，价格不菲。仍被百姓津津乐道。围绕周太白收到的那幅曾被鉴定为价值高达364万余元的张大千《青绿山水》画的真伪问题，S城的社会各界炒得沸沸扬扬。

据周太白交代，他在任南溪县长时，就收过周建材的一块翡翠如意玉，可谓一身清廉，两袖清风，所有的都是在娟子有小孩后开始的，一直持续到最近几年，我要从总监这位上退下，就更加胆大，快十五年的五粮泉董事会总监生涯，收了不少好东西，都没有人怀疑过，也许就是地方“土皇帝”的优越性吧。

周太白被抓没多久，《S城法制新闻》报道：“五粮泉董事会总监周太白因非法收受财物罪、滥用职权罪、贪污罪数罪并罚，判处无期徒刑，所有财物全部上缴国库，并依法执行！”